WHAT IS LITERATURE

文学是什么

傅道彬　于　茀　著

北京大学出版社
PEKING UNIVERSITY PRESS

图书在版编目（CIP）数据

文学是什么/傅道彬，于茀著. —北京：北京大学出版社，2017.9
（人文社会科学是什么）
ISBN 978-7-301-28432-2

Ⅰ. ①文… Ⅱ. ①傅… ②于… Ⅲ. ①文学理论—通俗读物
Ⅳ. ①I0—49

中国版本图书馆 CIP 数据核字（2017）第 137184 号

书　　　　名	文学是什么	
	WENXUE SHI SHENME	
著作责任者	傅道彬　于　茀　著	
策 划 编 辑	杨书澜	
责 任 编 辑	魏冬峰	
标 准 书 号	ISBN 978-7-301-28432-2	
出 版 发 行	北京大学出版社	
地　　　　址	北京市海淀区成府路 205 号　　100871	
网　　　　址	http://www.pup.cn	
电 子 信 箱	zpup@pup.cn	
新 浪 微 博	@北京大学出版社	
电　　　　话	邮购部 62752015　发行部 62750672　编辑部 62750673	
印 刷 者	北京中科印刷有限公司	
经 销 者	新华书店	
	890 毫米×1240 毫米　A5　11.375 印张　244 千字	
	2017 年 9 月第 1 版　2024 年 2 月第 3 次印刷	
定　　　　价	48.00 元	

阅 读 说 明

亲爱的读者朋友：

　　非常感谢您能够阅读我们为您精心策划的"人文社会科学是什么"丛书。这套丛书是为大、中学生及所有人文社会科学爱好者编写的入门读物。

　　这套丛书对您的意义：

　　1. 如果您是中学生，通过阅读这套丛书，可以扩大您的知识面，这有助于提高您的写作能力，无论写人、写事，还是写景都可以从多角度、多方面展开，从而加深文章的思想性，避免空洞无物或内容浅薄的华丽辞藻的堆砌（尤其近年来高考中话题作文的出现对考生的分析问题能力及知识面的要求更高）；另一方面，与自然科学知识可提供给人们生存本领相比，人文社会科学知识显得更为重要，它帮助您确立正确的人生观、价值观，教给您做人的道理。

　　2. 如果您是中学生，通过阅读这套丛书，可以使您对人文社会科学有大致的了解，在高考填报志愿时，可凭借自己的兴趣去选择。因为兴趣是最好的老师，有兴趣才能保证您在这个领域取得成功。

　　3. 如果您是大学生，通过阅读这套丛书，可以帮助您更好地进入自己的专业领域。因为毫无疑问这是一套深入浅出的教学参考书。

4. 如果您是大学生,通过阅读这套丛书,可以加深自己对人生、对社会的认识,对一些经济、社会、政治、宗教等现象做出合理的解释;可以提升自己的人格,开阔自己的视野,培养自己的人文素质。上了大学未必就能保证就业,就业未必就是成功。完善的人格,较高的人文素质是保证您就业以至成功的必要条件。

5. 如果您是人文社会科学爱好者,通过阅读这套丛书,可以让您轻松步入人文社会科学的殿堂,领略人文社会科学的无限风光。当有人问您什么书可以使阅读成为享受?我们相信,您会回答:"人文社会科学是什么"丛书。

您如何阅读这套丛书:

1. 翻开书您会看到每章有些语词是黑体字,那是您必须弄清楚的重要概念。对这些关键词或概念的把握是您完整领会一章内容的必要的前提。书中的黑体字所表示的概念一般都有定义。理解了这些定义的内涵和外延,您就理解了这个概念。

2. 书后还附有作者推荐的书目。如您想继续深入学习,可阅读书目中所列的图书。

我们相信,这套书会助您成为人格健康、心态开放、温文尔雅、博学多识的人。

序　一

让人文情怀和科学精神滋润心田

北京大学校长

林建华

一直以来，社会都比较关注知识的实用性，"知识就是力量""科学技术是第一生产力"，对于一个物质匮乏、知识贫乏的时代来说，这无疑是非常必要的。过去的几十年，中国经济和社会都发生了深刻变化，常常给人恍如隔世的感觉。互联网＋、跨界、融合、大数据，层出不穷、正以难以想象的速度颠覆传统……。中国正与世界一起，经历着更猛烈的变化过程，我们的社会已经进入到以创新驱动发展的阶段。

中国是唯一一个由古文明发展至今的大国，是人类发展史上的奇迹。在近代史中，我们的国家曾经历了百年的苦难和屈辱，中国人民从未放弃探索伟大民族复兴之路。北京大学作为中国最古老的学府，一百多年来，一直上下求索科学技术、人文学科和社会科学的发展道路。我们深知,进步决不是忽视既有文明的积累,更不可能用一种文明替代另一种文明,发展必须充分吸收人类积累的知识、承载人类多样化的文明。我们不仅应当学习和借鉴西方的科学和人文情怀,还要传承和弘扬中国辉煌的文明和智慧,这些正是中国大学的历史使命,更是每个龙的传人永远的精神基因。

通俗读物不同于专著,既要通俗易懂,还要概念清晰,更要喜闻乐见,让非专业人士能够读、愿意读。移动互联时代,人们的阅读习惯正在改变,越来越多的人喜欢碎片化地去寻找和猎取知识。我们真诚地希望,这套"人文社会科学是什么"丛书能帮助读者重拾系统阅读的乐趣,让理解人文学科和社会科学基本内容的欣喜丰盈滋润心田;我们更期待,这套书能成为一颗让人胸怀博大的文明种子,在读者的心田生根、发芽、开花、结果。无论他们从事什么职业,都能满怀人文情怀和科学精神,都能展现出中华文明和人类智慧。

历史早已证明,最伟大的创造从来都是科学与艺术的完美结合。我们只有把科学技术、人文修养、家国责任连在一起,才能真正懂人之为人、真正懂得中国、真正懂得世界,才能真正守正创新、引领未来。

2015 年 8 月

序　二

重视人文学科　高扬人文价值

原北京大学校长

人类已经进入了 21 世纪。

在新的世纪里，我们中华民族的现代化事业既面临着极大的机遇，也同样面临着极大的挑战。如何抓住机遇，迎接挑战，把中国的事情办好，是我们当前的首要任务。要顺利完成这一任务的关键就是如何设法使我们每一个人都获得全面的发展。这就是说，我们不但要学习先进的自然科学知识，而且也得学习、掌握人文科学知识。

江泽民主席说，创新是一个民族的灵魂。而创新人才的培养需要良好的人文氛围，正如有些学者提出的那样，因为人文和艺术的教育能够培养人的感悟能力和形象思维，这对创新人才的培养至关重要。从这个意义上说，人文科学的知识对于我们来说要显得更为重要。我们迄今所能掌握的知识都是人的知识。正因为有了人，所以才使知识的形成有了可能。那些看似与人或人文学科毫无关系的学科，其实都与人休戚相关。比如我们一谈到数学，往往首先想到的是点、线、面及其相互间的数量关系和表达这些关系的公理、定理等。这样的看法不能说是错误的,但却是不准确的。因为它恰恰忘记了数学知识是人类的知识,没有人类的富于创造性的理性活动,我们是不可能形成包括数学知识在内的知识系统的,所以爱因斯坦才说:"比如整数系,显然是人类头脑的一种发明,一种自己创造自己的工具,它使某些感觉经验的整理简单化了。"数学如此,逻辑学知识也这样。谈到逻辑,我们首先想到的是那些枯燥乏味的推导原理或公式。其实逻辑知识的唯一目的在于说明人类的推理能力的原理和作用,以及人类所具有的观念的性质。总之,一切知识都是人的产物,离开了人,知识的形成和发展都将得不到说明。

因此我们要真正地掌握、了解并且能够准确地运用科学知识,就必须首先要知道人或关于人的科学。人文科学就是关于人的科学,她告诉我们,人是什么,人具有什么样的本质。

现在越来越得到重视的管理科学在本质上也是"以人为本"的学科。被管理者是由人组成的群体,管理者也是由人组成的群体。管理者如果不具备人文科学的知识,就绝对不可能成为优秀的管理者。

但恰恰如此重要的人文科学的教育在过去没有得到重视。我们单方面地强调技术教育或职业教育,而在很大的程度上忽视了人文素质的教育。这样的教育使学生能够掌握某一门学科的知识,充其量能够脚踏实地完成某一项工作,但他们却不可能知道人究竟为何物,社会具有什么样的性质。他们既缺乏高远的理想,也没有宽阔的胸怀,既无智者的机智,也乏仁人的儒雅。当然人生的意义或价值也必然在他们的视域之外。这样的人就是我们常说的"问题青年"。

当然我们不是说科学技术教育或职业教育不重要。而是说,在学习和掌握具有实用性的自然科学知识的时候,我们更不应忘记对于人类来说重要得多的学科，即使我们掌握生活的智慧和艺术的科学。自然科学强调的是"是什么"的客观陈述，而人文学科则注重"应当是什么"的价值内涵。这些学科包括哲学、历史学、文学、美学、伦理学、逻辑学、宗教学、人类学、社会学、政治学、心理学、教育学、法律学、经济学等。只有这样的学科才能使我们真正地懂得什么是真正的自由、什么是生活的智慧。也只有这样的学科才能引导我们思考人生的目的、意义、价值，从而设立一种理想的人格、目标，并愿意为之奋斗终身。人文学科的教育目标是发展人性、完善人格，提供正确的价值观或意义理论，为社会确立正确的人文价值观的导向。

国外很多著名的理工科大学早已重视对学生进行人文科学的教育。他们的理念是，不学习人文学科就不懂得什么是真正意义的人，就不会成为一个有价值、有理想的人。国内不少大学也正在开始这么做，比如北京大学的理科的学生就必须选修一定量的文科课程，并在校内开展多种讲座，使文科的学生增加现代科学技术的知识，也使理科的学生有较好的人文底蕴。

我们中国历来就是人文大国，有着悠久的人文教育传统。古人云："文明以止，人文也。观乎天文，以察时变，观乎人文，以化成天下。"这一传统绵延了几千年，从未中断。现在我们更应该重视人文学科的教育，高扬人文价值。北京大学出版社为了普及、推广人文科学知识，提升人文价值，塑造文明、开放、民主、科学、进步的民族精神，推出了"人文社会科学是什么"丛书，为大中学生提供了一套高质量的人文素质教育教材，是一件大好事。

2001 年 8 月

序　三

人文素质在哪里?

——推介"人文社会科学是什么"丛书

北京大学教授

乐黛云

人文素质是一种内在的东西,正如孟子所说:"仁义礼智根于心,其生色也睟然,见于面,盎于背,施于四体,四体不言而喻。"(《尽心上》)人文素质是人对生活的看法,人内心的道德修养,以及由此而生的为人处世之道。它表现在人们的言谈举止之间,它于不知不觉之时流露于你的眼神、表情和姿态,甚至从背后看去也能充沛显现。

要培养和提高自己的人文素质,首先要知道在历史的长河中人类创造了哪些不可磨灭的最美好的东西;其次要以他人为参照,了解人们在这浩瀚的知识、艺术海洋中是如何吸取营养,丰富自己的;第三是要勤于思考,敏于选择,身体力行,将自己认为真正有价值的因素融入自己的生活。要做到这三点并不是一件容易的事,往往会茫无头绪，不知从何做起。这时，人们多么希望能看到一条可以沿着向前走的小径，一颗在前面闪烁引路的星星，或者是过去的跋涉者留下的若隐若现的脚印！

是的，在你面前的，就是这条小径，这颗星星，这些脚印！这就是：《哲学是什么》《美学是什么》《文学是什么》《历史学是什么》《心理学是什么》《逻辑学是什么》《人类学是什么》《伦理学是什么》《宗教学是什么》《社会学是什么》《教育学是什么》《法学是什么》《政治学是什么》《经济学是什么》，等等，每册 15 万字左右的"人文社会科学是什么"丛书。这套丛书向你展示了古今中外人类文明所创造的最有价值的精粹，它有条不紊地为你分析了各门学科的来龙去脉、研究方法、近况和远景；它记载了前人走过的弯路和陷阱，让你能更快地到达目的地；它像亲人，像朋友，亲切地、平和地与你娓娓而谈，让你于不知不觉中，提高了自己的人生境界！

要达到以上目的，丛书的作者不仅要有渊博的学问，还要有丰富的治学经验和远见卓识，更重要的是要有一种走出精英治学的小圈子，为年青的后来者贡献时间和精力的胸怀。当年，在邀请作者时，策划者实在是十分困难而又费尽心思！经过几番艰苦努力，丛书的作者终于确定下来，他们都是年富力强，至少有 20 年学术积累，一直活跃在教学科研第一线的，有主见、有创意、有成就的学术骨干。

《历史学是什么》的作者葛剑雄教授则是学识渊博、声名卓著、足迹遍及亚非欧美的复旦大学历史学家。其他作者的情形大概也都类此，他们繁忙的日程不言自明，然而，他们都抽出时间，为这套旨在提高年轻人人文素质的丛书进行了精心的写作。

《哲学是什么》的作者胡军教授，早在上世纪90年代初期就已获北京大学哲学博士学位，在中、西哲学方面都深有造诣。目前，他不仅要带博士研究生、要上课，而且还是统管北京大学哲学系全系科研与教学的系副主任。

《美学是什么》的作者周宪教授，属于改革开放后北京大学最早的一批美学硕士，后又在南京大学读了博士学位，现任南京大学中文系系主任。

从已成的书来看，作者对于书的写法都是力求创新，精心构思，各有特色的。例如胡军教授的书，特别致力于将哲学从狭小的精英圈子里解放出来，让人们懂得：哲学就是指导人们生活的艺术和智慧，是对于人生道路的系统的反思，是美好的、有意义的生活的向导，是我们正不断地行进于其上的生活道路，是爱智慧以及对智慧的不懈追求，是力求提升人生境的境界之学。全书围绕"哲学为何物"这一问题，层层展开，对"哲学的问题""哲学的方法""哲学的价值"等难以通俗论述的问题做了清晰的分梳。

葛剑雄教授的书则更多地立足于对现实问题的批判和探讨，他一开始就区分了"历史研究"和"历史运用"两个层面，提出对"历史研究"来说，必须摆脱政治神话的干扰，抵抗意识形态的侵蚀，进行学科的科学化建设。同时，对"影射史学""古为今用""以史为鉴""春秋笔法"，以及清宫戏泛滥、家谱研究盛行等问题做了深入的辨析，这些辨析都是发前人所未发，不仅传播了知识而且对史学理论也有独到的发展和厘清。

周宪教授的《美学是什么》更是呈现出极为新颖独到的构思。该书在每一部分正文之前都选录了几则古今中外美学家的有关警言，正文中标以形象鲜明生动的小标题，并穿插多处小资料和图表，"关键词"和"进一步阅读书目"则会将读者带入更深邃的美学空间。该书以"散点结构"的方式尽量平易近人地展开作者与读者之间的平等对话；中、西古典美学与现代美学之间的平等对话；作者与中、西古典美学和现代美学之间的平等对话，因而展开了一道又一道多元而开阔的美学风景。

这里不能对丛书的每一本都进行介绍和分析，但可以确信地说，读完这套丛书，你一定会清晰地感觉到你的人文素质被提高到了一个新的境界，这正是你曾苦苦求索的境界，恰如王国维所说："众里寻他千百度，回头蓦见，那人正在灯火阑珊处。"于是，你会感到一种内在的人文素质的升华，感到孟子所说的那种"见于面，盎于背，施于四体"的现象，你的事业和生活也将随之进入一个崭新的前所未有的新阶段。

目 录
CONTENTS

我们为什么需要文学？

诗不只是此在的一种附带装饰，不只是一种短时的热情甚或一种激情和消遣。诗是历史的孕育基础。

——海德格尔《荷尔德林和诗的本质》

马丁·海德格尔（Martin Heidegger，1889—1976），德国哲学家。

　　写这本书的时候，刚好敲响 21 世纪的钟声。在一个崭新而伟大的世纪到来的时候，我们还面对一个古老而复杂的问题——什么是文学？其实，回答这样的问题如同回答什么是人、什么是哲学、什么是艺术等问题一样，是个费力而不讨好的事情。即使再追问一千次，还会有一千零一种答案。其实，对那些不是专门研究文学的人们来说，可能会觉得另一个问题离自己更近，那就是我们为什么需要文学？

　　唯物主义一个最朴素的真理告诉我们，人要生存，首先要解决吃穿住的问题。可以说，吃穿住是人类的第一需要。但是，当人类已经解决了吃穿住的问题，另一种需要就会被提升起来，这就是人类的精神需要。**文学**作为人类一种重要的精神活动方式，正是用来满足人类精神需要的。人们常常把文学比喻成人类的精神食粮，这形象地说明了文学对于人类来说，并不是可有可无的。

　　以上是就最一般意义来说的，文学是人类满足精神需要的一种方式。过去,我们常常停留在这一认识水平上。实际上,从更为本质的方面来看,人之所以不同于其他动物,就在于人类把物质的需要和精神的需要最大限度地统一起来,并使之成为人类内在的和本质的需要。人类社会越是向前发展,这个方面就越是突出。人类的生存正是以满足这种更内在、更本质的需要而展开的,从这一意义来讲,文学不是别的,文学正是**人类的一种生存方式**。

当代德国伟大的哲学家马丁·海德格尔曾说:"诗不只是此在的一种附带装饰,不只是一种短时的热情甚或一种激情和消遣。诗是历史的孕育基础。"①在海德格尔看来,文学不是现实的装饰物,更不是一种消遣。海德格尔把诗提高到一个空前的高度。

如果我们仅仅把文学看成是一种消遣、一种激情或者是一种虚幻,这是肤浅的。文学对于人类来说究竟意味着什么呢?海德格尔曾通过诗人荷尔德林的诗做出深刻的阐释:

充满劳绩,但仍诗意地,

栖居在这片大地上。

诗与人的生存有什么必然的关系呢?难道生存不是与诗格格不入吗?但是,海德格尔却发现了它们之间在根本上的联系,那就是人的生存在本质上是诗意的。人类在这个世界上,充满了劳绩,不仅培育大地上的植物,而且还用各种工业手段生产出人类需要的

---

① 〔德〕海德格尔:《荷尔德林和诗的本质》,《海德格尔选集》,上海三联书店,1996年12月第1版,第319页。

物质财富,可谓充满了劳绩,人类也因此而自豪。但这并不是海德格尔所理解的生存的本质。在海德格尔看来,人类无论有多少劳绩,还只是一种有限的世界,而人类却应该冲出这有限的世界,达于无限。诗意的栖居,不是让每个人都去写诗,每个人都去幻想。这样的理解是表面的。海德格尔认为,诗创造持存,诗言说无。无,不是没有,无是无限。无限是什么？无限就是对有限超越中的一种自由状态,而这种自由只能存在于精神世界。从劳绩到诗意,实际是从物质到精神,进而也就是从有限到无限。海德格尔看到了近代以来,人类无节制地发展物质一维,而精神却失去了根基。

人类生于世界之中,长于大地之上,人之所以不同于其他动物,就在于人有两个维度,一个是物质,一个是精神。海德格尔对于欧洲丧失精神的现实深感忧虑,他说:"这个欧罗巴,还蒙在鼓里,全然不知它总是处在千钧一发、岌岌可危的境地。"①人类不能没有精神,不能没有灵魂。在天空与大地之间,文学和艺术使人的精神发达起来,提升起来,文学进而成为人类生存的一部分,甚至在某种意义上成为一种根基。人类不能没有文学,人类需要文学。文学家总是以第一次见到的目光打量世界,打量生活,从而把人类从日常的琐碎生活中提升起来,使生活充满了鲜活而生动的色彩。在海德格尔那里,**文学的诗**不再是一种技巧,而是一种人生,是一种存在方式。诗

---

① 〔德〕海德格尔:《形而上学导论》,熊伟、王庆节译,商务印书馆,1996 年 9 月第 1版,第 38 页。

不仅是诗人的而且是人类的。你可以不是一个诗人,但你却不能不是一个诗意的存在者,因为人类本真的存在方式就是:"诗意地栖居在大地上。"这一点与中国的文论家们有着惊人的一致。清代的袁枚说:"所谓诗人者,非必能吟诗也。果能胸境超脱,相对温雅,虽一字不识,真诗人矣。如其胸境龌龊,相对尘俗,虽终日咬文嚼字,乃非诗人矣。"①不难理解,这里的"诗"是人生诗意的栖居,是人的生存状态,而不仅仅是一种技艺。

海德格尔在《……人,诗意地栖居……》一文中对流俗的诗学观点作了十分严厉的批判。首先,文学被当作不真而无用的东西,诗成为闲者轻浮的梦幻,诗人用梦幻代替行动。一种虚幻不真的东西当然毫无现实的作用,至多是一种美化。其次,文学的标准产生于那些专门制造公众意见的机构,把文学看成是一种现成工业制品,这制品仅仅是生活的复制,正因为如此,迫于日常辛劳的人们是无暇顾及诗的。而在海德格尔看来刚好相反:

> 诗人却把天空景象所焕发的一切光明、天空行进与呼吸的每一声响,都呼唤到他的歌词之中并在那里把它们锻铸得其光闪闪、其声铮铮。可是诗人——假如他是一个诗人——并不仅仅描绘天空和大地的显象。诗人在对天空加以观察时所呼唤的,是一种东西,它在自我揭示中遮蔽自身的显现,并且的确就

---

① 袁枚:《随园诗话》卷九。

是那遮蔽自身者。①

真正的诗与诗人是"去蔽"的，是歌吟存在的。只有在诗意的状态下，人才出场，才被照亮。事实上我们在日常生活中的基本测度是诗意的，尤其是我们对日常生存的非诗意评价与感受。当我们说生活毫无诗意时，我们事实上是对生活提出了诗意的要求。当我们感受到无诗意的单调与无聊时，恰恰是诗意的渴求在压迫我们——因为我们的本性是诗意的。正因为如此，我们将非本真的无诗意的生存评价为沉沦，而将本真的诗意的生存评价为超越。**诗意**不是一种轻飘浪漫的状态，而是人本真生存的光华。正因为如此，海德格尔提出了一个伟大的命题："歌声即生存。"

海德格尔使人们相信真正的文学正是描绘出诗意生存的伟大空间，让生命在敞开的大地与天空间歌唱，这样的文学无论是批判的还是赞美的，都是勾画诗意的雄伟景观。我们从海德格尔那里得到这样的启示：人类之所以需要文学需要诗，是源于生命与生存的需要，本真的生命就是诗化的生命，是人类诗意的栖居。文学从来不是少数人掌握的一种技艺，而是人类的生存状态。

按照海德格尔的描述，文学是这样一种景观，它**在大地与天空之间创造了崭新的诗意的世界，创造了诗意生存的生命**。只有在艺术世界里人类才是大地与天空的真正领会者。海氏借用赫贝尔的

---

① 〔德〕海德格尔：《……人，诗意地栖居……》，《海德格尔诗学文集》，成穷等译，华中师范大学出版社，1992年版，第203页。

话说："无论我们是否愿意承认，我们都是些植物，我们这些植物必须扎根于大地，以便向上生成、在天空中开花结果。"[①]在这样的境界中人类重新感觉了天空和大地，此时的大地是"指那些支撑与环绕我们、激励与镇静我们的东西，亦即所有那些可见、可听或可触摸的东西：感觉之物"，而"天空是指所有我们不是凭感官觉察到的东西：非感觉物，意义，精神"[②]。大地在海德格尔那里成了具体可感的世界，天空代表了人类向上的精神追求，但是日常生活被非诗意遮蔽着，因此我们总是通过文学的引领到达诗意，感受无限，领悟神圣，这才是人类本真的生活状态。对此，海德格尔做了如此诗意的描述：

> 语言却是联结完满深厚感觉之大地与精神之大地与崇高无畏精神之天空的路径（Way and steg）。
>
> 这是何种意义上说的呢？语言之词在人的话语中发音和回响，在铅字印出的字样中现身和闪耀。话语与铅字的确是富于感性的，然而它们总要显露和言说一种意义。词作为一种富于感性的意义，行走在大地与天空之间的广阔地带。语言敞开的是这样一个领域，在这个领域中，处于天地之间的人栖居在

---

① 〔德〕海德格尔：《赫贝尔——家之友》，《海德格尔诗学文集》，成穷等译，华中师范大学出版社，1992年版，第262页。
② 同上。

世界之家中①。

没有诗意的世界,是世俗的寻常的,人不过是天地之间的寻常生灵。而文学的语词却成为联结天空与大地的道路,有了这样的联结,人便从宽广深厚的大地指向崇高神秘的天空,由此进入诗意栖居的家中。于是我们可以从海德格尔的诗学里获得这样的启示:从人类的物质世界(大地)——经过艺术作品(世界)——进入神性诗意的精神领域(天空)。

在海德格尔看来,一件艺术品便建立了一个世界,展示了无限的大地。世界与大地的冲突就是真与非真的冲突。正是在这种冲突中,一个世界建立了,一个世界摧毁了,一个大地隐匿了,一个大地呈现了②。**摧毁的是世俗的世界,建立的是诗意的世界;隐匿的是静止的大地,呈现的是联系的艺术的大地。**海德格尔曾以凡·高的名画《农鞋》为例分析艺术作品的本源,分析艺术作品的大地与世界的关系。我们甚至不能在凡·高的画中看出这双鞋是放在什么地方的。这双鞋的四周空无所有,除了一个不确定的空间,鞋子上甚至没有泥土与乡间小道的尘土。一双农鞋,仅此而已。

但是,从鞋之磨损了的、敞开着的黑洞中,可以看出劳动者艰辛的脚步。在鞋之粗壮的坚实性中,透射出她在料峭的风中通过广阔

---

①　〔德〕海德格尔:《赫贝尔——家之友》,《海德格尔诗学文集》,成穷等译,华中师范大学出版社,1992年版,第262—263页。

②　参见余虹:《思与诗的对话——海德格尔诗学引论》,中国社会科学出版社,1991年版,第125页。

凡·高 《农鞋》

与单调田野时步履的凝重与坚韧。鞋上有泥土的湿润与丰厚。当暮色降临的时候，田间小道的孤寂在鞋底悄悄滑行。在这双鞋里，回响着大地之无声的召唤，呈现出大地之成熟谷物的宁静的馈赠，以及大地在冬日田野之农闲的荒芜中神秘的冬眠。这器具浸透着对面包之必然需求的无怨无艾的忧虑，浸透着克服贫穷之后的无言的喜悦，临产前痛苦的颤抖以及死亡临头的颤栗。这器具归属于大地，它在农妇的世界得到保护，正是从这被保护的归属中，这器具归属于大地之中，这器具本身才得以栖居于自身之中。

　　不过，也许只是在这幅画中，我们才注意到有关这双农鞋的一切。农妇只不过不经意地穿穿这双鞋而已。如果此不经意果真如此也就罢了。当夜深人静，农妇在沉重而又强健的疲惫中脱下它，当朝霞初升，她又伸手去取它，休息的日子她将它放在一边，她毫不经意，从不思量这一切。这器具的器具性的确就在于它的有用性。但这有用性本身则存在于器具的本质性存在的丰盈之中。我们称此丰盈为可靠性。正是凭此可靠性，农妇才得以参与到大地之无声的召唤中；正是凭此器具的可靠性，她才确信了她的世界。只是在此器具中，世界和大地才为那些与她的存在方式相同的人而存在①。

艺术把人们的日常生活带到了诗意的状态之中，在此诗意状态

---

　　① 〔德〕海德格尔：《海德格尔诗学文集》，成穷等译，华中师范大学出版社，1992年版，第29页。

中作品建立世界,展现大地,进入了生活的无蔽和敞开的境界,进入诗意的澄明。然而这一切是通过凡·高的农鞋的画揭示出来的。这里的天空、大地、农妇和鞋构成了一幅诗意的景观。这就是存在者在其存在中的开启,就是澄明,就是本体的诗化。在艺术作品中,人彻底摆脱了非本真的浑浑噩噩的生存方式,世界才真正进入了存在的光亮之中,人生在世诗意般地彰显出来。

海德格尔诗学的意义在于把一般理解上的外在的文学,还原于生命的状态。这样,文学的真正意义也就上升为生命与存在的意义,人类的本真生存方式总是要寻求诗意的栖居,伟大的文学家总是通过作品揭示出世界的意义。通过艺术的世界,揭示大地,展现天空,大地变得宽阔而宁静,天空充满无限的神性,人在此间是如此的澄明而生动。这样,问题就变成了不是我们是不是需要文学,而是生命必定要诗化,必定要文学化,生存的道路只能是诗意的道路。

第一章

是一面镜子还是一束灯光？

艺术家对于自然有着双重关系：他既是自然的主宰，又是自然的奴隶。他是自然的奴隶，因为他必须用人世间的材料来进行工作，才能使人理解；同时他又是自然的主宰，因为他使这种人世间的材料服从他的较高的意旨，并且为这较高的意旨服务。

——歌德《歌德谈话录》

歌德（J. W. von Goethe，1749—1832），德国诗人、剧作家和思想家。

　　文学是什么的问题，可以从不同角度做出回答。文学作品是作家创作的，作品的内容总是和现实世界有着千丝万缕的联系。因此，文学与作家主体的关系、文学与现实世界的关系，就成了文学理论中的重要问题，而从文学与作家、文学与现实关系角度来回答文学是什么，就成了首要的方面。

一、镜与灯：关于文学的比喻

　　不知有多少人曾经被文学的世界所打动，可是，更多的时候，对于更多的人来说，可能并不去思考什么是文学。也许人们觉得这是一个不证自明的问题，谁还不知道文学呢？有如人们知道哪是自己的头哪是自己的脚一样简单。但是，这个看上去是不证自明的问题，其实却是相当复杂的。古往今来，理论家们不知提出了多少种观点，可谓莫衷一是。

　　或许是因为文学更适于形象的表述,文学的定义最流行的不是抽象的阐释,而是形象的比喻。我们看到,有人把文学比喻为镜子,有人把文学比喻为灯,还有人把文学比喻为画。**不同的比喻代表着不同的文学观,代表着不同的美学观。**这些生动而有趣的比喻也许能够帮助我们更容易地走近文学。

　　把文学比喻成一面镜子,是各种关于文学的比喻中最古老的比喻之一。在西方思想传统中,古希腊的柏拉图在他的著作《理想国》中谈到了这一比喻。他把画家和诗人比喻成一个拿着镜子的人,向四面八方旋转就能造出太阳、星辰、大地、自己和其他动物等等一切东西。[①] 按照柏拉图的比喻,文学就好比是一面镜子,它可以把面对它的一切东西照出来。

　　柏拉图以后,把文学甚至绘画艺术比喻为镜子,就成为一个经典比喻被确立下来了。大画家达·芬奇和大作家莎士比亚都曾经从不同角度谈到过这一比喻。俄国的别林斯基更是明确地重申了这一比喻,他说:"它(指文学)的显著特色在于对现实的忠实;它不改造生活,而是把生活复制、再现,像凸出的镜子一样,在一种观点之下把生活的复杂多彩的现象反映出来,从这些现象里汲取那构成丰满的、生气勃勃的、统一的图画时所必需的种种东西。"[②]

---

　　① 〔古希腊〕柏拉图:《理想国》,郭斌和、张竹明译,商务印书馆,1986 年 8 月第 1 版,第 389 页。
　　② 〔俄〕别林斯基:《论俄国中篇小说和果戈理君的中篇小说》,《别林斯基选集》第 1 卷,人民文学出版社,1959 年版。

与西方古老的镜子比喻不同，在中国传统中，很早很早就把文学比喻为一种发光体。**镜子的比喻往往把文学看成了一种表现方法，而发光体的比喻把文学看成了心灵的表现。**中国的庄子把心灵当作是发光的物体。《庄子·庚桑楚》谓："宇泰定者，发乎天光。发乎天光者，人见其人。"这里的"宇"就是心灵，在庄子看来，只要心灵宁静而祥和，就能发出自然的光芒，既可以照亮人类的精神世界，也可以照亮物质的世界。心灵世界在自然状态中是处于诗意的澄澈状态中的。庄子在《齐物论》中说："注焉而不满，酌焉而不竭，而不知其所由来，此之谓葆光。"一个不受外界干扰的精神世界，就能照亮世界。因此，中国古典文化把人类的精神创造理解成发光的物体称之为"文明"。文学的创造更是照亮世界的火炬。《国语·楚语上》记载了这样一段话，"教之《春秋》，而为之耸善而抑恶焉，以戒劝其心；教之《世》，而为之昭明德而废幽昏焉，以休惧其动；教之《诗》，而为之导广显德，以耀明其志；教之《礼》，使知上下之则……"，在此，"耀明其志"，显然是把诗比喻成一种发光体。这个发光体是日月星辰还是灯烛之类呢？从这段话并不能看得很清楚。不过，我们可以从钟嵘的《诗品序》来进一步体会古人的这一比喻。《诗品序》说：

> 气之动物，物之感人，故摇荡性情，形诸舞咏。照烛三才，晖丽万有，灵祇待之以致飨，幽微藉之以昭告。动天地，感鬼神，莫近于诗。

三才,就是天地人;万有,就是万物。照烛三才,晖丽万有。何等光耀!非一般灯烛可比,可谓与日月同辉。

在西方,把文学比喻为一种发光体是从近代以来开始时兴的。美国批评家 M. H. 艾布拉姆斯写了一部文学理论的名著,书名就叫《镜与灯》。艾布拉姆斯在这部著作中描述这一理论现象时,提到了英国批评家哈兹里特的话:

> 如果仅仅描写自然事物,或者仅仅叙述自然情感,那么无论这描述如何清晰有力,都不足以构成诗的最终目的和宗旨……诗的光线不仅直照,还能折射,它一边为我们照亮事物,一边还将闪耀的光芒照射在周围的一切之上……①

在这段话里,哈兹里特把诗比喻为一种发光体。艾布拉姆斯把这一发光体直接解释为灯。他说,"哈兹里特在镜子之外又加上了灯"②。

除了镜子与灯,中外都有把文学比喻成画的例子。宋代张舜民说,"诗是无形画,画是有形诗"③。在西方有"画是无声诗,诗是有声画"的类似说法④。

---

① 〔美〕M. H. 艾布拉姆斯:《镜与灯》,郦稚牛等译,北京大学出版社,1989 年 12 月第 1 版,第 75 页。
② 同上。
③ 〔宋〕张舜民:《跋百之诗画》,《画墁集》卷一,知不足斋丛书本。
④ 〔美〕M. H. 艾布拉姆斯:《镜与灯》,郦稚牛等译,北京大学出版社,1989 年 12 月第 1 版,第 46 页。

通过比喻，或许对我们理解文学是什么这一难题能有些帮助。因为生动的比喻意象可以使我们更真切地理解这一抽象的问题。除此之外，比喻意象与抽象的命题相比更具弹性，有更丰富的蕴涵。不过，实际上，在每种关于文学的比喻后面，都有相关的理论学说。

二、模仿与镜子、表现与灯

与比喻相比，比喻后面的理论学说当然是更为重要的。因为比喻只不过是它背后的理论学说的形象描绘而已。**镜子的理论把文学理解成写实的再现的，而烛光的比喻则把文学看成是创造的表现的。**

我们看到，在古老的镜子比喻的背后是同样古老的模仿理论，我们不知道把它们比喻成一对孪生姊妹或者一对父子哪个更好，但是，有一点是肯定的，那就是，柏拉图企图用镜子的比喻来阐明他的模仿理论。他说，"从荷马起，一切诗人都只是模仿者，无论是模仿德行，或是模仿他们所写的一切题材"①。在柏拉图看来，诗人创作作品，就是对世界的模仿，并不是创造，这正如用镜子反照万物。从此，柏拉图用来解释文学本质的模仿理论就成为西方文艺理论史上的重要观点，影响深远。

---

① 〔古希腊〕柏拉图：《理想国》卷十，译文采用朱光潜《文艺对话集》中的译文，人民文学出版社，1963 年 9 月第 1 版，第 76 页。

模仿说在后来的发展中，又演化成再现说。与模仿说比起来，似乎再现说更能传达镜子比喻的喻意。因为镜子的反照对于对象来说不会多什么也不会少什么，而再现正是此义。

与镜子比喻相比，在灯这一比喻的背后，存在的是与模仿说截然相反的理论，那就是表现说。所谓表现说，就是认为文学艺术是对人类主观世界的表现。这种理论在中西文学理论中都有。

在西方，近代以来，作家、诗人和理论家都曾表述过这一观点。诗人华兹华斯说，"诗是强烈情感的自然流露，它起源于在平静中回忆起来的情感"①。大作家托尔斯泰认为，艺术是情感的感染。理论家罗宾·乔治·科林伍德在其美学名著《艺术原理》中对人类已有的艺术做了辨析，他把艺术区分为再现的艺术、巫术的艺术、娱乐的艺术、表现的艺术和想象的艺术。在他看来，艺术在一定程度上可以有再现因素，但艺术绝不是再现的；在人类历史上，艺术曾经与巫术有过某种结合，但巫术艺术只不过是艺术的某种雏形；艺术可以使人得到一定程度的乐趣甚至教益，但娱乐艺术绝不是真正的艺术。他认为，真正的艺术是表现的艺术和想象的艺术②。他所说的表现，就是表现情感。

在中国，文学艺术表现情感是一个古老的话题。从最初的"言

---

① 华兹华斯：《〈抒情歌谣集〉一八〇〇年版序言》，《西方文论选》下卷，上海译文出版社，1979 年版，第 17 页。

② 参见罗宾·乔治·科林伍德：《艺术原理》，王至元、陈华中译，中国社会科学出版社，1985 年 11 月第 1 版。

志"到后来的"缘情"是一脉相承的。"诗言志"作为一个非常古老的美学教义，在上古史书《尚书》中已经出现。"诗言志，歌永言，律和声"①，这已经成为中国上古艺术的信条。

"诗言志"的"志"是什么意思呢？有人对此作了专门的解释。"诗者，志之所之也。在心为志，发言为诗。情动于中而形于言，言之不足故嗟叹之，嗟叹之不足故永歌之，永歌之不足，不知手之舞之，足之蹈之也。"②其实，这里的"志"应该包括思想和情感两个方面，有人认为只包括思想一个方面，这是一种误解。依照闻一多的理解，"志"固然有"记载"与"记录"的写实意义，而同时也具有"怀抱"的情感意义③，是再现与表现的综合反映。有人认为陆机所提出的"诗缘情"④是中国美学表现说的肇始，这更是一种误解。实际上，陆机的"缘情"说只不过是"诗言志"说的延伸与发展，陆机显然是把"志"中的"情"分离出来，作了古典诗学与美学的重新阐释。

综上所述，在中西美学史上，有的理论家主张文学是再现的，有的理论家主张文学是表现的，可以说，再现和表现是理论史上两种最为典型的观点，而这两种观点又是截然对立的。这两种观点谁是谁非呢？这些问题是很有必要进一步思考的。

---

① 《尚书·尧典》。
② 《毛诗大序》。
③ 参见闻一多：《神话与诗·歌与诗》，古籍出版社，1956 年版。
④ 陆机《文赋》曰："诗缘情而绮靡。"

三、文学的两个世界

文学究竟是表现还是再现呢？我们看到，尽管在理论上再现说与表现说互不相让，也互相不能说服，但是，文学究竟是表现还是再现，显然是一个不能回避的问题。

从理论上认为文学在本质上要么是表现的要么是再现的，这两种说法都是有问题的。事实上，从文学的实际来看，在任何一部被认为是纯粹表现情感的作品中，我们也能看到现实世界的影子，同样，任何一部标榜写实的作品中也会有现实以外的东西。人们都说《诗经》是现实主义作品，可是在《诗经》古朴的描写中谁能否认有先民的美好理想和情感呢？屈原是伟大的浪漫主义诗人，可是屈原笔下的香草美人世界就和现实世界毫无关系吗？

为了把问题辨析清楚，还是让我们从几个最基本的理论范畴开始。如上所述，美学史上，在从文学与世界之间关系角度探讨文学本质的时候，有这样三个基本概念：模仿、再现与表现。其中，一般认为，再现这一概念是从模仿演化而来的。所以，通常人们对这两个概念不做区分。可是，事实上，模仿与再现是不同的。

在英语世界，"柏拉图所使用的 $\mu\iota\mu\varepsilon\sigma\iota\sigma$（摹拟）这个希腊词语，

有时也被人们翻译为'再现'（representation），而不是被翻译成'模仿'"①。

　　为什么英语世界有人有时候用"再现"代替"模仿"来翻译 $\iota\mu\varepsilon\sigma\iota\sigma\mu$ 呢？从表面看来，之所以用一个词代替另一个词，最简单也是最好的解释就是这两个词的意思相同。可是，事实上并不这样简单。这实际上是写实艺术在现代英语世界重又抬头、新写实主义兴起的一种反映。

　　"在英语中，'模仿'这个词语意味着摹本并不是被模仿的真实事物；它也可能意味着摹本的价值比较低。"②实际上，在汉语中也同样认为摹本的价值要比摹拟的对象本身低。而"再现"这个词却不同了，"'再现'这个词语对再现物所具有的价值却表现得模棱两可，而且更有可能暗示艺术的语境"③。这就是说，摹本的价值比其对象低，可是，"再现"却不一定。甚至，在新写实主义看来，"理想艺术，乃是一种与现实不分的艺术，艺术品只能透明地揭示出观看者直接把握到的现实，而不能对这种透明的揭示作任何干预或阻挠。对它的任何干预都会造成对它的歪曲，都是人类自身之偏见和他一相情愿的东西的投射"④。新写实主义的代表人物罗伯特·格雷莱特

---

　　①　〔英〕安妮·谢泼德：《美学——艺术哲学引论》，艾彦译，辽宁教育出版社、牛津大学出版社，1998年3月第1版，第13页。

　　②　同上。

　　③　同上。

　　④　〔美〕H. G. 布洛克：《现代艺术哲学》，滕守尧译，四川人民出版社，1998年3月第1版，第33页。

柏拉图与亚里士多德

（Robet Grillet）指出：

> 世界就是其自身的存在，这再简单不过了……突然间这一
> 显而易见的存在以不可抗拒的力量打动了我们。整个宏伟的
> 结构（construction）瞬间塌掉了，我们的眼睛突然睁大了，这一
> 顽强执拗的实在，这个我们曾经假装掌握了的实在，使我们如
> 此震惊。我们周围不再是我们用种种拟人的和染上保护色的
> 形容词打扮的事物，而是事物自身。[1]

这是罗伯特·格雷莱特在把自己的写实主义作品同过去用拟
人化手法写的小说作对比时讲的一番话，从中可以看出，原原本本
地再现现实，对于写实主义作家来说是多么重要。之所以如此，是
因为在新写实主义作家看来现实本身就是最重要的，理所当然要强
调再现而不是模仿，任何一种模仿都会减损现实本身的这种重
要性。

对于翻译来说，用"再现"代替"模仿"来翻译柏拉图所使用的
$\mu\iota\mu\varepsilon\sigma\iota\sigma$（摹拟）这个希腊词，不能不说是一种苦心经营的做法。可是
对于柏拉图来讲，再现与模仿几乎没有什么太大的差别，这可以从
他的镜子比喻中看得出来，因为再现也好，模仿也好，毕竟不是对象
本身，镜中的花毕竟不是花。

对于新写实主义来说，"再现"与"模仿"差别甚大，作品的全部

---

① 罗伯特·格雷莱特：《小说的未来》，转引自 H. G. 布洛克：《现代艺术哲学》，滕守
尧译，四川人民出版社，1998 年第 1 版，第 33 页。

价值都由再现来决定。但是，文学中的再现是否是纯粹的再现呢？丝毫不走样的原原本本的再现存在吗？

以鲁道夫·阿恩海姆为代表的以格式塔心理学为基础的审美心理学，却在极力证明艺术绝对的再现现实是不可能的。阿恩海姆在《艺术与视知觉》中认为，人的视知觉对外界对象的反应过程，不是一个照相式的过程，也不是一个把对象的各种要素简单相加的过程，而是一个建构和组合的过程，不是一个被动的过程，而是一个主体积极参与的过程①。因此，在这个过程中所形成的视觉结果自然与对象本身不完全相同。"阿恩海姆证明，并不存在什么绝对的写实主义，也没有不偏不倚的或绝对忠实的自然主义，任何对现实的复现都不是自动的和机械的。"②

当代分析哲学家维特根斯坦在其后期代表作《哲学研究》的第二部分中用较大的篇幅讨论了一个与格式塔心理学极其相似的问题："看到"③。当人面对一个对象的时候，他看到了什么？他如何看？为了讨论这样的问题，维特根斯坦引用了心理学界有名的鸭兔同形图。

当你看到上面的图形时，也许你会认定那图形是兔子，也许你

---

① 参见鲁道夫·阿恩海姆：《艺术与视知觉》，中译本，中国社会科学出版社，1984年出版。

② 〔美〕H.G.布洛克：《现代艺术哲学》，滕守尧译，四川人民出版社，1998年3月第1版，第43页。

③ 〔奥〕维特根斯坦：《哲学研究》，李步楼译，商务印书馆，1996年12月第1版，第294页。

鸭兔同图

会认定那图形是鸭子。但是，你的结论丝毫也不会影响这张图本身，你的结论只不过是你的视知觉而已。这是一张鸭兔同形图，可是，你看到的是一张鸭子图或兔子图，你的视知觉并没有纯客观地"再现"这个对象。

为什么会有这样的结果呢？换一句话说，是什么因素导致了这一结果呢？在回答这一问题之前，还是让我们来看一看另一种情况吧。如果有人提醒你这是一张鸭兔同形图，那么当你再次看到这张图画时你会说这是一张鸭兔同形图。这其中是什么在起作用呢？是主体的经验因素。

很显然，维特根斯坦的这一思考对我们探讨文学究竟能否绝对再现对象这一问题是大有帮助的。由维特根斯坦的观点来看，说一个作家再现了某个对象，这种观点是不能令人满意的。

除理论上的求证以外，作家所创作的作品本身也许是说明问题的更好途径。

其实，任何一部声称是再现对象的作品，都不同程度地包含着作家主体的意向性。下面可以通过具体的作品来说明这一问题。

马致远的散曲小令《天净沙·秋思》是人们都熟悉的作品：

> 枯藤老树昏鸦，小桥流水人家，古道西风瘦马。夕阳西下，
> 断肠人在天涯。

一般认为，这首小令通过九个实词对场景和环境的描写是极其写实的。表面看来，这是没有问题的。通过作家的这一描写，我们仿佛真的看到了枯藤老树上的昏鸦，小桥流水旁的人家，古道上西风里的瘦马，还有那夕阳残照中疲顿的旅人。

但是，这里有一个问题可能被人们忽略了。作品中旅人所看到的景象除作品中描写的枯藤、老树、昏鸦、小桥、流水、人家、古道、西风、瘦马以外，别的什么都没有吗？也许在老树的近旁还有一二株小树，也许在人家的烟囱里还冒着袅袅的炊烟。也许……也许……可能还会有很多个也许，而作家只写了这些，这看似客观的描写，其实背后却包含作家的选择，也就是说，只写这些而没有写别的，这本身就是一种选择。

如果这种选择果真存在的话，那么在这种选择的背后又是什么呢？换一句话说，是什么决定作家做这样的选择？从作品来看，枯藤老树昏鸦与小桥流水人家是两组色调截然相反的意象。一个是冷色调的，一个是暖色调的；一个是昏暗的，一个是明丽的。这两组相反的意象，实际上都与作家的作品意向相吻合，或者说都是用来表达这种意向的。这可以从两个层次来看。第一个层次，昏鸦归巢与旅人思归、暖暖人家与旅人思归。也就是说，由昏鸦的归巢可以

引起旅人的思归，由暖暖人家也可以引起旅人的思归。第二个层次，是由枯藤老树昏鸦与小桥流水人家的对比来完成的。枯藤老树昏鸦勾画出的是一幅凄凉的晚秋图景，在凄凉的晚秋图景与暖暖的人家对比中，自然引起旅人无限的思乡之愁。从以上的分析可以看出，所谓绝对的再现是根本不可能的。正如鲁道夫·阿恩海姆所说，再现永远不是为了得到事物的复制品，而只是创造一种与此事物相当的另一种结构。①

与再现说这种明显的片面性相比，表现说存在的问题更多，而且更复杂，虽然在西方，近代以来一直到新写实主义崛起，表现说在理论上唱主角。

这些复杂的问题首先体现在对"表现"本身的理解上。最典型也是最主要的理解有两种，一种认为表现就是对情感世界的表现；另一种认为表现就是对想象世界的表现。当然，也有将这二者综合起来的，认为文学既表现情感又表现想象。

在西方，一直到卢梭和歌德的时代，艺术模仿理论始终被奉为不可更易的信条。但是，"一个新的美学理论的时代从卢梭和歌德这里开始"②，"卢梭反对所有古典主义和新古典主义传统的艺术理论。在他看来，艺术并不是对经验世界的描绘和复写，而是情感和

---

①　参见鲁道夫·阿恩海姆：《艺术与视知觉》，第 227 页。
②　〔德〕恩斯特·卡西尔：《人论》，甘阳译，上海译文出版社，1985 年 12 月第 1 版，第 180 页。

感情的流溢"①。此后,艺术表现情感的理论对西方近现代艺术产生了深远的影响。

在中国,新中国成立以后的一段时间里,由于特殊的历史原因,文学被极端政治化了,因此,"文革"结束以后,文学表现情感的理论很容易被人们认同。甚至,在今天,文学表现情感的理论几乎也是主流理论。

如果从普通人而不是美学研究的角度来看,说文学表现了情感,是没有太大问题的。可是,如果把情感当成文学唯一的最本质的因素,这与再现说几乎没有什么不同。"在这种情况下,艺术就仍然是复写;只不过不是作为对物理对象的事物之复写,而成了对我们的内部生活,对我们的感情和情绪的复写。"②也就是说,文学的再现不仅是对物理事实、社会事实的再现,也包括对心理事实的再现。所谓的表现情感,其实是对心理事实的再现。

在作家这个阵营里,列夫·托尔斯泰是情感论的典型代表。他说:"在自己心里唤起曾经一度体验过的感情,在唤起这种感情之后,用动作、线条、色彩、声音,以及言辞所表达的形象来传达出这种感情,使别人也能体验到这同样的感情——这就是艺术活动。"③在

---

① 〔德〕恩斯特·卡西尔:《人论》,甘阳译,上海译文出版社,1985 年 12 月第 1 版,第 180 页。

② 同上。

③ 〔俄〕列夫·托尔斯泰:《艺术论》,丰陈宝译,人民文学出版社,1958 年版,第 47页。

托尔斯泰看来,文学艺术就是用来传达情感的一种手段,于是,情感就成了判断文学艺术优劣的唯一标准。托尔斯泰断言,"区分真正的艺术和虚伪的艺术的肯定无疑的标志,是艺术的感染性"①。

我们看到,当托尔斯泰用他的这一标准去评价艺术作品时,问题就出现了。他甚至宣称:"村妇们的歌曲是真正的艺术,它传达出一种明确而深刻的感情,而贝多芬的那首奏鸣曲(按:作品第101号)只是一个不成功的艺术尝试",这是因为"其中没有任何明确的感情,因此它没有什么可感染人的"②。

但是,托尔斯泰的断言丝毫也不影响贝多芬作品的伟大。其实,虽然艺术离不开情感,但是情感本身并不是艺术。"只受情绪支配乃是多愁善感,不是艺术。"③

为什么说情感本身不是艺术呢?这个问题其实很简单,可总是被人们忽略。只要人们回想一下在现实中发生的一些真实的事情,就自然会理解这一问题。试想一个人如果遇到了不幸,失去了自己的亲人,他会极度的悲伤,他痛哭,他痛不欲生,他把悲痛的感情发泄到了极点,我们看到这些,会被感染,可是,这与你看到的文学中描写的相似的情节和感情显然不同。"关于某种激情的形象并不就

---

① 〔俄〕列夫·托尔斯泰:《艺术论》,丰陈宝译,人民文学出版社,1958年版,第148页。

② 同上书,第143—144页。

③ 〔德〕恩斯特·卡西尔:《人论》,甘阳译,上海译文出版社,1985年12月第1版,第181页。

是这种激情本身。"①文学中所描写的情感与现实中的情感相比在性质上已经发生了变化,这种变化的核心就是形式化,而形式化的关键是抓住情感的本质,使文学中的情感超越日常情感,达于审美情感。对于读者来说,这种审美情感使你不再受实际利害的影响和左右,于是,文学使人感到"静"和"净",是灵魂上的"静"和"净"。

这种形式化,不限于情感,事实上文学再现现实也一定是形式化了,这种形式化使文学中所描写的事物不可能与现实中的事物一一对等。

至于把文学界定为表现想象这一看法同样是要不得的,想象同情感一样,并不是文学最本质的要素,想象仅仅是形式化的手段。有些美学理论往往过分夸大这种手段,而对这种对于文学来说具有本质意义的形式化却置之不论。文学在描写客观事实和主观事实的时候,并不能离开回忆。以往的美学理论对回忆的认识很不够,这是不对的。文学艺术在一定程度上是一种回忆,是作家对自己所感悟到的世界的回忆。

这种形式化,一方面使文学在一定程度上与纯粹的主观世界相分离,一方面又使文学与纯粹的客观世界相分离。歌德说:"艺术家对于自然有着双重关系:他既是自然的主宰,又是自然的奴隶。他是自然的奴隶,因为他必须用人世间的材料来进行工作,才能使人

---

① 〔德〕恩斯特·卡西尔:《人论》,甘阳译,上海译文出版社,1985 年 12 月第 1 版,第 187 页。

理解；同时他又是自然的主宰，因为他使这种人世间的材料服从他的较高的意旨，并且为这较高的意旨服务。"[①]在文学中，实际上有两个世界：一方面，文学是有限的、再现的、经验的，另一方面，文学是无限的、象征的、超验的。有限的、再现的、经验的世界，可以是物理事实、社会事实，也可以是心理事实，即人的情感世界，因此，人们往往可以在文学中看到现实世界的某些影子，这为那些热衷把文学与现实对号入座的人提供了可能。可是，文学作为一种艺术活动，它的目标决非仅此，文学总要借有限而达于无限。

王国维在《红楼梦评论》中说："夫美术之所写者，非个人之性质，而人类全体之性质也。惟美术之特贵具体而不贵抽象，于是举人类全体之性质置诸个人之名字之下。"优秀的文学作品总是通过有限的描写把读者带入无限的世界，正所谓"言在耳目之内，情寄八荒之表"。汉儒董仲舒说"诗无达诂"，之所以诗是说不尽的，文学是说不尽的，就是因为文学通过有限而达于无限，通过再现而完成象征。

四、结语

在美学史上，再现说与表现说往往各执一端。在文学史上，有

---

①　爱克曼辑录：《歌德谈话录》，朱光潜译，人民文学出版社，1978 年 9 月第 1 版，第 137 页。

以再现而造就了伟大作品的作家,也有以表现而造就了伟大作品的作家。难怪再现说与表现说互不相让。可是,有一个最基本的事实被忽略了:不管是再现的作品还是表现的作品,它们都是由作家所创造的另一个世界,这个世界既不同于现实世界,也不同于主观世界,可谓"第三世界",以纯粹的客观眼光和以纯粹的主观眼光来看这个世界,都是对艺术的误解和贬低。正如歌德所言:"艺术要通过一种完整体向世界说话。但这种完整体不是他在自然中所能找到的,而是他自己的心智的果实,或者说,是一种丰产的神圣的精神灌注生气的结果。"[①]用海德格尔的话说就是,作品是一个世界,在大地与天空之间展开,而此时的天空与大地已经是作家与作品里的天空与大地了。

---

① 爱克曼辑录:《歌德谈话录》,朱光潜译,人民文学出版社,1978 年 9 月第 1 版,第137 页。

第二章

文学是语言艺术吗？

荃者所以在鱼，得鱼而忘荃；蹄者所以在兔，得兔而忘蹄；言者所以在意，得意而忘言。

——庄子《外物》

庄子(约公元前 369—公元前 286 或 289)，战国时期哲学家。

文学中的语言研究实际上有两种，一种是对具体的文学作品的语言进行微观研究，总结文学语言的独特性。一种是宏观研究，从语言角度来研究文学的本质。当然，二者之间是不能截然分开的。这里我们无法将这两方面都全面地加以介绍，只着重分析文学与语言的关系问题。其理论实质是：一门艺术与其媒介的关系，并进而从这一角度来研究这门艺术的本质。

一、"文学是语言艺术"：一个需要辨析的命题

文学是用语言写成的，人们在欣赏文学作品的时候，首先而且直接与人们的感官发生联系的就是文学作品的语言，这是一个最基本的事实。对于欣赏者来说，如果不能理解文学作品的语言，欣赏文学作品就成了空谈；对于理论研究来说，文学语言是文学研究的第一入口。如果文学理论轻视了对文学语言的研究，那么这样的研

究是不全面的。可以认为，对文学语言的研究，在文学理论中处于举足轻重的地位，而且这也应该看做是文学理论中最基本的研究。

中国古典思想家们在语言问题上是相当矛盾的，一方面，他们认识到对自然对人生对社会的深刻感受，必须借助于生动富有文采的语言形式，从而获得传之久远的生命力。《左传·襄公二十五年》里记载孔子的话说："言以足志，文以足言。不言，谁知其志？言之无文，行而不远。"这里强调的是要表达深刻的生命之"志"，必须运用生动的语言形式。但是，另一方面，古代先哲又充分认识到语言的局限性，所谓"道可道，非常道。名可名，非常名"，语言的表现能力又是极其有限的，最深刻的生命体验又是无法用语言表达的。这一点不仅道家如此表述，即使是对文言有特殊认识的儒家也常常看到语言表述的苍白无力，孔子仰望苍穹发出这样的感叹："天何言哉，四时行焉，百物生焉，天何言哉！"[①]创造了一切的造物与自然，是无声的，而只有人类还在喋喋不休。因此中国古代哲学家与文学家们，都尝试着运用最简练的语言，甚至是无声空白的状态表现无限的生命体验。中国文学当然不是哲学上的逻辑思维，也不是一般文艺的所谓形象思维，而是象征式的意象思维，这一点中国文学与西方文学走了不同的道路。而值得指出的是，中国目前的文学理论研究，对文学与语言之间关系的研究是很不够的，甚至在有的文学理论教程中根本不谈这一问题。在已有的研究中，有一个很流行的命

---

① 《论语·阳货》。

题："文学是语言艺术"。的确，文学是用语言写成的，语言是文学的物质材料，这是一个最基本的常识。可是，这一命题能否包括文学的本质和文学与语言关系这两个问题的全部内涵呢？单就文学与语言的关系来说，这一命题也是需要认真检讨的。

我们知道，"文学是语言艺术"这一命题是基于从物质媒介角度对艺术所作的分类这一事实基础上的。从现实层面来看，艺术的分门别类是艺术自身历史发展的结果。在人类的早期文化中，原始艺术具有明显的综合性，比如诗乐舞在人类早期文化中的三位一体。随着人类历史文化的发展，原始艺术中的各种要素逐渐分化，以致最后独立出来不同的艺术样式。从理论层面来看，不同艺术品种的存在，以及不同艺术样式之间的差异必然带来人们进行思考的兴趣，这样，探讨不同艺术的本质与规律也就成了文学理论的目标之一。

艺术分类首先遇到的是分类的标准和原则问题，从不同的标准和原则出发，会有不同的分类结果。比如，从艺术作用于人的不同感官的角度，人们把艺术分为视觉艺术、听觉艺术和视听综合艺术；从艺术使用的物质媒介的角度，人们把艺术分为造型艺术、表演艺术、语言艺术和综合艺术。

"文学是语言艺术"这一命题，作为从某种角度对艺术进行分类的结果，是无可厚非的。但是，如果作为文学本质命题，就有了问题。非但如此，而且，仅在艺术分类的意义上使用这一命题，也应该持审慎态度，因为只要我们向相邻艺术门类看一眼，马上就会发现问题的要害所在。大家知道,雕塑的物质材料可以是石头,也可以是木头,还可以是其他物质材料,是石头也好,是木头也好,我们总不能把雕塑叫做石头的艺术,或者木头的艺术吧?

其实,对我们来说,比辨析"文学是语言艺术"这一命题是否妥当更为重要的问题是,对文学与语言之间的关系做出具体而深入的探讨。

二、语言是文学的物质媒介

每种艺术都有自己的物质媒介,离开物质媒介,对于艺术家来说,也只能是无米之炊,艺术对物质媒介的依赖性是显而易见的。文学最根本的物质媒介是语言,当然,对于书写和印刷的文学作品来说,还缺不了纸张和笔墨,但是,纸张和笔墨并不是文学的最根本的物质材料,因为它们不是构成文学意象的要素,文学作品绝不会因为纸张的质地和笔墨的质量而影响其艺术品位。与此不同,文学之所以是文学,就是因为文学是用语言写成的。这看上去是一个不言自明的问题,其实,问题远没有这么简单。不仅文学,包括所有的艺术在内,艺术对其所使用的物质媒介究竟依赖到什么程度?"物质本身最多能提供什么"?[①] 诸如此类的问题并不是不言自明的,而

---

① 〔美〕爱德华·萨丕尔:《语言论——言语研究导论》,陆卓元译,商务印书馆,1997 年版,第 198 页。

且，这样的问题才是我们探讨艺术与物质媒介之间关系时所要深入考虑的。

文学的物质媒介是语言，就各种艺术都依赖物质媒介这种最一般意义上来讲，没有语言就无法进行文学创作；就各种艺术的界限而言，语言媒介为文学提供了什么呢？为了回答这样的问题，首先必须了解语言的性质以及语言媒介与其他媒介的不同。

语言现象是人类最为普遍的一种现象，文学使用语言进行创作，这就决定了文学的普及性，文学是最为大众化的艺术之一。无论从读者的数量来看，还是从作家的数量来看，恐怕都是其他艺术望尘莫及的。因此，文学给人带来的影响也会比其他艺术大得多。即使襁褓中的儿童，母亲在用乳汁哺育他的同时，又以美丽而神奇的童话浇灌她的心田。

从语言的物理事实来看，语音是最基本的存在，它是语言的物质外壳。一定的语音总是与一定的意义相统一，这种统一体就是词汇。词汇作为语音与意义的统一体要表达的是主观世界的各种要素和客观世界各种事物的名称、概念及关系。词汇只是语言的材料，语言的表达还需要语法的保障。语法作为词的变化规则和用词造句的规则，是语言的第三种要素。语言现象是极其复杂的。语言虽有一定的生理因素，但是在本质上，语言绝不是生理的，而是社会的。因为语言是思想和文化的载体，所以语言本身就是一种文化形式。至于语言与人类的思维以及人类的心智世界的关系问题，则更能显示出语言现象的复杂性。在语言与思维关系问题上有两种看来是对立的观点。一种观点认为，语言是人类思维的工具，这就是所谓的**工具论**。另一种观点认为，语言与思维是一个不可再分的整体，这就是所谓的**整体论**。工具论与整体论之间当然存在极大的区别，这是一个既棘手又复杂的问题，在这里不可能给大家一个满意的答案。但是，有一点是肯定的，那就是如果我们抛开两种观点的差别，而从共同处着眼，事实上，两种观点都强调了语言与思维之间的密切联系。正如马克思所说，"语言是思想的直接现实"①。

语言的上述性质为文学所带来的东西是其他任何一种艺术媒介所无法比拟的。

语言的丰富词汇及其所带有的明晰的含义，以及严密的语法，这些都使文学比其他艺术更易于细致入微地描写和表现广阔的社会现实生活和丰富的内心情感世界。当然，其他艺术也同样可以表现广阔的社会生活和丰富的内心世界，文学的优越在于由于使用语言媒介，使得这种表现变得更容易。比如表现一个像《三国演义》这样的历史题材，如果用电影，那么会涉及资金、技术、时间和空间等各种问题。具体来说，演员的选择，外景的搭建，服装和道具的制作，这既关涉资金，又关涉技术。可是，对于文学来说，只需用语言来描写就行了。这些还都只是外在的，从艺术的内在的构成手段来看，比如要表现一个宏大的战争场面，即使是宽银幕电影，银幕所提供的画面也是有限的，当然，电影也会通过特殊的镜头语言诸如远

① 《马克思恩格斯全集》第3卷，第525页。

景镜头等手段来进行弥补。不过，语言是自由灵活的，文学使用语言媒介，甚至可以创造一个或者"至小无内"或者"至大无外"的世界。

在文学作品中，语言既可以描摹外部世界，又可以描摹人的内心世界，这就是所谓的心理描写，甚至，有时可以直接使用心理道白，这对于细致地描写人的内心世界是极为方便的。与文学不同，电影主要是通过动作、画面和少量的语言来表现人的内心世界的。由于电影不能直接用语言来描写内心世界，心理道白在高品位的电影中出现是不可原谅的，因此，电影在表现内心世界时就受到了限制，当然，这并不是说电影不能表现内心世界，电影可以通过动作和画面来表现。

语言媒介为文学所带来的又一特点是艺术形象的非直观性。绘画、雕塑、建筑、戏剧、影视等艺术样式的形象是直观的，也就是说，当人们在观赏这些艺术样式时，可以直接看到艺术形象，可是，文学直接展示在人们面前的却是语言文字。但是，语言媒介也为作家和读者带来了相应的补偿。对于作家来说，可以运用语言自由灵活的特点，淋漓尽致地发挥艺术在于似与不似之间的性质，使得文学形象更富于韵致，以致达于"言有尽而意无穷"的艺术圣境。对于读者来说，在欣赏文学作品时，无法看到直观的艺术形象，可是，作品留给读者的想象余地要比其他艺术大，读者可以展开自己的联想和想象，所以，文学比那些直观艺术更耐人回味。

语言作为一套表情达意的符号体系，在其为人们所构建的文学作品中,往往也包含着天文、地理、历史、人生的各种知识。在中国历史上,《诗经》曾经是一部百科全书式的作品,所以孔子说,"不学《诗》无以言"①,学习《诗经》可以"多识于鸟兽草木之名"②。恩格斯甚至认为,自己在巴尔扎克的《人间喜剧》中学到的东西,比从"当时所有职业的历史学家、经济学家和统计学家那里学到的全部东西还要多"③。

语言作为思想的直接现实,使得文学作品又与思想关系紧密。换言之,伟大的作家常常把伟大而深邃的思想蕴寄于自己的作品之中。不过,由于丰富的知识和深刻的思想存在于文学作品中,也有把文学作家边缘化的危险,事实上,文学家与其他艺术家相比,往往处于艺术家与社会学家之间。其实,这与其说是一种危险,不如说是语言媒介为文学所带来的不同于其他艺术的独特性。也正是因此缘故,文学比其他艺术离意识形态更近,文学的意识形态色彩更强。

以上我们分析了语言媒介为文学所带来的不同于其他艺术的一些特点,除此之外,语言媒介带给文学的更为重要的东西是语言自身所具有的一些审美因素。每个作家都必须充分开发和利用语言的这些审美因素,这是语言媒介赐予作家的一笔财富。

事实上,每种艺术的物质媒介都可能存在审美因素,只不过是

---

① 《论语·季氏》。
② 《论语·阳货》。
③ 《恩格斯致玛·哈克奈斯》,《马克思恩格斯选集》第 4 卷,第 463 页。

存在的方式和程度有所不同而已。像雕塑材料的质地和颜色自身可能带有一定程度的审美因素，不过，这只是自然朴素的。与此相比，语言作为人类表情达意的手段也好，作为文化的形式也好，已经与处于自然状态的物质媒介截然不同了。作家创作文学作品使用语言，大众的生活更离不开语言。语言在大众的使用中早已培育出了审美因素。因此，"每一种语言本身都是一种集体的表达艺术"[①]。

在文学以外的其他语言表达场合，语言的这些审美因素都不同程度地存在着。在文学中，经过作家的创作，这些审美因素更集中，并且在形式上也得到了强化，从而成为文学的审美价值的组成部分。

语言的这种审美因素首先体现在语音方面，语音的审美效果主要体现在节奏和格律上。[②] 不同的语言种类在构成语音节奏和韵律的方式手段上是不同的，如汉语和汉藏语系的其他语言主要是靠声调来造成韵律的，而英语主要是依靠音势即重音节和轻音节的交替来造成韵律。这是一个更为复杂的语言学问题，对于文学来说，更主要的是语音审美效果这一事实本身。

语音的审美效果在诗歌中体现得最充分。在汉语中，古典诗歌几乎把语音的审美功能发挥到了极致。这种语音的美，在中国古典

---

① 〔美〕爱德华·萨丕尔：《论言论——言语研究导论》，陆卓元译，商务印书馆，1997 年版，第 201 页。

② 参见韦勒克、沃伦：《文学理论》第十三章，生活·读书·新知三联书店，1984 年11 月第 1 版。

诗歌中几乎俯拾即是。我们姑且感受一下苏轼的《江城子·密州出猎》以见一斑。

> 老夫聊发少年狂,左牵黄,右擎苍,锦帽貂裘,千骑卷平冈。为报倾城随太守,亲射虎,看孙郎。　酒酣胸胆尚开张,鬓微霜,又何妨!持节云中,何日遣冯唐?会挽雕弓如满月,西北望,射天狼。

在诗歌中,由语音而形成的节律无疑增强了作品的表现力和感染力。语音的这种审美色彩在韵文以外的散文中也是存在的,只是在构成手段和形态上不同而已,优秀的散文作家总要尝试利用句式的变化等手段来造成作品在语音层面的美。

语言的审美因素还进一步体现在修辞中。修辞是运用语言的技巧,甚至有人说修辞是语言的艺术。修辞是增强语言表达效果的重要手段,比喻、夸张、比拟、排比和重复是人们最常使用的修辞格。在文学作品中,修辞的审美效果是显而易见的,不必赘述。

从上面的论述中大家看到了语言媒介为文学带来的种种特殊性,文学的发展离不开作家对语言媒介的开发和利用,正像其他艺术的发展也同样离不开对相应物质媒介的开发和利用一样。因此,学习语言,研究语言,锤炼语言,永远是作家的功课。

三、文学的超语言性

语言是文学的物质媒介，文学是用语言写成的，文学无疑要仰仗语言，可是，文学究竟对语言依赖到什么程度呢？一方面，没有语言就没有文学创作，语言是文学的载体；另一方面，语言本身并不就是文学，而且，在伟大的文学作品中，物质媒介必须消失，也就是说，在伟大的文学作品中，人们不再觉察到有语言材料的存在，而是"绝对自由的幻觉"①。由此可见，在文学与语言的总体关系中，还应该包括文学对语言的超越。事实上，其他艺术也是如此，在依赖自己的物质媒介的同时，也必须超越媒介。我们在看到用石头作为材料的雕塑作品时，那已经不再是一块石头了。从理论的角度来看，文学的超语言性应该是一个更为有价值的问题。

文学的超语言性首先发生在语言学层面上。

刚刚过去的 20 世纪，语言学获得了长足的发展，不仅在语言学的一些根本问题上有了深入研究，而且还开辟了一些新的研究领域，这使我们对人类的语言有了更深入的理解和认识，语言学领域的新进展，对文学领域的语言研究一定有所帮助。

费尔迪南·德·索绪尔是上个世纪影响最大最深远的语言学

---

① 〔美〕爱德华·萨丕尔:《论言论——言语研究导论》,陆卓元译,商务印书馆,1997 年版,第 198 页。

家之一。他在语言学领域所作的"语言"与"言语"的区分,意义重大,建立在这种区分基础上的"历时语言学"与"共时语言学"研究领域的划定为语言学的发展开辟了广阔的前景。

索绪尔关于"语言"与"言语"的区分是明确的,同时也是必要的。在索绪尔看来,人类的语言现象包含着既相互区别又相互联系的两个系统,一个是语言的约定俗成的规则体系,一个是语言的具体使用的话语体系。前者被称为"语言",后者被称为"言语"。"语言"作为一套约定俗成的规则体系,是全社会共同遵守的,具有一定的稳定性,以"语言"为研究对象的语言学被称为"共时语言学"。"言语"作为语言的具体使用,主要是由个人来完成的,体现了个性特征和个人色彩,不同时代的语言的具体使用,又体现了语言的发展和变化,对"言语"进行研究的语言学就被称为"历时语言学"。

从语言与言语的关系来看,总是言语在先,而语言在后。语言作为一套约定俗成的规则体系总是在言语事实中总结出来的。"语言既是言语的工具,又是言语的产物"[1]。"相反,言语却是个人的意志和智能的行为"[2],因此,言语是丰富多彩的、复杂莫测的。言语活动一方面要遵守已有的语言规则体系,另一方面,也时常突破既有的语言规则,当这种突破在言语活动中被反复演练,以至被社会全体所接受,这时,这种新的表达形式就被确立为一种新的语言规则。

---

[1] 〔瑞士〕费尔迪南·德·索绪尔:《普通语言学教程》,高名凯译,商务印书馆,1980年11月第1版,第41页。

[2] 同上书,第35页。

因此，从这个意义上说，对言语的研究也同样是重要的。在今日的语言学格局中，语义学代替了词义学，以及语用学和话语语言学的兴起就决非偶然了。

文学作品中的语言，按照索绪尔的划分，在语言学层面上，应该属于言语。人类的言语活动是广泛的，所有的用语言进行的交际和表达都是言语活动。人们在日常生活、工作和学习中都要使用语言，作家在创作文学作品时要使用语言，学者和科学家在写作专业著作时也要使用语言。在上述各种场合使用的语言即言语具有共同性：都由个人来完成，都包含着个人的智能。但是，如果把文学作品中使用的语言与科学作品中使用的语言进行比较，就会发现前者突破"语言"的情况比比皆是，如违背词语搭配规则，违背语法结构规则，违背逻辑规则。而后者则最大限度地与"语言"吻合，如词义与事物的对应性，语义与逻辑的对应性等。我们看下面的例子：

> 他抬起头来。黄河正在他的全部视野中急驶而下，满河映着红色。黄河烧起来啦，他想。沉入陕北高原侧后的夕阳先点燃了一条长云，红霞又撒向河谷。整条黄河都变红了，它燃烧起来了。他想，没准这是在为我而燃烧。铜红色的黄河浪头现在是线条鲜明的，沉重地卷起来，又卷起来。他觉得眼睛被这一派红色的火焰灼痛了。他想起了凡·高的《星夜》。以前他一直对那种画不屑一顾；而现在他懂了。在凡·高的眼睛里，

星空像旋转翻腾的江河；而在他年轻的眼睛里，黄河像北方大地燃烧的烈火。对岸陕西境内的崇山峻岭也被映红了。他听见这神奇的火河正在向他呼唤。我的父亲，他迷醉地望着黄河站立着，你正在向我流露真情。[①]

夕照中的黄河燃烧了，黄河呼唤他，黄河是他的父亲，黄河向他吐露真情，诸如此类的言语表达都是违背语言逻辑的，在作品中这又是可以理解的。但是，这种理解已不再遵守语义的现实性原则（语义与事物的一致性），而只遵循一种情感原则。

我们再看一看地理书中对黄河的叙述：

> 黄河是中国第二大河。上源卡日曲，东流经四川、甘肃、宁夏、内蒙古、陕西、山西、河南等省区，在山东省北部入渤海。全长 5464 公里，流域面积 75.24 万平方公里。

这里的叙述都是与客观事实相一致。我们无意把文学作品中的语言与科学作品的语言区分为两种不同的言语，但是，它们之间的差别是显而易见的。文学是用语言写成的，文学创作表面看来是一种言语活动，可是，言语本身并不就是文学，文学以外的其他言语活动并没有成为文学，这说明文学已经超越了言语，进而使物质媒介彻底消失，创作出绝对自由的幻象。

这种超越是在美学层面上来完成的。

---

① 张承志：《北方的河》。

　　我们说这种超越是在美学层面上完成的，看上去有些玄奥，其实，这也不难理解。只要人们承认在欣赏文学作品时的感觉与看字典时的感觉是截然不同的，问题就可以进一步理解了。以下将逐步阐明文学对语言的超越是如何在美学层面上进行的。

　　使文学的物质媒介完全消失，创作出绝对自由的艺术的幻像世界，这是伟大艺术的标准。正如宋朝严羽在《沧浪诗话》中所说"所谓不涉理路，不落言筌者，上也"[①]。

　　但这并不是一件容易的事情。首先遇到的是作家无限自由的艺术直觉与语言媒介之间的矛盾，作家"个人表达的可能性是无限的，语言尤其是最容易流动的媒介。然而这种自由一定有所限制，媒介一定会给它些阻力"[②]。

　　这种阻力的极端形式就是"言不尽意"。为什么语言媒介与作家无限可能的表达之间会发生矛盾呢？庄子以寓言的形式对这一问题作了阐释：

　　　　桓公读书于堂上。轮扁斲轮于堂下，释椎凿而上，问桓公曰："敢问公之所读者何言邪？"公曰："圣人之言也。"曰："圣人在乎？"公曰："已死矣。"曰："然则君之所读者，古人之糟魄已夫！"桓公曰："寡人读书，轮人安得议乎？有说则可，无说则

[①] （宋）严羽：《沧浪诗话》。
[②] 〔美〕爱德华·萨丕尔：《语言论——言语研究导论》，陆卓元译，商务印书馆，1997年版，第198页。

死!"轮扁曰:"臣也,以臣之事观之,斲轮,徐则甘而不固,疾则苦而不入;不徐不疾,得之于手而应于心,口不能言,有数存焉于其间;臣不能以喻臣之子,臣之子亦不能受之于臣,是以行年七十而老斲轮。古之人与其不可传也死矣,然则君之所读者,古人之糟魄已夫!"①

通过这则寓言,庄子要说明的是,直觉经验用语言是难以表达的。所谓"言不尽意",指的是语言不能对"意"进行全部表达。人的心智结构可以分为两个部分,一部分是理性的逻辑的,一部分是感性的经验的。其中,语言能够表达的部分是理性的逻辑的;语言难以表达的部分是感性的经验的。

作家所要表达的正是自己的审美经验,难怪作家首先遇到了与语言媒介的矛盾。陆机感慨道:"恒患意不称物,文不逮意。"②刘勰更是深有感触地指出:"方其搦翰,气倍辞前,暨乎篇成,半折心始。"③

作家如何才能解决这一矛盾,用语言媒介来充分表达自己的审美经验呢?《易传》曾提出一种解决方案:"子曰:书不尽言,言不尽意。然则,圣人之意,其不可见乎?子曰:圣人立象以尽意。"④这虽然是指《周易》的象征可以表达语言所不能表达的内容,但是,其实

---

① 《庄子·天道》。
② (西晋)陆机:《文赋》。
③ (南朝·梁)刘勰:《文心雕龙·神思》。
④ 同上。

是具有普遍意义的。因此，清人章学诚说："象之所包广矣，非徒《易》而已，六艺莫不兼之。盖道体之将形而未显者也。雎鸠之于好逑，樛木之于贞淑，甚而熊蛇之于男女，象之通于《诗》也。""《易》象虽包六艺，与《诗》之比兴，尤为表里。"①这就是说，用形象的语言和象征的方式可以解决文学创作中表达上的困惑，形象的语言、象征的方式是传达作家审美经验的不二途径。所谓"窥意象而运斤"，"神用象通"，是"驭文之首术"。

文学语言的形象化，以及象征方式的运用，并不是最终的目的，而只是通向目的的途径。最终，形象化的言语和象征的方式也要被消解，展示给读者的是作家审美经验所编织的世界。这是一个终点，作家和读者在走向她时又都必须沿着言语的路径。因此，尽管言语要被消解，物质要消失，文学言语的语义学问题还是不可回避的。其实，这一问题的解决也会有助于文学与语言关系问题的彻底解决。

文学言语的"语义学"是什么性质的语义学呢？换言之，文学言语的"语义学"与普通语言学的语义学相同吗？

如前所述，结构主义的功能学派认为，文学语言与科学语言并不是两种不同性质的语言，而是语言的不同功能。**文学语言代表了语言的表现功能，科学语言代表了语言的理性功能。**因此，语义学基本适用于文学语言。**事实上，文学话语在本质上一定超越了语**

---

① （清）章学诚：《文史通义·内篇·易教下》。

言,否则它就不能成为艺术。换言之,文学话语体系已经取得了不同于普通言语体系的新质,文学言语的话语体系用一般语义学的规则已很难说明了。

文学言语的话语体系遵循的是来自于另一个领域的规则,这个领域就是以感觉、情感、想象和回忆编织成的审美经验领域。这是一个由意象所构造的世界,普通语言学的词法、句法规则是外在于它的因素,而内在于它的是作家伟大的精神因素。一种普通语言学的分析,往往会破坏这种伟大的精神因素,或者不能全面理解这种伟大的精神因素。隐喻和象征是它的基本"语法",这同样包括叙事小说,只不过在小说中是以情节和故事为手段。

新近兴起的**话语语言学**(text linguistics),以研究连贯性话语即任何在内容和结构上构成一个整体的言语,包括整篇文章整部作品,来探讨言语内部的构成规律,由话语理论、话语语法和话语修辞三部分组成。其中,话语语法主要研究大于句子的言语单位——超句统一体;话语修辞主要研究大于超句统一体的言语单位——节、章、篇。其基本分析方法是"句子实际切分法",这种方法不同于传统的词法分析和句子成分分析,而只区分出主题和述题两个部分。如鲁迅《秋夜》一文:

在我的后园/主题　可以看见墙外有两株树/述题[1]

---

① 语句引自鲁迅《秋夜》。

话语语言学的研究重视句子以上的语言单位的相互关系，以及由这种关系而生成的内在意蕴，因此，对文学言语的研究会有很大启发，我们期待文学言语研究会有新的进展。

既然文学具有超语言性，这就必然引起我们对一个争论不休的问题的关注：用语言媒介写成的文学作品是否可以翻译和转移？

所谓翻译，是把一种语言的文学作品翻译成另一种语言的文学作品；所谓转移，是把一部文学作品的全部蕴涵用另一种艺术形式表现出来。

表面看来，"翻译"和"转移"只是实践领域的问题。实际上，这个问题"是有真正的理论意义的"[1]。

尽管有人反对文学的"翻译"和"转移"，认为这是不可能的，但是，还是有很多人这样做了，而且，也不乏成功之例。从理论上说，文学能否"翻译"和"转移"，涉及文学对其物质媒介语言究竟依赖到何种程度。

文学与语言媒介之间是一种辩证的关系。一方面，文学要以语言为物质载体，另一方面，文学又必须超越语言，进入自由的审美经验世界。可是，并不是所有的作家都是如此。有的作家只是在语言的层面，充分利用语言自身的美的因素，如语音和修辞，来创作华美的作品，如中国文学史上的花间派。超越语言进入更高的艺术境界，需要作家伟大的精神要素的保障，如陶渊明。当然，也有在这之

---

[1] 〔美〕爱德华·萨丕尔：《语言论——言语研究导论》，陆卓元译，商务印书馆，1997年版，第199页。

间寻求统一的,如杜甫。花间派的作品翻译成其他语言,恐怕就会遇到麻烦。陶渊明的作品译成另一种语言,问题不会太大。为什么如此呢?这就提出了一个问题:文学这门艺术里是不是交织着两种不同类或不同平面的艺术——一种是一般的、**非语言的艺术**,可以转移到另一种语言媒介而不受损失;另一种是**特殊的语言艺术**,不能转移。[①] 的确如此,陶渊明可能属于第一种艺术,花间派可能属于第二种,杜甫可能属于把"直觉的绝对艺术和语言媒介内在的特殊艺术完美地综合起来了"的第三种。[②] 在西方文学史上,莎士比亚和海涅就属于这第三种。

四、结语

语言是文学的物质媒介,像其他艺术一样,文学一方面要依赖语言媒介,另一方面又要超越物质媒介。但是,语言毕竟不是其他物质媒介可比的。《易·系辞》曰:"鼓天下之动者存乎辞。"我们的先民深深地体会到了语言的魔力,因此,先民重视语言。随着语言的发展,语言有了文野之分,所谓"言以足志,文以足言","言之无文,行而不远"[③]。人们开始重视语言的采饰,这是文学语言发展的

---

① 〔美〕爱德华·萨丕尔:《语言论——言语研究导论》,陆卓元译,商务印书馆,1997年版,第199页。

② 同上书,第201页。

③ 《左传·襄公二十五年》。

基础。南朝梁武帝长子萧统在《文选序》中说："事出于沉思，义归乎翰藻"，从语言角度明确区分了文学与非文学的界限，文学语言与非文学语言的界限自然也就分明了，锻造语言是表意抒怀的前提。文学的发展更是常常以语言的发展来推动，中国新文学的蓬勃兴起，白话文是不可缺少的条件。因此，对文学语言的研究一定要比雕塑之于石头的研究重要得多。

西方哲学，在 20 世纪 30 年代前后发生了所谓"语言转向"的重大发展，继康德的"哥白尼式"革命之后，被称为第二次转向。在这次转向中，语言问题代替了认识问题，"主体间的可交流性、可理解性，取代了人的认识能力、来源及界限，成了哲学的中心话题"，"哲学研究中'思想'、'思维'、'主体'之类的词汇消失了，代替它们的是'语言'、'语词'、'语句'"①。

"语言转向"，在方法论上对文学研究带来了非常大的影响，新兴的语义学、语用学和话语语言学更是打通了传统的文学理论、哲学及语言学三者的界限。在哲学上，海德格尔走得更远，他把语言看做是存在的家园。语言在起源上和本质上是诗性的，"语言就是原始诗作"②。这些新近的发展，已经给文学的语言研究带来了新的内容和深刻的内涵，文学的语言研究和从语言角度对文学的研究正向人们敞开一个新的天地。

---

① 徐友渔等：《语言与哲学——当代英美与德法传统比较研究》，三联书店，1996 年 4 月第 1 版，第 39—40 页。
② 〔德〕海德格尔：《形而上学导论》，熊伟、王庆节译，商务印书馆，1996 年 9 月第 1 版，第 172 页。

第三章

是美的还是真的？

可言之理人人能言之，又安在诗人之言之！可征之事，人人能述之，又安在诗人之述之！必有不可言之理，不可述之事，遇之于默会意象之表，而理与事无不灿然于前者也。

——叶燮《原诗》

礼記集說序

前聖繼天立極之道莫大於禮後聖垂世立教
之書亦莫先於禮禮儀三百威儀三千然非精
神心術之所寓故能與天地同其節四代損益
世遠經殘其詳不可得聞矣儀禮十七篇戴記
四十九篇先儒表章庸學遂為千萬世道學之
淵源其四十七篇之文雖純駁不同然義之淺
深同異誠未易言也鄭氏祖讖緯孔疏惟鄭之
從雖有他說不復收載固為可恨然其灼然可

禮記序

《奎璧礼记》书影

　　科学和艺术是人类文明的双翼，人们习惯于把科学同真理联系在一起，把艺术同美联系在一起。的确，科学用概念和命题为人们提供知识，文学艺术用意象向人们展示美的世界。但是，文学是否也与真理有关呢？

　　在文学理论中，文学与真理的关系问题，是一个非常重要的问题，就其理论实质而言，实际上是文学本质问题的展开，也就是从文学与真理关系角度研究文学的本质。

　　在文学理论史上，这是一个颇有争议的问题，思想家们的探讨走过了复杂而曲折的历程。

一、从柏拉图驱逐诗人说起

　　在古希腊，柏拉图（公元前 427 年—前 347 年）曾明确声称要在自己所设想的理想国中驱逐诗人。这成为西方文化史上的一桩公案,也留下了探讨文学与真理关系的话题。

柏拉图为什么要在自己所设想的理想国中驱逐诗人？这又如何涉及文学与真理的关系问题呢？

柏拉图生活在雅典城邦的衰落时期,生逢乱世,促使他极其关注现实政治。对话体著作《理想国》集中反映了他的政治理想。在他所设想的理想国中,诗被认为是一种不益的东西而遭到排斥。在《理想国》的第三卷,向诗人们下了通牒：

> 假定有人靠他一点聪明,能够模仿一切,扮什么,像什么,光临我们的城邦,朗诵诗篇,大显身手,以为我们会向他拜倒致敬,称他是神圣的,了不起的,大受欢迎的人物。与他愿望相反,我们会对他说,我们不能让这种人到我们城邦里来：法律不准许这样,这里没有他的地位。我们将在他头上涂以香油,饰以羊毛冠带,送他到别的城邦去。[①]

在《理想国》的第十卷,柏拉图深入说明了驱逐诗人的理由。他控诉了诗的两大罪状：一、诗不能揭示真理；二、诗对人起伤风败俗的作用。

"柏拉图处在希腊文化由文艺高峰转到哲学高峰的时代。"[②]"柏

---

① 〔古希腊〕柏拉图:《理想国》,郭斌和、张竹明译,商务印书馆,1986 年 8 月第 1 版,第 102 页。

② 朱光潜:《西方美学史》上卷,人民文学出版社,1979 年 6 月第 2 版,第 42 页。

拉图对荷马以下的希腊文艺遗产进行了全面的检讨"[①]，认为"从荷马起，一切诗人都只是模仿者，无论是模仿德行，或是模仿他们所写的一切题材，都只得到影像，并不会抓住真理"[②]。模仿和真理隔着三层。

柏拉图以著名的"三种床"的例子说明了他的观点。世界上有三种床：木匠制作的床，诗人写的床，床之所以为床的理念（床的本质）。按照柏拉图的哲学观点，床的理念是最高的真实，木匠制作的床是对床的理念的模仿，诗人写的床是对木匠制作的床的模仿，是模仿的模仿，是影子的影子，当然就不会揭示真理。柏拉图认为，木匠是懂床的理念的，他是按床的理念来制作的，可是，诗人是不懂床的理念的，否则，他就不会模仿木匠而直接模仿那个理念了。诗人"如果对于所模仿的事物有真知识，他就不愿模仿它们，宁愿制造它们，留下许多丰功伟绩，供后世人纪念。他会宁愿做诗人歌颂的英雄，不愿做歌颂英雄的诗人"[③]。因此，在柏拉图看来，诗人是最无能的，他连木匠都不如，更何谈真理！

诗人不能用作品反映真理，"模仿诗人既然要讨好群众，显然就不会费心思模仿人性中理性的部分。他的艺术也就不求满足这个理性的部分了；他会看重容易激动情感的和容易变动的性格，因为

---

① 《柏拉图文艺对话集》译后记，朱光潜译，人民文学出版社，1963 年 9 月第 1 版，第 337 页。

② 同上书，第 76 页。

③ 同上书，第 73 页。

它最便于模仿"①。也就是说,文学表现的是人的感性部分。柏拉图与诗人的纷争,实际上是感性与理性的纷争,而且,这也不是柏拉图一个人的声音,是他所处的时代的声音。柏拉图说,"哲学和诗的官司已打得很久了"②。

这场官司被后人称为"诗哲之争"。

诗与哲学的纷争,对于古希腊来说,是一个理性时代到来的标志。此前,荷马史诗是人们知识和智能的基本教本,诗人是智者,是人们的导师,地位崇高,无与伦比。可是,诞生于城邦文明中的自由论辩风尚,孕育出了另一批智者——城邦哲学家。一切都成了哲学家检讨的对象,包括在过去的时光里一直处于神圣而崇高地位的文学艺术。检讨的唯一尺度就是理性。

对于人类的思想史来说,这场官司引发了人们对感性与理性、艺术与科学、艺术与真理的深入探讨,甚至,这样的探讨一直持续到今日。

柏拉图因崇尚理性而高扬哲学、贬低文学,但是,这种不无偏激的观点,只是一种观点而已;崇高的文学艺术也不会因此而偃旗息鼓,退出人类的历史文化舞台。而且,柏拉图所反对的是绘画和模仿性的文学,颂神的和写好人的文学还是可以留在他所构想的城邦。另外,他还主张用音乐对城邦里的人进行教育。可见,他并不

---

① 《柏拉图文艺对话集》,朱光潜译,人民文学出版社,1963 年 9 月第 1 版,第 84 页。

② 同上书,第 87 页。

是否定所有的艺术。

在《斐德诺篇》[①]这部著作中，柏拉图把人分为九等，第一等人是"爱智者，爱美者，诗神和爱神的顶礼者"，即哲学家；被柏拉图否定和批判的"诗人或其他的模仿艺术家"位列第六等。[②]

哲学家是诗神的顶礼者，可见，哲学家与诗人是同一的，不过，不是一般的诗人，而是真正的诗人。也就是说，在柏拉图的观念里有两种诗人，一种是模仿现象的诗人，一种是追求真理的诗人。模仿性的诗只能描绘现象，不能反映真理（"理式"），就应该让位于哲学。虚构编造的诗与事实不符，就应该让位于真正的诗，而真正的诗，在柏拉图看来，就是哲学，真正的诗人就是哲学家自己。在《法律篇》里，柏拉图对来自异邦的模仿诗人说："高贵的异邦人，我们按照我们的能力也是些悲剧诗人。"[③]

柏拉图划分的九等人的第一种，爱智者与爱美者并列，为什么会如此？在柏拉图的体系中，真与美是什么关系呢？

真善美是人类古典思想和文化中最核心的概念，他们分别与人类的思想领域和行为领域相对应。由于柏拉图对诗的抨击，使得真与美的关系问题在他的思想体系中，变得扑朔迷离了。也许有的人

---

① 《斐德诺篇》是柏拉图的著作之一。

② 参见柏拉图：《斐德诺篇》《法律篇》，《柏拉图文艺对话集》，朱光潜译，人民文学出版社，1963 年 9 月第 1 版。

③ 〔古希腊〕柏拉图：《法律篇》，《柏拉图文艺对话集》，朱光潜译，人民文学出版社，1963 年 9 月第 1 版，第 313 页。

不能理解,一个驱逐诗人的人,如何能与美相关。但是,这要么是一种误解,要么就是一种幼稚的看法。事实上,在柏拉图的体系中,正像真与善一样,美也是贯穿始终的重要范畴和领域。从三者的关系来说,是高度统一的。要理解这一点,首先必须理解柏拉图所构筑的金字塔式的哲学体系。

在柏拉图的体系中,感性世界、一般理念、绝对理念构成了世界的基本图式。其中,感性世界处于最底层,绝对理念处于最顶层,处于中间的是一般理念。每一种一般理念是感性世界中相应的一种个别事物的因或本原,一般理念的因或本原是绝对理念或最高理念。从最顶端到最底层,真实性在逐渐降低。最顶端的是最真实的,最底层的是最不真实的。因此,重要性也在依次下降。有人将之比喻为金字塔式的构造:

普遍的理念

具体的次要的理念

感 性 的 现 实 要 素①

美,在柏拉图的世界图式里处于什么位置呢? 在柏拉图的著作中,有两篇著作集中探讨美的问题。在《大希庇阿斯篇》里,通过对少女、母马、陶罐等具体事物的美的分析,最后认为,**实际上有两种美,一种是美的事物,一种是"美本身"。美的事物或美的东西是美**

---

① 〔法〕于斯曼:《美学》,栾栋、关宝艳译,商务印书馆,1995 年 12 月第 1 版,第 11 页。

的现象，美本身是美的现象的本原。人的理性只停留在美的现象，是不可取的。人只有认识到了美本身，才领悟到了最高的美，绝对的美。现象的美处在"金字塔"的最底层，在《会饮篇》，柏拉图说明了从现象的美进入到美本身的过程：

　　一个人如果随着向导，学习爱情的深密教义，顺着正确次序，逐一观照个别的美的事物，直到对爱情学问登峰造极了，他就会突然看见一种奇妙无比的美。他的以往一切辛苦探求都是为着这个最终目的。这种美是永恒的，无始无终，不生不灭，不增不减的。……一切美的事物都以它为源泉，有了它那一切美的事物才称其为美，但是那些美的事物时而生，时而灭，而它却毫不因之有所增，有所减。总之，一个人……先从人世间个别的美的事物开始，逐渐提升到最高境界的美，好像升梯，逐步上升，从一个美形体到两个美形体，从两个美形体到全体的美形体；再从美的形体到美的行为制度，从美的行为制度到美的学问知识，最后再从各种美的学问知识一直到只以美本身为对象的那种学问，彻悟美的本体。……这种美本身的观照是一个人最值得过的生活境界，比其他一切都强。如果你将来有一天看到了这种境界，你就会知道比起它来，你们的黄金，华装艳服，娇童和美少年——这一切使你和许多人醉心迷眼，不惜废寝忘食，以求常看着而且常守着的心爱物——都卑卑不足道。请想一想，如果一个人有运气看到那美本身，那如其本然，精纯不杂的美，不是凡人皮肉色泽之类凡俗的美，而是那神圣的纯然一体的美，你想这样一个人的心情会像什么样呢？朝这境界看，以适当的方法凝视它，和它契合无间，浑然一体，……只有循这条路径，一个人才能通过可由视觉见到的东西窥见美本身，所产生的不是幻相而是真实本体，因它所接触的不是幻相而是真实本体。①

这种以"美本身"即最高的美、绝对的美为对象的学问是什么学问呢？"这是他凭临美的汪洋大海，凝神观照，心中起无限欣喜，于是孕育无数量的优美崇高的道理，得到丰富的哲学收获。如此精力弥满之后，他终于一旦豁然贯通唯一的涵盖一切的学问，以美为对象的学问。"②柏拉图把真善美统一于他的体系的最顶层，由真而美而善。**最高的真就是最高的美，最高的境界就是领悟最高的真和最高的美，而这一境界只有哲学才能达到。**

柏拉图不懈地追求最高的美，而不屑于感性现象的具体事物的美，这与他责难模仿性的诗是一致的。不过，与认为文学绝对不能揭示真理略有不同，柏拉图承认具体事物的美，虽然认为是最低级的美。与此相应，文学模仿具体事物，也必然模仿了具体事物的美，模仿了这种低级的美。正是如此，柏拉图才担心文学会浇灌滋养人

---

① 〔古希腊〕柏拉图：《会饮篇》，《柏拉图文艺对话集》，朱光潜译，人民文学出版社，1963 年 9 月第 1 版，第 273—274 页。

② 同上书，第 272 页。

性中低劣的部分,使人躁动不安,有悖道德和理性。

二、亚里士多德为诗辩护的理论意义

亚里士多德(公元前 384—前 322 年)是柏拉图的高足,他批判地继承了老师的学问,不仅使传统的哲学学问有了划时代的发展,而且,又开创了一些新的学问领域。他是集大成者,他对此前的希腊思想作了总结,从而在好多领域都开启了新的时代。

亚里士多德在学术方法上突破了哲学玄想的桎梏,把自然科学与人文科学有机贯通,这对他的哲学观点和体系的形成,意义重大。自然科学使他对物质世界有了更深刻的了解,这使他开始重视现象世界,并进而把自己的哲学建立在朴素唯物主义基础之上。他的老师柏拉图一直认为,在现象世界的背后,存在一个更真实的理念世界,而现象本身是不真实的,是瞬息万变无法理解的。这个理念在人和世界万物之上,不免有些玄奥和神秘,这注定了柏拉图的客观唯心主义哲学。亚里士多德认为,现象世界才是真正的真实世界,先于现象世界的普遍性(理念)是不存在的,事物的本质和规律只能包含在现象世界中。

亚里士多德以朴素唯物观为方法论,建构了全新的诗学体系。这一体系包含在他的著作《诗学》之中。这部著作是欧洲美学史上"第一篇最重要的美学论文,也是迄至前世纪末叶一切美学概念的根据"①。

　　亚里士多德在探讨文学的本质等问题时，也沿用了在当时普遍流行的概念："模仿"。我们知道，此前，柏拉图也用了这个概念。但是，师生二人用同一个概念所阐释的观点截然不同。柏拉图认为，现象世界不是真实的世界，诗模仿现象界，就更加不真实，诗不能反映真理。亚里士多德认为，现实世界是真实的，因此，模仿现实世界的文学也是真实的。**文学不仅模仿现实世界的外表和现象，而且，更能揭示现象后面的普遍规律和本质。**因此，从这个角度来说，**文学高于现实。**为了说明这一观点，他提出了一个著名的问题：文学与历史哪个更真实？在《诗学》第九章，他指出：

　　　　诗人的职责不在描述已发生的事，而在描述可能发生的事，即按照可然律或必然律②是可能的事。诗人与历史家的差别不在于诗人用韵文而历史家用散文——希罗多德的历史著作可以改写成韵文，但仍旧会是一种历史，不管它是韵文还是散文。真正的差别在于历史家描述已发生的事，而诗人却描述可能发生的事，因此，诗比历史是更哲学的，更严肃的，因为诗所说的多半带有普遍性，而历史所说的则是个别的事。所谓普遍性是指某一类型的人，按照可然律或必然律，在某种场合会

---

① 车尔尼雪夫斯基：《美学论文选》，人民文学出版社，1957年版，第124页。
② 可然律指在假定的前提或条件下可能发生某种结果，必然律指在已定的前提或条件下按照因果律必然发生某种结果。——朱光潜原注。

说些什么话,做些什么事——诗的目的就在此,尽管它在所写的人物上安上姓名,至于所谓特殊的事就例如亚尔西巴德所做的事或所遭遇到的事。[①]

在亚里士多德这段著名的话中,包含了如下几个重要的方面:

第一,在探讨文学与其他文化形式和科学形式如历史学的区别时,已经超越表面形式层次,进入到内在本质层次。文学与历史学的区别,不在语言表达形式上,有韵与否,不是区分历史学与文学的内在要素,历史著作用韵文来写,也还是历史著作。相反,文学著作即使不用韵文,而用散文,也还是文学。决定二者属性的要素是内在的。

第二,文学是真实的,而且这种真实不是日常真实,甚至也不是历史学的真实,而是一种本质的真实。日常真实和历史真实的标准是事件是否发生、是否是客观存在,但是,文学在本质上,它的目的不是描述这些已经存在的东西,而是要描写虽然现在不存在,但是将来必然存在或者可能存在的东西,因此,实际上,文学描写的是事物的必然趋势和本质规律。正是在这种意义上,文学比历史更真实,更富于哲学意味。

第三,既然文学的真实不以是否客观存在为标准,而以客观的

---

① 亚里士多德:《诗学》,此处采用朱光潜先生《西方美学史》中的译文,人民文学出版社,1979年6月第2版,第73页。又参见罗念生译本,人民文学出版社1962年12月第1版,第28—29页;陈中梅译本,商务印书馆,1996年7月第1版,第81页。

本质规律为标准,这就涉及文学艺术在本质上是否可以虚构的问题。很显然,文学描写的事情是未来必然发生或可能发生的,事件的细节只能虚构了。这种对文学本质的认识,在当时,也应该是有里程碑意义的。因为此前不久,柏拉图还不厌其烦地向人们说,即使是逼真地模仿事物的文学也是不真实的,现在,亚里士多德却在鼓励文学去虚构。后世的**艺术虚构论**可以很容易在亚里士多德这里找到依据。

亚里士多德说,"吾爱吾师,吾尤爱真理"(Amicus Plato, sed magis amica vertias)。柏拉图在向模仿诗人发出逐客令并为自己的主张阐明理由后,不无得意和调侃地说:"哲学和诗的官司已打得很久了",但是,"我们还可以告诉逢迎快感的模仿为业的诗,如果她能找到理由,证明她在一个政治修明的国家里有合法的地位,我们还是很乐意欢迎她回来,因为我们也很感觉到她的魔力。但是违背真理是在所不许的。……我们无妨定一个准她回来的条件,就是先让她自己作一篇辩护诗,用抒情的或其他的韵律都可以。"①柏拉图不会想到,这个出来为诗辩护的人,竟然是自己的学生。

亚里士多德从根基上摧毁了柏拉图的诗学观点和体系,为诗作了彻底的辩护,进而从理论上确立了**文学的真理地位**。这意味着西方人在认识文学本质问题上迈出了重要的一步。

---

① 〔古希腊〕柏拉图:《理想国》,采用朱光潜先生的译文:《柏拉图文艺对话集》,人民文学出版社,1963 年 9 月第 1 版,第 87—88 页。又参见郭斌和、张竹明译本:《理想国》,商务印书馆,1986 年 8 月第 1 版,第 407—408 页。

在确立了文学与"真"的关系基础上，亚里士多德又进一步阐释了文学与"美"的关系。

柏拉图在《会饮篇》中，通过对被后人称作"柏拉图式爱情"的讨论，阐述了美的不同层次，其中，最低的美是肉体的美，最高的美是理念的美即绝对的美。可以看出，在柏拉图的体系中，最低级的感性事物的美与理念是分离的，也就是说，是与"真"分离的，美与真统一于最高层的理念世界。

亚里士多德认为，**具体的感性事物、现象世界，不仅包含事物的本质和规律，而且也是美的具体存在形式。**美不可能存在于带有几分神秘的理念世界。亚里士多德不再像柏拉图那样对美进行带有几分修炼色彩的崇高感悟，而是回到现象本身，认为美在事物的形式。

是什么构成了事物形式的美呢？亚里士多德认为，**事物的美是由事物的有机整体性和和谐性决定的。**从事物各构成要素的关系来探讨美的根源，在希腊思想中有着悠久的传统。此前，主要由数学家和其他自然科学家组成的毕达哥拉斯学派就是从自然事物数的关系，如比例关系，来探讨美的根源。对后世影响深远的"黄金分割"就是由毕达哥拉斯学派创立的。亚里士多德或多或少吸收了毕达哥拉斯学派的有益因素，但同时又突破毕达哥拉斯学派单纯的数学关系，进一步确立了美的事物的有机整体论，并把这一观念用于文学研究。亚里士多德认为，**文学作品是一个整体，**这体现在作品的结构、情节以至风格各个方面。亚里士多德说：

一个整体就是有头有尾有中部的东西。头本身不是必然地要从另一件东西来，而在它以后却有另一件东西自然地跟着它来。尾是自然地跟着另一件东西来，由于因果关系或是习惯的承续关系，尾之后就不再有什么东西。中部是跟着一件东西来的，后面还有东西要跟着它来。所以一个结构好的情节不能随意开头或收尾，必须按照这里所说的原则。①

一部作品应该遵循整体的原则，为什么一个整体就是美的呢？其实，在亚里士多德看来，整体只是美的一个前提。美还应该有更具体的规定性：

一个有生命的东西或是任何由各部分组成的整体，如果要显得美，就不仅要在各部分的安排上见出一种秩序，而且还须有一定的体积大小，因为美就在于体积大小和秩序。一个太小的动物不能美，因为小到无须转睛去看时，就无法把它看清楚；一个太大的东西，例如一千里长的动物，也不能美，因为一眼看不到边，就看不出它的统一和完整。同理，戏剧的情节也应有一定的长度，最好是可以让记忆力把它作为整体来掌握②。

---

① 〔古希腊〕亚里士多德：《诗学》，采用朱光潜先生《西方美学史》中的译文，人民文学出版社，1963年7月第1版，第78页。又参见罗念生译本《诗学》，第25页，陈中梅译本第74页。

② 同上书，第90页。又参见：罗念生译本《诗学》，第25页，陈中梅译本第74页。

这里，亚里士多德谈到了美的基本形式和原则。从美的存在来看，这是美的基本形式，从美的本质规律来看，这是美的基本原则。

亚里士多德认为，"美的主要形式"是"秩序，均匀与明确"①。"秩序"和"均匀"对于文学来说，主要侧重在结构和情节，而"明确"对于文学来说，指的是风格。亚里士多德指出，"风格的美在于明晰而不流于平淡"②。

综上所述，亚里士多德一方面确立了文学与真理的联系，肯定了文学的真理性质，初步解决了文学与"真"的关系问题；另一方面，亚里士多德确立了文学与美的联系，肯定了文学的美的性质，初步解决了文学与"美"的关系。

三、鲍姆嘉通的误解

思想史中，人们在追溯西方理性主义的源头时，总免不了说起柏拉图。的确，在以柏拉图为中坚力量的"诗哲之争"的时代声音里，柏拉图的哲学极力高扬理性，排斥和贬低感性。可是，饶有趣味的是，柏拉图的理性主义却认为文学艺术是非理性的、是感性的，虽然这是从消极的否定的方面提出来的。柏拉图驱逐诗人的理由就

---

① 〔古希腊〕亚里士多德：《形而上学》，吴寿彭译，商务印书馆，1959 年 12 月第 1 版，第 265—266 页。

② 〔古希腊〕亚里士多德：《诗学》，罗念生译，人民文学出版社，1962 年 12 月第 1 版，第 77 页。

是因为诗是感性的。

柏拉图的后继者们,18 世纪欧洲的理性主义者们,在对待文学艺术的态度上,可要比柏拉图温和得多。德国人鲍姆嘉通(Baumgarten,1714—1762)遵循德国理性主义哲学领袖莱布尼兹(Leibnitz,1646—1716)及其追随者伍尔夫(Christian Wolff,1679—1754)的理论思路,把文学艺术归于感性的范围内,但是,鲍姆嘉通不但没有严厉地否定文学艺术,而且,还明确提出要建立一门科学来研究感性领域,这门科学就是今天我们所说的美学①。

鲍姆嘉通在其著作《美学》中明确界定了这门新学科:

> 美学的对象就是感性认识的完善(单就它本身来说),这就是美;与此相反的就是感性认识的不完善,这就是丑。正确,指教导怎样以正确的方式去思维,是作为研究高级认识方式的科学,即作为高级认识论的逻辑学的任务;美,指教导怎样以美的方式去思维,是作为研究低级认识方式的科学,即作为低级认识论的美学的任务②。

鲍姆嘉通发现,"真"的领域有逻辑学来研究,"善"的领域有伦理学研究,唯独感性领域没有专门的学科去研究,他以艺术家的敏锐,科学家的严谨,提出建立以研究感性为对象的新学科——"埃斯

---

① 1750 年,鲍姆嘉通用"Aesthetica"命名它所要建立的这门学科,并以此命名他的著作,原意是"感性学",汉语译为美学。

② 〔德〕鲍姆嘉通:《美学》,转引自朱光潜《西方美学史》,第 297 页。

特惕卡"（Aesthetica），即美学，这使鲍姆嘉通取得了美学之父的称号。

鲍姆嘉通的美学实际上是建立在对认识论进行层次区分的基础上的。鲍姆嘉通认为，人的认识可以分为理性认识和感性认识两种，其中，理性认识是高级认识，而感性认识是低级认识。**美学的使命就是研究人的低级认识，即感性认识。文学艺术是感性领域的代表，文学艺术实际上就是对现实的一种感性认识。**这有悖于亚里士多德所首创的"诗比历史更真实"的主张。

把文学艺术归为感性领域，把感性领域确立为美学的研究对象，这本无可厚非。然而，当把文学艺术降低为在理性认识之下的感性认识的时候，就有了问题。朱光潜在评价鲍姆嘉通美学思想时指出，"鲍姆嘉通的基本观点的毛病倒不在克罗奇所说的感性认识还没有和理性认识彻底分开，而在把这两项分开过于彻底，艺术仿佛就绝对没有理性内容"①。

从事实来看，文学艺术的确关涉着感性、情感、经验的领域，这在略有文学艺术常识的人看来，也是没有问题的。关键的问题在于如何认识文学艺术中的感性、情感和经验。

如果把人的认识区分为感性和理性，而且认为感性认识低于理性认识，那么文学艺术的地位就会大大降低。可是，是否认为文学艺术也像科学一样揭示理性认识，就没有问题呢？

---

① 朱光潜：《西方美学史》，人民文学出版社，1979 年 6 月第 2 版，第 301 页。

其实,不用什么高深的理论,只要我们略加思考就会发现,如果文学艺术与科学都在揭示同一个真理,而只是形式不同,那么,文学艺术存在的必要性就值得怀疑。

四、康德的"批判哲学"与"美的分析"

世界真实性问题一直是西方哲学争论的焦点,虽然在这个问题上哲学家们提出了不同的意见,但其关心的问题却没有什么不同。在这个问题上,康德的出现无疑具有革命性的意义,他从根基处颠覆了哲学家关注的世界真实的图景,从而**把哲学最终带入了非理性的美学的彼岸**。

康德(1724—1804)被称为"批判的哲学家",这不仅由于其有著名的三大"批判著作"①,更由于其对世界的批判是根本性的,*彻底动摇了世界的真实性*。早期的康德曾经醉心于自然科学的研究,受启蒙思想的影响,他也相信理性的无边力量。是休谟使其从独断论中惊醒过来,在他看来人类对于世界的认识依赖于人的理性,而理性却未经检验,因此,他要做的工作就是检验理性到底有多大的威力。在这种"怀疑论"的目光的打量下,理性的局限开始凸现出来,康德的"批判哲学"也由此开始。

---

① 即《纯粹理性批判》(1781 年)、《实践理性批判》(1788 年)、《判断力批判》(1790 年)。

依照康德的划分,世界可以分成两个部分:一个是**物自体**,一个是**现象界**。物自体超越自然界,超越人的主观认识活动,而现象界才是我们周围生动的世界,是人的认识能力反映出来的物象。物自体是永远不能到达的,人类所能认识的世界只能是现象界,而不是物自体,人类的认识永远不能到达物自体。与物自体相比,现象界是及其渺小的,如果物自体是大海的话,现象界至多是浩瀚无边的大海之上的小岛。这样一来,人类所能认识的世界是极其有限的,从终极上说人类只能感觉世界,不可认识世界。从这样的前提出发,世界的真实性便发生了根本性的颠覆,不过是人类这种生物的幻象。

这样的描述已经接近了佛家的"幻相",听起来不免使人失望悲观。而康德的伟大在于他总是在沟通矛盾与对立中构建自己的哲学体系。经过多年的摸索,他完成了《判断力批判》这一著作,其目的也是想在物自体与现象界、自然的必然与道德的自由之间架起一座"判断力"的桥梁。这里的"判断力"不是逻辑判断,而是人的心灵的一种认识能力。这种能力从个别出发寻找一般,它不同于科学的判断,而是反省的判断。反省的判断,在康德那里也就成了审美的判断。由于康德的美学认识论的基础是建立在神秘的不可知论的土壤上的,因此,其美学自然与现实的世界割裂开来,而仅仅是主观的认识活动,康德反复强调"至于审美的规定根据,我们认为它只能是主观的,不可能是别的"①。这集中体现在他对美所作的分析中。

首先,从质的方面康德认为**美是超功利的**,不受客体性质的限制,只有摒弃了现实的利害感,以一种纯然的淡漠去面对审美形式,才有美感。其次,从量的方面而言,**审美具有没有概念的普遍性**,审美是具体的,从个别事实出发的,但它又具有普遍性。只是普遍性并不源于经验而源于主观的判断。这里康德又一次回避了现实的世界对审美的影响。再者,从关系方面来说,**审美具有没有目的的合目的性**。从客观上来说,审美没有目的,而从主观上来说,审美判断又是有目的的,于是成了没有目的的合目的性。也就是说,在审美内容上是没有目的的,而在审美形式上又是有目的的。这样,审美便只是形式上激动我们,形式的审美使我们恋恋不舍。最后,从情状上说,**审美是没有概念的必然性**。依照康德的哲学,审美的必然性不能来自概念认识,又不能来自经验,这使得其美学不得不在主观世界里寻找答案。审美判断的必然性完全是一种"范式"的必然性,来自于先验的"共通感","共通感"是主观的原理,"这原理只通过情感而不是通过概念,但仍然普遍有效地规定着何物令人愉快,何物令人不愉快"②。

既然审美并不来源于现实的土壤,本身就属于"非真"的事件,那么其具体的审美风格的阐述也只能是非真的不可知的。康德推

---

① 〔德〕康德:《判断力批判》上卷,宗白华译,商务印书馆,1964 年 10 月第 1 版,第39 页。

② 同上书,第 76 页。

重的是崇高的审美，长河落日，大漠雄关，崇山峻岭，无尽海洋，在**康德的审美世界里都具有崇高的美学风格**。崇高的美在数学上具有不可计算、在力学上具有不可征服的特征，而无论是数学的不可计量还是力学的不可战胜，都是神秘的不可知的，这正与康德的认识论相一致。

康德美学回避了现实的真实性，常常受到人们的责难，而其对欧洲哲学传统的反叛与挑战的精神，确实给西方现代哲学带来了新鲜生动的气象。尽管把美学当作是纯粹主观的精神活动，而毫不顾及其客观的真实的基础，是不足取的。但是，他也使美学摆脱了琐屑的庸俗的泥潭，美学的境界大大拓宽了。

五、黑格尔"艺术解体论"引发的思索

被康德轰毁的理念世界在黑格尔那里，又得到了修复，黑格尔不仅大谈柏拉图以来的理念，而且把理念上升为**"绝对的理念"**。

在西方所有理性主义思想家当中，是黑格尔（Hegel，1770—1831）**把文学艺术与真理的关系推向了极点**，认为**文学艺术同哲学一样揭示真理，只是形式不同**而已。黑格尔是辩证法大家，自然会思考处于极点事物的相反方面，于是，黑格尔不无骇人听闻地提出了**"艺术解体论"**，即艺术不再是人的精神的最高需要了，艺术将被宗教和哲学所替代。

　　为什么强调文学艺术与真理的关系,反倒得出了令人忧虑和失望的结论呢?这要从黑格尔的整个哲学体系讲起。

　　黑格尔的哲学,体系宏大而且晦涩难懂,但总的说来,是客观唯心主义哲学。黑格尔认为,世界的本原是"理念",即绝对精神,丰富多彩、生动复杂的感性现实世界是"理念"自身发展的结果。也就是说,"理念"是第一性的,自然和社会是第二性的。"理念"是"无限的""绝对的""自由的""自在的",因此,是最高的真实。与此相对,感性具体的现实世界是有限的相对的,只是"理念"的外现。马克思对黑格尔颠倒物质和精神关系曾做出尖锐的批评:"要从现实的果实得出'果实'这个抽象的观念是很容易的,而要从'果实'这个抽象的观念得出各种实现的果实就很困难了。"①

　　在黑格尔体系中,艺术、宗教和哲学是绝对精神自身显现的三个阶段,而且是递进式的,是理念从低到高的自我发展过程。这三个阶段都是绝对精神或理念的显现,它们之间的区别不在内容上,只在形式上。所谓高低是指这三种形式对绝对精神显现自身的要求符合的程度而言的。黑格尔认为,艺术以感性(直观)形式表现理念,宗教以表象形式表现理念,哲学以概念形式表现理念。针对这三种形式的区别,黑格尔指出:"第一种形式是一种直接的也就是感性的认识,一种对感性客观事物本身的形式和形状的认识,在这种认识里绝对理念成为观照与感觉的对象。第二种形式是想象(或表

---

① 马克思:《神圣家族》,《马克思恩格斯全集》第2卷,第71页。

象)的意识,最后第三种形式是绝对心灵的自由思考。"①

黑格尔认为,艺术用感性直观显现理念,宗教用表象显现理念,还只是理念显现的两个阶段,而不是最高阶段。理念作为绝对精神,是最远离感性因素的,远离有限现象的,"是最实在最客体的普遍性,这只有在思考本身以内并且用思考的形式才能掌握住"②。思考和概念最符合绝对精神的要求,"用感性形式来表现真理,还不是真正适合心灵的表现方式"③。艺术和宗教有待于上升为哲学,最终完成对理念的掌握。

"黑格尔比他的先驱者更加强调艺术的认识品格",以至于把艺术同哲学一道置于绝对精神的领域,"所以他肯定要遇到一个其他人竭力逃避的难题","艺术和宗教二者在哲学的同一对象上竞争,它们能压过哲学和能保持住什么价值呢?"④很显然,在黑格尔看来,文学艺术无法与哲学相抗衡,宣布艺术的解体也在所难免了:"艺术不再是作为真理有以使自己得到实存的最高方式了","我们诚然可以希望艺术还将会蒸蒸日上,并使自身完善起来,但是艺术形式已不再是精神的最高需要了"⑤。

---

① 〔德〕黑格尔:《美学》第 1 卷,朱光潜译,商务印书馆,1979 年 1 月第 2 版,第 129 页。

② 同上书,第 133 页。

③ 同上。

④ 〔意〕贝尼季托·克罗齐:《作为表现的科学和一般语言学的美学的历史》,王天清译,中国社会科学出版社,1984 年 7 月第 1 版,第 143 页。

⑤ 〔德〕黑格尔:《美学》第 1 卷,朱光潜译,商务印书馆,1979 年 1 月第 2 版,第 131 页、第 14 页。

表面看来,黑格尔的艺术解体论几乎是柏拉图艺术否定论的翻版,实际上两个人的观点相去甚远。

黑格尔持艺术真理肯定论,柏拉图持艺术真理否定论。柏拉图认为,现实世界是理念的影子,是不真实的。文学模仿现实世界,就更加不真实。黑格尔则认为:"日常的外在和内在的世界固然也现出这种存在本质,但它所现出的形状是一大堆杂乱的偶然的东西,被感性事物的直接性以及情况、事态、性格等等的偶然性所歪曲了。艺术的功用就在使现象的真实意蕴从这种虚幻世界的外形和幻相之中解脱出来,是现象具有更高的由心灵产生的实在。因此,艺术不仅不是空洞的显现(外形),而且比起日常现实世界反而是更高的实在,更真实的客观存在。"[①]在这里,黑格尔指出,感性的现实世界虽然也包含存在的本质,但是,这种真实却往往被直接的感性因素所遮蔽,似乎有一种坚硬的外壳,使人难以深入理解理念。"艺术的显现通过它本身而指引到它本身以外,指引到它所要表现的某种心灵性的东西。"[②]在黑格尔看来,艺术就是理念的显现。可见,黑格尔给予艺术多么崇高的地位。

艺术是对绝对精神的显现,因此,从这个意义上说,艺术就是"真","与真是一回事"。这种显现是以一种直观的方式来完成的,是一种感性的显现。因此,从这个意义上说,艺术与真又有区别。

---

① 〔德〕黑格尔:《美学》第 1 卷,朱光潜译,商务印书馆,1979 年 1 月第 2 版,第 12 页。

② 同上书,第 13 页。

这个区别关涉了艺术与美的关系、真与美的关系问题。

在黑格尔的体系中，美首先是理念。黑格尔说，"美本身应该理解为理念，而且应该理解为一种确定形式的理念"①。这样一来，由于"美就是理念，所以从一方面看，美与真是一回事。这就是说，美本身必须是真的。但是从另一方面看，说得更严格一点，真与美却是有分别的"。理念总是要以一种确定的形式显现自身，当理念以感性直观的形式显现自身的时候，理念就不再只是真，而且还是美。对此黑格尔说：

> 真，就它是真来说，也存在着。当真在它的这种外在存在中是直接呈现于意识，而且它的概念是直接和它的外在现象处于统一体时，理念就不仅是真的，而且是美的了。美因此可以下这样的定义：美就是理念的感性显现。②

黑格尔是在绝对精神自身显现的三个阶段中为美确立了位置，当理念以感性形式显现自身时，就走向了美。需要注意的是，黑格尔进一步把美区分为自然美和艺术美两种形态。

美是理念的感性显现，"理念的最浅近的客观存在就是自然，第一种美就是自然美"③。可是，在黑格尔看来，自然美是有缺陷的美、不完满的美。"概念既不确定，又没有什么标准"，因此，对自然美的

---

① 〔德〕黑格尔：《美学》第 1 卷，朱光潜译，商务印书馆，1979 年 1 月第 2 版，第 135 页。

② 同上书，第 142 页。

③ 同上书，第 149 页。

"研究就不会有什么意思"①。这样,黑格尔的美学实际上主要研究艺术,因此,黑格尔说自己的美学实际上是**艺术哲学**,或美的艺术的哲学。

黑格尔把自然美排除在他的美学之外,这与他把艺术抬高到绝对精神领域是一致的。换言之,艺术是绝对精神领域,艺术美自然也是绝对精神的领域。这样一来,黑格尔轻视自然美就不足为奇了。

就黑格尔美学思想的总体来看,他赋予文学艺术以崇高的地位,文学艺术既是真的也是美的,是他所构想的绝对精神的领域。可是,在他的体系中,正是这一崇高的地位,使黑格尔推导出了文学艺术悲观的结局。他说:

> 我们一方面虽然给予艺术以这样崇高的地位,另一方面也要提醒这个事实:无论是就内容还是就形式来说,艺术还都不是心灵认识到它的真正旨趣的最高的绝对的方式。②

在黑格尔的体系中,文学艺术的解体已是在所难免了。文学艺术必然最终让位给哲学。在黑格尔体系中,他的"美学是艺术死亡的悼词,它考察了艺术相继发生的形式并表明了这些艺术形式的发

---

① 〔德〕黑格尔:《美学》第 1 卷,朱光潜译,商务印书馆,1979 年 1 月第 2 版,第 5 页。
② 同上书,第 13 页。

展阶段的全部完成，它把它们埋葬起来，而哲学为它们写下了碑文"[①]。

黑格尔的艺术解体论是他的体系的结果，是在他的体系的内部，因构建一个自足的体系而产生出来的，黑格尔关于艺术类型演化史的理论推导也是需要推敲的。

但是，一个人们不愿意看到的事实是：文学艺术在现代社会里，在世界范围内，普遍衰退了。文学艺术陷入了前所未有的危机和困境。艺术似乎确实丧失了以往所拥有的崇高而神圣的地位，艺术沦为资本的奴隶，沦为文化工厂的产品，复制的影像在蔓延，赝品充斥世界，文学艺术不再是艺术家独一无二的伟大创造。坚守文学的传统阅读阵地的人日益减少，一部文学作品轰动了世界，这只能是一种美好的回忆了。总之，文学艺术的今天，的确大不如前了。

这使人们想到，莫非黑格尔确有先见之明？其实，我们只注意到黑格尔的艺术解体论是他的体系的结果，或者我们只愿意承认这是一个理论的推论，而不是事实，因为我们不希望艺术倒霉。但是，读过黑格尔《美学》的人谁都知道，黑格尔在说出那个近乎悲观的结论以前，曾尖锐地指出，近代西方社会与文学艺术的矛盾。黑格尔说：

---

① 〔意〕贝尼季托·克罗齐：《作为表现的科学和一般语言学的美学的历史》，中国社会科学出版社，1984年7月第1版，第144页。

我们现时代的一般情况是不利于艺术的①。至于实践的艺术家本身，不仅由于感染了他周围盛行的思考风气，就是爱对艺术进行思考判断的那种普遍的习惯，而被引入歧途，自己也把更多的抽象思想放入作品里，而且当代整个精神文化的性质使得他既处在这样偏重理智的世界和生活情境里，就无法通过意志和决心把自己解脱出来，或是借助于特殊的教育，或是脱离日常生活情境，去获得另一种生活情景，一种可以弥补损失的孤独。②

黑格尔这里所说的"现时代"，是指近代西方资本主义社会，因此，黑格尔又称这个时代为"市民社会"。为什么近代资本主义社会不利于艺术的发展呢？思想家们做出很多分析，提出很多观点，一般却归因于"物质和政治利益的追逐"③。就一般意义来说，把文学艺术的衰落归因于物质和政治利益的追逐，是能够让人接受的。近现代社会，文学艺术的商品化是有目共睹的，可是，在近代以前的历史上，文学艺术向物质和政治利益摇尾乞怜的事情不也时有发生吗？因此，对于文学艺术的普遍衰落，还应该探讨更深层的原因。

与这种一般观点不同，黑格尔指出，"现时代"是一个"思考风气

---

① 参见马克思在《剩余价值学说史》里关于资本主义的生产方式不利于诗和艺术的话。——译者朱光潜先生原注。

② 〔德〕黑格尔：《美学》第1卷，朱光潜译，商务印书馆，1979年1月第2版，第14页。

③ 〔意〕贝尼季托·克罗齐：《作为表现的科学和一般语言学的美学的历史》，中国社会科学出版社，1984年7月第1版，第144页。

盛行""偏重理智"的时代，并将此归结为"不利于艺术"发展的主要原因。

这是一个应该引起我们注意的观点。在黑格尔的体系内部，黑格尔将文学艺术置于同哲学一样高的绝对精神领域，最终演绎出让位于哲学的文学艺术解体论。我们绝不要把这一结论看成是黑格尔晦涩体系的幼稚推演。在现实中，文学艺术正沾染上"思考风气"，作家正在"把更多的抽象思想放入作品""偏向理智"的抽象思考正在把文学艺术"引入歧途"。于是，文学艺术衰退了。黑格尔看到的这种现实状况，与他在体系中所得出的结论是一致的。

黑格尔所描绘的"偏重理智"的时代风尚指的是什么呢？很显然，这是理解问题的关键。

近代以来，在西方社会，自然科学获得了长足发展，取得了节节胜利。面对这种态势，人文科学不甘示弱，纷纷用自然科学的方法和手段展开研究，想以此与自然科学分庭抗礼。从积极的方面来看，这对人文科学的发展必然带来益处，但是，从消极的方面来看，人文科学要承担着自身品格和价值丧失的风险。[1]

与其他人文科学相比，文学艺术是最大的受害者。以致黑格尔发出了这个时代不利于文学艺术的存在和发展的感叹。

可是，造成这一局面的罪魁祸首是谁呢？罪在科学？罪在文学艺术？解剖自然界的刀子掌握在人类的手上，即使说科学是一把双

---

[1] 西方现代文化中的人文精神失落、精神家园迷失，正是这一风险的体现。

刃剑，可是，这把剑还是握在人类的手中。科学的发展固然带来了一些问题，有的还很尖锐，但是，对于这些问题的出现，人文科学是有不可推卸的责任的。

试想一下，如果文学艺术不与哲学和科学在揭示真理方面争风吃醋，而去完成有别于哲学和科学的认识功能，那么，文学艺术不就有了自己的领地？换言之，文学艺术如果注定要揭示真理的话，那么它可不可以揭示一种不同于哲学和科学的真理？当然，这要以有这种真理的存在为前提。这是接下来要进一步探讨的问题。

六、海德格尔与艺术真理的重新划界

在文学与真、美之间关系的题目下，扯出海德格尔，似乎有些不伦不类。但是，在当代理论背景中探讨文学与真、文学与美的关系，海德格尔是一个不可回避的话题。当然，在这里，我们无意于研究西方当代哲学，我们的话题不是哲学史。我们只是想通过西方哲学的新近发展，来探讨文学与真、文学与美的关联。

其实，我们应该感谢黑格尔，是他的艺术解体论引发了我们对文学艺术与真、美关系的再思考。

在黑格尔的时代，黑格尔已敏锐地发现自然科学对人文科学的冲击。事实上，到了黑格尔逝世不久的 19 世纪中叶，"哲学正面临着实证科学的史无前例的发展。在这一时期，自然科学和精神科学占据了所有可认识的事物,以至于哲学,就该词的本义而言,变得没有了对象:如果全体存在者从今以后被其他科学学科分割殆尽,那么留给哲学的任务实际上还有什么呢?"①

　　实际上,与其说是自然科学瓜分了哲学的对象,还不如说是在自然科学的蓬勃发展中,哲学迷失了自己的对象,哲学总是去与科学争夺领地,其结果不是平分秋色,而只能是误入歧途。

　　海德格尔认为,哲学的这种误入歧途,从柏拉图和亚里士多德开始,到黑格尔推向极致。这就是传统的形而上学。海德格尔说,传统的形而上学是存在遗忘的历史,而哲学的任务恰恰就在追问存在。

　　什么是存在?海德格尔区分了存在与存在者。海德格尔的思考是从对"真理"概念的重新审视开始的。

　　海德格尔首先分析了流行的真理概念。认为传统的真理概念是:"真理是知与物的符合"②,也就是认识与事物的符合。人们的认识总在探索万事万物背后的本质与规律。这是科学的目标。可是,从柏拉图和亚里士多德以来,西方的哲学也以此为目标,实际上哲学与科学是不分的。海德格尔认为,知与物的符合或者认识与事物的符合,实际上是"知识",而不是"真理"。

---

①　〔法〕阿兰·布托:《海德格尔》,吕一民译,商务印书馆,1996年9月第1版,第19页。

②　〔德〕海德格尔:《论真理的本质》,《海德格尔选集》,孙周兴选编,1996年12月第1版,第2页。

海德格尔所说的"真理"是什么呢？这是理解问题的关键。"知与物"的符合，实际上探讨的是存在者。存在者就是万事万物，就是实实在在的现象世界。科学和传统的哲学探索现象背后的本质与规律，为我们提供的真理，实际上只是"知识"，而这种"知识"并没有深入到"存在者"的真正的"真理"。海德格尔认为，**在"存在者"的后面，还深藏着一个"存在"**。对这个"存在"，柏拉图和亚里士多德以来的哲学和科学并没有真正涉及和把握。海德格尔所说的"真理"就是对这个"存在"的把握。

海德格尔所说的"存在"，对我们来说，似乎有几分神秘。其实，对中国人来说，并不陌生。因为**这个"存在"很类似于中国哲学中的"无"。"无"，不是没有，而是无限**。因此，海德格尔苦苦地追问："究竟为什么在者在而无反倒不在？"[①]所谓"在者"在，就是"存在者"在，就是万事万物存在着，所谓"无"不在，就是"无限"，并不实实在在地被人所看到。海德格尔这里所说的"无"就是所谓的"存在"。

"存在"和"无"存在吗？海德格尔说：

> 然而，每个人都会，甚至或许还会不止一次地，为这个问题晦蔽着的威力所掠过，却不明白是怎么回事。譬如，在某种完全绝望之际，当万物消隐不现，诸义趋暗归无，这个问题就浮现出来了。也许只出现一次，犹如一声浑沉的钟声，悠然入耳，发

① 〔德〕海德格尔：《形而上学导论》，熊伟、王庆节译，商务印书馆，1996 年 9 月第 1 版，第 3 页。

出缓缓的回音。在某种心花怒放之际，这个问题就来临了，因为这时，所有的一切都变了样，仿佛就像它们是第一次出现在我们周围。这时，仿佛我们更可能把握的是其所不是，而不是其所是及其如何是。在某种荒芜之际，这个问题就来临了，这时，我们既非绝望也非狂喜，但在者冥顽地习以为常扩展着某种荒芜，在这荒芜中，在者存在或不存在，这对我们似乎都无所谓。于是，问题就以独特的方式重又振聋发聩：究竟为什么在者在而无反倒不在？[①]

海德格尔所说的在某种时刻出现的"无"或"存在"，究竟是什么呢？它在人的精神深处，它在问：人"为了什么？走向哪里？还干什么？"[②]

存在的遗忘，就是精神的沦落，于是，"在地球上并环绕着地球，正发生着一种世界的没落"。"在我们说世界没落时，世界指的是什么？世界总是精神性的世界。动物没有世界，也没有周围世界的环绕。世界的没落就是对精神的力量的一种剥夺，就是精神的消散、衰竭，就是排除和误解精神。"[③]

对精神的剥夺，实际上深深植根于对精神的误解。海德格尔从四个方面说明了人类对精神的误解：

---

① 〔德〕海德格尔：《形而上学导论》，熊伟、王庆节译，商务印书馆，1996 年 9 月第 1
版，第 3—4 页。
② 同上书，第 3 页。
③ 同上书，第 45 页。

第一,将精神曲解为智能,这是决定性的误解。这种智能就是单纯的理智,它思考,计算和观察那事先给出的事物,……这种智能……是与精神格格不入的。第二,如此被曲解为智能的精神因而就沦入为其他事情服务的工具的角色,成为既可教人也可学到的东西。第三,一旦这种对精神的工具性曲解开动起来,那么,……精神的世界变成了文化。第四,对精神的最后一种曲解植基于前面所说的一些篡改中。这些篡改把精神想象为智能,把智能想象为为目的而设计的工具,再把工具和产生出的产品一起想象成为文化的领域。[①]

存在与精神领域相关,当人们用智能代替精神,用知识代替对存在的把握,"存在"就不再存在,精神也就沦丧了。

海德格尔认为,传统真理关注的是"存在者",是对存在者进行科学的分析运算的结果,这实际上是一种知识。海德格尔期望在被人们习惯上称为真理的知识以外,重新确立真理。这个真理不是认识与事物的符合,而是**存在之澄明**。与澄明相对的就是**存在之遮蔽**,所以,也可以说,"真理乃是存在者之解蔽"[②]。

因此,"从根本上说……是所有科学都无法通达的"[③]。它属于

---

① 〔德〕海德格尔:《形而上学导论》,熊伟、王庆节译,商务印书馆,1996 年 9 月第 1版,第 46—47 页。

② 〔德〕海德格尔:《论真理的本质》,《海德格尔选集》,孙周兴选编,1996 年 12 月第 1 版,第 225 页。

③ 〔德〕海德格尔:《形而上学导论》,熊伟、王庆节译,商务印书馆,1996 年 9 月第 1版,第 26 页。

"思"的领域，哲学应该以此为己任。在此，海德格尔又为哲学重新划定了地盘。除了哲学，"只有诗享有与哲学和哲学运思同等的地位"①。

"思"不同于科学认知，"思"的对象是存在之真理。没有知，是愚昧未化，当然不会有思。只有知，没有思，实际上也不是真正的知。化用孔子的一句话来说就是："学而不思则罔。"真正的知者是知与思的统一。

既然科学不能担当"思"的重任，海德格尔就把它担在诗的肩上。从 1930 年开始到 1934 年，海德格尔完成了对真理问题的思考，从 1934 年起，海德格尔开始在诗中阐释存在之真理。

存在之真理或存在之澄明境界，不能在科学求证中获得，却能在诗和艺术中现身。存在之澄明境界在艺术中向人敞开。在艺术中，"自行遮蔽着的存在便被澄明了。如此这般形成的澄明之光把它的闪烁光辉嵌入作品中。这种被嵌入作品中的闪烁光辉即是美。美是作为无蔽之真理的一种现身方式"②。

在凡·高那幅画着农鞋的油画里，只有一双坚实的农鞋，别无其他。但是，正是这双农鞋自行使存在之澄明显现：

从鞋具磨损的内部那黑洞洞的敞口中，凝聚着劳动者步履

---

① 〔德〕海德格尔：《形而上学导论》，熊伟、王庆节译，商务印书馆，1996 年 9 月第 1 版，第 26 页。

② 〔德〕海德格尔：《林中路》，《海德格尔选集·编者引论》，孙周兴选编，1996 年 12 月第 1 版，第 14 页。

的艰辛。这硬邦邦、沉甸甸的破旧农鞋里,凝积着那寒风陡峭中迈动在一望无际的永远单调的田垄上的步履的坚韧和滞缓。鞋皮上黏着湿润而肥沃的泥土。暮色降临,这双鞋底在田野小径上踽踽而行。在这鞋具里,回响着大地无声的召唤,显示着大地对成熟的谷物的宁静的馈赠,表征着大地在冬闲的荒芜田野里朦胧的冬冥。这器具浸透着对面包的稳靠性的无怨无艾的焦虑,以及那战胜了贫困的无言的喜悦,隐含着分娩阵痛时的哆嗦,死亡逼近时的战栗。①

作品中的一双鞋,绽现出的完全是另一个天地。"存在者进入它的存在之无蔽之中。""存在者的真理自行设置入作品。"②以往人们将之称为美,实际上,这所谓的美就是存在之真理的自行绽出。

诗更是用命名创建存在之持存。"诗乃是存在的词语性创建。"③诗人总是用说出存在者的方式,即命名,来说出与说及存在,诗中所言,总是留有广大的世界空间,在这里,每一事物:一棵树,一所房屋,一座山,一声鸟鸣都显现出千姿百态,不同凡响④。

人闲桂花落,夜静春山空。

---

① 〔德〕海德格尔:《艺术作品的本源》,《海德格尔选集》,孙周兴选编,1996 年 12 月第 1 版,第 254 页。
② 〔德〕海德格尔:《荷尔德林诗的阐释》,孙周兴译,商务印书馆,2000 年 12 月第 1 版,第 45 页。
③ 同上。
④ 海德格尔:《形而上学导论》,熊伟、王庆节译,商务印书馆,1996 年 9 月第 1 版,第 27 页。

月出惊山鸟,时鸣春涧中。①

人,花,山,月,鸟,涧;春,夜。时间、空间、事物构建了一个世界,世界敞开而澄明。在这敞开而澄明的世界中,诗人言说了什么？是人是花是山是月是鸟是涧,既是,又不是。诗人言说了静,无限的静。"静不是无声,无声是声调的空缺,而静是一种对世界的吁请,是对世界的容纳",在世界与万物的自我绽现中,在静的召唤下,人与世界融合,不再疏离。②

海德格尔无意于对文学艺术说三道四,本来是要拯救哲学,进而拯救人类。可是,在诗和艺术中他发现了苦苦追问的"存在之真理"的绽现,这无疑也会拯救文学和艺术。因为自亚里士多德为诗辩护以来,文学艺术同哲学一样,也常常与科学争夺同一块领地,说某某作品反映某某本质某某规律的声音时常响在我们的耳边。实际上,黑格尔早已看到了问题的症结所在。他发出艺术解体的消息,正是拯救艺术的开始,因为只要文学艺术不再与科学甚至传统的哲学③争风吃醋,而寻找到自己的领地,文学艺术就会幸免于解体的厄运。

海德格尔在为哲学重新划界的同时,也对文学艺术又委以重任。哲学以"运思"的方式,文学艺术以"命名"的方式,携手并肩,一

---

① （唐）王维:《鸟鸣涧》。
② 傅道彬:《歌者的乐园》,东北林业大学出版社,1996年12月第1版,第148页。
③ 海德格尔所说的遗忘存在的哲学。

道把握存在之真理。

这一次,通过海德格尔,又重建了文学艺术与"真"与"美"的关联,而且这个"真"只属于文学艺术和哲学。

七、中国人的先见之明

海德格尔通过颠覆西方形而上学传统,重新划分了知识与存在真理的界限,这为西方思想和文化打开了一个全新的境界。但是,当我们把目光投向与柏拉图亚里士多德时代大致相当的中国古代思想家,就会发现,海德格尔所苦苦思索的问题,似乎早已被论及。这里并不想对中西哲学思想做出比较,实际上这种比较往往是轻率的。我们只想阐述在中国思想传统中关于这一问题的主要观点。

在中国文论传统中,我们几乎见不到像亚里士多德那样的文学真理观。西方世界,自近世以来,科学昌明。中国近世以前,科学上的成就有目共睹,此前,中国不乏天文历法之学,不乏揆度计算之学,不乏观象制器之术。可是,从一开始,中国人就认识到在这之上还有"保合太和"①的形上之境②。"形而上者谓之道,形而下者谓之器。"③儒家重形下之器,更重形上之道,并由形下之器而入形上之

---

① 《周易·乾·象传》。
② 《宗白华全集》,安徽教育出版社,1994 年 12 月第 1 版,第 602 页。
③ 《周易·系辞上》。

道。所以，在人人关系上**重亲和**，在天人关系上**重合一**。

过去，我们对儒道的分别讲得太多。其实，在人与自然的关系上，在形上之境的追求上，儒道两家实在是相同多而分别少。孔子说，"天何言哉？四时行焉，百物生焉，天何言哉？"①庄子说，"天地有大美而不言，四时有明法而不议，万物有成理而不说。圣人者，原天地之美而达万物之理，是故至人无为，大圣不作，观于天地之谓也。"②对形上之境的追求，向来都以老庄为鼻祖，其实，孔子亦然。孔子说，"道不行，乘桴浮于海。"③孔子在精神深处最向往的就是："暮春者，春服既成，冠者五六人，童子六七人，浴乎沂，风乎舞雩，咏而归。"④

与孔子相比，老庄更是在哲学中运思于形上之境，并形成精妙通达的哲思体系。

老庄的运思从确立**形上之道**开始⑤。老子说："有物混成，先天地生。寂兮寥兮，独立不改，周行而不殆，可以为天下母。吾不知其名，字之曰道。"⑥纷纭万物，芸芸众生，其根本是道。道作为世界的根本，它本身又是什么呢？"人法地，地法天，天法道，道法自然。"⑦

---

① 《论语·阳货》。
② 《庄子·知北游》。
③ 《论语·公冶长》。
④ 《论语·先进》。
⑤ 即海德格尔所说的存在，熊伟先生把海氏的"存在"翻译为"无"，可谓深得要义。参见熊伟先生所译海德格尔《形而上学导论》。
⑥ 《老子·第二十五章》。
⑦ 同上。

道的本质是"**自然**"。

在确立"道"作为世界的根本以后,接下来的问题就是如何把握道了。在此,道家哲学划定了"知"的界限,认为一般的认知是不能把握道的。庄子通过寓言阐明了道家这一基本观点:

> 知北游于玄水之上,登隐弅之丘,而适遭无为谓焉。知谓无为谓曰:"予欲有问乎若:何思何虑则知道?何处何服则安道?何从何道则得道?"三问而无为谓不答也;非不答,不知答也。知不得问,反于白水之南,登狐阕之上,而睹狂屈焉。知以之言也问乎狂屈,狂屈曰:"唉!予知之,将语若。"中欲言而忘其所欲言。知不得问,反于帝宫,见皇帝而问焉。皇帝曰:"无思无虑始知道,无处无服始安道,无从无道始得道。"知问皇帝曰:"我与若知之,彼与彼不知也,其孰是邪?"皇帝曰:"彼无为谓真是也,狂屈似之,我与汝终不近也。"①

老子说,为学日益,为道日损。只有抛弃普通的认知方式,才能把握道。道家所主张的"去知""无知",不能简单理解成宣扬愚昧,否定认知。其实,只是为知限定了界限。道家并不是简单地、普遍地否定"知",而是严格限定在认识"道"这一境况中。道家并不是主张让所有的人在任何时候都抛弃认知,成为愚钝不化的匹夫,而是认为用计算的分析的认知方式无法达于道境。"人法地,地法天,天

---

① 《庄子·知北游》。

法道,道法自然。"①道的本质是自然。正像存在的真理是自行绽现的澄明,道的真理是自然,所谓自然,就是由其所是地自行绽出,如花的开落,自有定则。"疏瀹而心,澡雪而精神"②,与天地并生,与万物为一,就是人的"自然"。于是,世界向人敞开,人与世界融为一体,世界变得澄明,人的精神变得澄明。这是一种自由的精神境界,人因此得到提升和升华。

无论是从儒家还是从道家出发,中国的文学艺术在根基处并不把致知析理当作至上的使命,"不涉理路,不落言筌"③,几乎是中国文学家的常识。黑格尔所批评的"把抽象的思想放入作品"④的现象,在中国文学史上并不多见。追求**与天地精神往来、与宇宙声息共动,用有限的笔墨达于无限的形上境界**,这一直是中国文学的优秀传统。我们看一下司空图对这形上境界的描述:

> 大用外腓,真体内充。返虚入浑,积健为雄。
>
> 具备万物,横绝太空。荒芜油云,寥寥长风。
>
> 超以象外,得其环中。持之非强,来之无穷。⑤

从外到内,从实到虚,万物聚于笔端,在有限的迹象之外,有无

---

① 《老子·第二十五章》。

② 《庄子·知北游》。

③ 严羽:《沧浪诗话》。

④ 〔德〕黑格尔:《美学》第 1 卷,朱光潜译,商务印书馆,1979 年 1 月第 2 版,第 14 页。

⑤ 司空图:《二十四诗品·雄浑》。

限的雄浑的空间,这不是一个物理空间,来之无穷者乃是精神之空间。

中国文学以达于意境为指归,一种艺术的境界与真与美又是一种什么关系呢? 清代的叶燮为我们作了精辟的理论总结:

> ……子但知可言可执之理之为理,而抑知名言所绝之理之为至理乎? 子但知有是事之为事,而抑知无是事之为凡事之所出乎? 可言之理人人能言之,又安在诗人之言之! 可征之事,人人能述之,又安在诗人之述之! 必有不可言之理,不可述之事,遇之于默会意象之表,而理与事无不灿然于前者也。[①]

叶燮深刻地区分了两种理、两种事:可言可执之理与名言所绝之理;有是事之事与无是事之为凡事之所出之事。

所谓可言之理,就是用概念语言可以表达的理;所谓可执之理,就是逻辑思维可以掌握的理;所谓名言所绝之理,就是概念语言不能表达的理;所谓有是事之事,就是一件具体存在的事;所谓无是事之为凡事之所出之事,就是不是具体存在的但却是所有事发生原因的事。

诗的使命就是写概念语言不能表达的理,就是写虽不存在但却是已经发生的事情的本原的事情。在这里,叶燮既为诗划定了范围,同时,也为诗的存在确立了必要性。也就是说,从一方面看,诗

---

① 叶燮:《原诗》。

杜甫像

要写不可言之理,要写不可述之事。从另一方面看,不可言之理,不可述之事,只有文学艺术才可言之,才可述之。

不可言之理、不可述之事,就是"道"之本然,就是"存在之真理"。叶燮用杜甫一二名句作了剖析:"'碧瓦初寒外'①:寒如何有内外?'月傍九霄多'②:月何能言多少?'晨钟云外湿'③:钟声如何能湿?'高城秋自落'④:秋如何能落?以上偶举杜集四语,若以俗儒之眼观之,以言乎理,理于何通?以言乎事,事于何有?所谓言语道断,思维路绝。"⑤

在言语道断处,思维路绝时,世界以其浑然未析的形象呈现,所以"秋"可以言落,"钟声"可以言湿。这浑然未析的世界形象是美的,因为它虚实恍惚,看似可见又绝不可及。在这可及与不可及之间,又包蕴着"名言所绝之理",正所谓:

采菊东篱下,悠然见南山。

山气日夕佳,飞鸟相与还。

此中有真意,欲辨已忘言。⑥

在言语道断处,思维路绝时,文学艺术承担起把握形上真理的

① 杜甫:《玄元皇帝庙作》。
② 杜甫:《宿左省作》。
③ 杜甫:《夔州雨湿不得上岸作》。
④ 杜甫:《摩诃池泛舟作》。
⑤ 叶燮:《原诗》。
⑥ 陶渊明:《饮酒·之五》。

重任,从而接通心灵与世界间的道路。

八、结语

与其看似玄奥实则空洞地构造理论,还不如看一看思想家是如何论说的。在文学与"真"、"美"关系这一重大问题上,我们尽量"述而不作",在了解思想大家的观点中,自然会对问题有所理解和领悟。

其实,如果单纯从学术的角度来说,文学与真、文学与美的关联,本来就是建构于历史中的,是动态的,从过去一直通向未来,本身就是一个历时性的问题。所以,这样的"述而不作"就是必要的了。

真理不能仅仅理解为知识,知识也不能代替思想,美,更不能仅仅理解为好看,或狭义的优美,美是存在真理去蔽后的澄明,在这里,美与真重又达于统一,文学艺术在最本质上就是对这种统一的呈现。

第四章

是闲暇的游戏还是
布道的牧师？

《诗》，可以兴，可以观，可以群，可以怨。

——孔子《论语·阳货》

孔维克（孔子第七十八代裔孙）　《三联图：古乐图——杏坛讲学——习射图》

文学的功能和作用，看上去是一个再明了不过的问题。人们可以认为，文学艺术与人们的精神领域相关，如果说，人与物质需要相对有一个精神需要的话，那么文学艺术就是人类的精神食粮。从总体上说，这应该是一个正确的看法。但事实上，文学的功能和作用却是一个相当复杂的问题，从传世文献所见的一首上古歌谣到现代都市里的一篇言情小说，从上古先民集体劳作中的歌诗到当今人们八小时外躺在家中席梦思床上读一篇小说，文学的功能和作用，恐怕用一句精神食粮是不能概括的。有人看重的是文学的教化功能，文艺家似乎都成了一脸严肃的布道的牧师，而有人看重的是文艺的娱乐属性，文学仿佛又成了闲暇时的游戏。如果文学仅仅是教化，那么它如何区别经学与宗教？如果文学仅仅是游戏，而没有使命与意义，那么其存在的前提又是什么？这个问题，最终涉及文学的发生和本质等许多重大的理论问题。

一、方法与问题

文学功能之所以是一个复杂的问题,是因为它常常交织在好多既对立又统一的维度之中。这主要包括:历时与共时、个人与社会、自为与他为、独有与共有。

历时与共时。

文学是在历史中产生并在历史中发展的,在历史的长河中,文学发生这样或那样的变化,因此,文学的功能也会相应地发生一些变化,这就是文学功能的历时性问题。不考虑文学功能的历时性,只是抽象地或仅以一个有限时期的文学为对象,谈论文学功能问题,是不科学的认识。比如说,在人类早期的祭祀活动中,诵诗、歌诗是一个普遍的现象,这与今天人们坐在家中或任何一个其他场所读一首诗,绝不是同一回事。可是,在这两者之间就没有相同的东西吗? 这就是我们所要探讨的文学功能的共时性问题。事实上,在文学功能的历时性之中,必然存在共时性的要素。我们知道,文学的功能在某种意义上讲,是与其本质相关联的。如果文学的功能一点共时性即不变的要素都没有,那么文学就成了另一种东西了。可是,事实上,今日的文学与昔日历史中的文学都称为文学(不是名分上的而是实质上的),这足以说明文学功能的共时性问题。

个人与社会。

文学是个人的还是社会的呢？就作家来说，写作是抒发个人的思想情感还是希冀对社会整体有所裨益，就读者个人而言，阅读欣赏文学作品，是为自己的娱乐消遣抑或教养升华。就现代社会的文学活动来说，无论创作与欣赏，都是以一个人为基本单位，所以，有人说，作家是"个体户"。要是从这个意义说，读者不也是个体户吗？但是，文学艺术从一开始，就是建立在群体和社会之上的，包括人类早期的文学艺术在内，甚至在人类早期，这种公共性、群体性和社会性更为突出，史诗的唱颂，祭祀的歌诗，朝会燕飨的赋诗，这都是在公共场所进行的。不过，今天，即使人们躲在家里读小说，就能说文学与社会毫无关系吗？文学是对一个人起作用，还是对整个社会起作用？

自为与他为。

文学之所以是艺术，是由其内在本质所规定的。文学的功能自然与其本质相关联，这种与其本质相关联的功能，我们可以称之为本质功能。没有任何外在的附加目的仅是通过阅读文学作品而实现的功能可以称为"自为功能"。在自为功能中首先包括与根本性质相关联的本质功能，其次包括与一般性质相关联的功能。但是，我们知道，一件东西，可以让它发挥本质功能，也可以用于其他。文学作品可以被用于学校的语文教育，可以被用于社会集团、党派的某种宣传，可以被用于企业的商业广告，可以被用于儿童入睡前的催眠，可以被用于无聊时的打发时间，可以被用于青年男女恋爱时的谈资等等,不一而足。文学充当了实现某种目的的手段,文学被明确地有计划地用于某种目的而发挥的功能不也是文学的功能吗?我们可以把这种功能称为"他为功能"。

独有与共有。

文学作为艺术的一个具体种类,必定有其他艺术所不具有的功能,这就是独有功能。文学的独有功能就是它的阅读功能。在阅读功能中包含着其他艺术所不具有的东西,这种东西是文学永远不会被其他艺术所取代的基础。所谓共有功能,是指文学与其他艺术都具有的功能,甚至包括文学作为一种文化形式与其他文化形式都具有的功能。独有功能是相对于其他艺术种类和文化形式而言的,自为功能是相对于本质功能与非本质功能而言的。

二、文学与娱乐

简单地承认或否认文学与娱乐之间的联系,都是轻率的和不负责任的。毫无疑问,种种事实说明,文学具有一定的娱乐功能,但是,这是不是本质功能呢?与本质功能之间是什么关系呢?

在今天人类的生存方式中,娱乐成了必不可少的组成部分。其实,抛开形式而论,娱乐并不是什么新鲜玩艺。娱乐产生于人类剩余劳动时间这一历史事实中。随着生产工具的改进,生产力获得了发展,生产效率得到了提高,食物有了积累,于是,人类有了剩余劳动时间。如何支配剩余劳动时间就成了人类新的课题，最初的自发的游戏是支配剩余劳动时间的重要方式，有人认为，在这所谓的游戏中，可能包括自发的歌舞，并进而推论艺术起源的基础，这是否与艺术起源的实际情况一致，是另外一个问题，在此不去涉及。但是，有一点是肯定的，在后来的发展中，包括文学在内的艺术都先后被当作娱乐的手段。

其实，如果严格地讲，人类最初支配剩余劳动时间的活动，应该是消遣，还不是娱乐。消遣与娱乐是不同的。罗宾·乔治·科林伍德（Robin George Collingwood，1889—1943）曾对消遣和娱乐做出区分，"娱乐和消遣的区别在于，在影响对实际生活有益的情感能量时，二者所产生的效果不同，娱乐是借方，消遣是贷方"①。消遣，是相对绝对剩余劳动时间来说的，剩余劳动时间是前提，但就时间来讲，消遣不存在以劳动时间为代价，人以某种方式消遣时产生的快乐是一种享受。与此相对，娱乐可以在剩余劳动时间内进行，也可能在剩余劳动时间外进行，这就是对劳动时间的占用，是一种对生命的透支，娱乐所产生的快乐就有可能转变成一种享乐，这对人类来说，是一个危险的信号。由娱乐所产生的快乐演变成一种享乐，并积淀到人的心理层面，并逐渐培育成为一种心理要素——娱乐需要，如同人的物质需要一样的需要。

①　〔英〕罗宾·乔治·科林伍德：《艺术原理》，王至元、陈华中译，中国社会科学出版社，1985 年 11 月第 1 版，第 98 页。

当娱乐成为一种需要，就必然产生满足这种需要的组织。于是，娱乐转变成社会结构的一部分，这在现代消费社会中尤为明显。

可以看出，娱乐从最初，就具有两面性，或者说，娱乐本身就潜藏着某种危险性。

在西方历史文化中，最先看到这种危险性的是柏拉图。柏拉图对艺术的否定一直是一个令人费解的事实，就柏拉图本人来说，他酷爱诗，有人说，他后来否定诗，是"诗哲之争"的结果，在"诗哲之争"中，柏拉图不得不痛苦地否定了诗。其实，只要稍加注意，就会发现，柏拉图并不是否定所有的艺术，在他所构想的理想国中，非常重视音乐教育。① 另外，柏拉图所要驱逐的是模仿诗人，而不包括颂神的和写好人的诗人。② 在他晚年的《法律篇》中，对待文学艺术的态度有所改变，《法律篇》被称为"第二理想国"，代表了后期比较成熟的思想。在《法律篇》中，"诗歌检查制度"代替了《理想国》中对诗人下的"逐客令"。更需要注意的是，柏拉图提出了"剧场政体"（theatrocracy）这样一个与"贵族政体"相对立的概念。柏拉图生活在雅典城邦由贵族政治向贫民政治过渡时期，"早期的希腊宗教艺术，诸如奥林匹克的雕塑和埃斯库罗斯的戏剧，都无可挽回地让位于海伦时期的新式娱乐艺术。在这场变化中，他不仅看到了一个伟大艺术传统的消失和一种艺术没落的来临，而且还看出了整个文明

---

① 参见《法律篇》。
② 参见《理想国》。

墨子（公元前 468 —前 376），战国时期著名的思想家、教育家、科学家、军事家，墨家学说创始人。在先秦时期，墨家与儒家并称"显学"。其传世著作《墨子》一书提出了"兼爱""非攻""尚贤""尚同""天志""明鬼""非命""非乐""节葬""节用"等观点。其"非乐"学说，集中反映在《非乐》篇。

的危机"①。柏拉图所说的"剧场政体",是指在新式的市民娱乐艺术
基础上生长起来的一种政体,这种政体在柏拉图看来,是邪恶的,是
无法与贵族政体相提并论的。

在希腊早期,音乐分成若干种类和风格,不同的种类和风格用
于不同的场合,绝不可混淆。到了柏拉图时代,这种严格的秩序已
被打破,艺术由娱神变为娱人,而且,此时的音乐还"创造出一些淫
靡的作品,又加上一些淫靡的歌词,这样就在群众中养成一种无法
无天胆大妄为的习气"②,在这样的艺术滋养下,只能生长出邪恶的
政体,这一政体被柏拉图称为"剧场政体"。艺术如何有这样大的威
力呢?因为在此前的希腊传统中,诗和艺术是对人实施教育的主要
方式。这如同中国先秦宗周社会的诗分为风雅颂一样,颂用于宗庙
祭祀,雅主要用于朝会,风主要用于燕飨。春秋时期以降,这种严格
的规范也被打破,僭越时时发生,而且以娱乐为主要目的的新兴城
市艺术也在崛起。中国思想家墨子对音乐艺术的否定,与柏拉图大
体相似。

与严肃的宗教诗乐相比,新兴的诗乐失去了庄严和肃穆,以鼓
动人的感性、满足人的官能为主要特征,这是柏拉图所发现的娱乐
艺术的最大危险之所在。

---

① 〔英〕罗宾·乔治·科林伍德:《艺术原理》,王至元、陈华中译,中国社会科学出
版社,1985 年 11 月第 1 版,第 101 页。
② 〔古希腊〕柏拉图:《法律篇》,《柏拉图文艺对话集》,朱光潜译,人民文学出版社,
1963 年 9 月第 1 版,第 311 页。

艺术否定论，无论西方的柏拉图，还是中国的墨子，无论是针对某种具体艺术还是针对艺术本身，都只能是一种主张或观点而已。如果娱乐发展成为人类的一种需要，这架被开动起来的机器如何能轻易停止，在现代社会中，这架机器更是欲罢不能。

在现代社会，资本在利益的驱动下，对人的娱乐需要展开了不遗余力的开掘。娱乐的满足方式五花八门，艺术仅仅是其中的一种方式而已，不过，娱乐艺术或艺术的娱乐功能的发展甚至泛滥，是以往任何时代都无法比拟的。

娱乐艺术的创作者可能无法与伟大的艺术家相比，但也决非白痴。娱乐艺术的发展承受着来自两个方面的压力，一个方面来自于资本，一个方面来自于大众。资本喊着要获得利润，大众喊着要获得快感。资本利润是一个不见底的深渊，大众的快感更是个无底洞。一种激起快感的方式，过不了多久就会失效，开发一种新的方式就落在这些聪明的"艺术家"、"企划家"身上。所以，有人说，现代社会是生产快感的社会。

就文学来说，作为大众休闲消遣的娱乐文学类型在不断地花样翻新，艳情文学、侦探小说、武侠小说、惊险小说，消长起伏，更迭不休。可以预想，更新更多的娱乐文学类型还会不断被开掘出来。

如何来评价或评估诸如此类娱乐文学的功能呢？或者如何评价这些以娱乐为主导功能的文学呢？

科林伍德认为，从积极的方面来说，娱乐对人的情感有一种释放作用。他把人的情感过程分为负荷阶段（兴奋阶段）和释放阶段，认为情感一旦兴奋,就必须释放。人在娱乐艺术中所产生的情感就在娱乐艺术所创造的虚拟情境中得到了释放,因此,"娱乐是以不干预实际生活的方式释放情感的一种方法"①。对于娱乐文学,比如他认为,恐怖小说的出现,是因为人有一种体验恐怖的强烈需要;侦探小说是满足人们体验恐怖需要、崇尚力量的需要、解决疑难时理智兴奋的需要和对冒险的需要。"把这些从虚拟情境中唤起的情感又在虚拟情境中释放出来,从而使它们不大可能到实际生活中去自行释放,这是合乎自然情理的。"②

但是,另一方面,正由于娱乐是在虚拟情境中的感情释放,似乎不用付出什么代价,于是,娱乐的需求就会膨胀,可是,为了满足越来越多的娱乐需要,人就会动用必要劳动时间:

> 当娱乐从人的能量储备中借出的数目过大,因而在日常生活过程中无法偿付时,娱乐对实际生活就成了一种危险。当这种情况达到危机顶点时,实际生活或"真实"的生活在情感上就破产了。……这时,精神上出现了疾病,它的症状就是无止境地渴求娱乐,并且完全丧失了对实际生活事务、对日常生计和社会义务都是必要的工作的兴趣和能力。③

科林伍德认为,这样的娱乐与娱乐艺术正在现代西方社会过度

---

① 〔英〕罗宾·乔治·科林伍德:《艺术原理》,王至元、陈华中译,中国社会科学出版社,1985 年 11 月第 1 版,第 80—81 页。
② 同上书,第 89 页。
③ 同上书,第 98 页。

发展，而且构成了西方文明的危机，并把他所谓的真正的艺术看做是拯救这一危机的药方。

与科林伍德相比，卡尔·雅斯贝斯（Karl Jaspers，1883—1969）对现代社会文学艺术娱乐化的批判更是不遗余力。雅斯贝斯认为，在西方，社会技术化了，教育技能化了，"艺术也变成了单纯的娱乐"手段[1]，艺术已经退步到失去自己的程度。

当然，不同的声音也是存在的。在文学理论领域影响很大的韦勒克和沃伦在他们合著的《文学理论》中，为通俗文学或娱乐文学作了辩护。

韦勒克、沃伦继承贺拉斯（Horatius，公元前 65—8）的观点，认为文学是"甜美"（dulce）和"有用"（utile）的统一[2]。并对"有用"和"甜美"作了新的阐释：

> 艺术的有用性不必在于强加给人们一种道德教训，……"有用"相当于"不浪费时间"，即艺术不是一种"消磨时间"的方式，而是值得重视的事物。"甜美"相当于"不使人讨厌"，"不是一种义务"，"艺术本身就是给人的报酬"[3]。

本来，很多人都倾向于把"有用"理解为"严肃的道德教训"。可

---

① 〔德〕卡尔·雅斯贝斯：《时代的精神状况》，王德峰译，上海译文出版社，1997年7月第1版，第118页。

② 参见贺拉斯：《诗艺》，扬周翰译，人民文学出版社，1962年12月第1版。

③ 韦勒克、沃伦：《文学理论》，刘象愚等译，三联书店，1984年11月第1版，第19—20页。

是,韦勒克、沃伦这样的阐释无疑把"有用"和"甜美"的范围放得很宽,这似乎是一种宽容的态度,看来,专业的文学学者与哲学家政治家的想法不尽相同。这种宽容的态度自然就涉及对名声一直不太好的"通俗文学"或"娱乐文学"的评价:

> 我们是否可以采用这一双重的标准作为给文学下定义的基础呢?抑或这只是衡量一部伟大的文学作品的标准?在早先有关文学的讨论中,很少出现伟大的、好的和"低级"的文学之分。我们满可以怀疑低级文学(如通俗刊物)是否"有用"或"有教育意义"。它们通常被人认为只是对现实的"逃避"和"娱乐"。不过它们有用与否这一问题,必须根据低级文学的读者的情况来回答,而不能以"好文学"的读者水平为准。……从知识水平最低的小说读者的角度着眼,至少发现他们存在着某种基本的求知欲。至于"逃避现实"……的指责太轻率了。……一切艺术,对于它的合适的使用者来说,都是"甜美"和"有用"的。也就是说,艺术所表现的东西,优越于使用者自己进行的幻想或思考;艺术以其技巧,表现类似于使用者自己幻想或思考的东西,他们在欣赏这种表现的过程中如释重负,得到了快感。[1]

很显然,韦勒克和沃伦不仅放宽了"有用"和"甜美"的规定,而且还赋予了他们相对性的内涵。文学作品"有用"与否,"甜美"与

---

[1] 韦勒克、沃伦:《文学理论》,刘象愚等译,三联书店,1984 年 11 月第 1 版,第 20 页。

否，是相对它们的读者来说的。通俗小说或娱乐文学相对于知识水平低的读者来说，就具有"有用性"，理由是作品中所写的要"优越于使用者自己进行的幻想或思考"，于是，并获得快感。

韦勒克和沃伦的看法，不能说没有一定道理。通俗小说或娱乐文学能够生存，说明它的确有一定的读者群。但是，事情不是绝对的。通俗小说和娱乐文学的读者，知识水平不一定都低，不能排除知识水平高的人也读通俗小说。

因此，如果把评估文学作品的标准与读者挂钩，只能是本末倒置。文学作品应该是我们评估的出发点和依据。

在我们看来，把文学作为一种消遣方式，也并不是不得了的事情。事实上，在今日社会，除学生们在学校的语文课和文学课上学习文学作品、专业学者研究文学作品以外，一般人阅读欣赏文学作品，不正是在劳作之余吗？在劳作之余去阅读文学作品，恐怕更多的读者也不是一定抱着受教育的动机。对于人来说，娱乐和消遣已经成为需要，正像人的物质需要在不断地被开掘一样，人的娱乐和消遣也是可以向有利于人自身完善的方向培养，一张白纸可以画最新最美的图画。关键的问题是作家为读者提供了什么？如果作家所提供的作品总是与人的精神发展背道而驰，这样的娱乐就有了问题。更为重要的是，把文学用于娱乐和文学在本质上具有什么功能并不是一回事，换言之，娱乐功能绝不是文学的本质功能，或者按着我们前边的界定，娱乐功能不是文学的"自为功能"，而且，娱乐功能是一个"共有功能"，而非独有功能。但是，人们也不能不注意，虽然一方面我们说文学的"功用由其本身的性质而定",可是,另一方面,"我们也可以这么说:物体的本质是由它的功用而定的:它做什么用,它就是什么"①。这样一来,文学的娱乐功能是否会侵略文学的本质功能,以至使文学沦为另类。

三、文学与教育

教育是对人实施影响的社会活动。严格地讲,教育可以分为广义和狭义两种。从广义上说,凡是提高人的体质、智力和技能,以及增长人的知识、影响人的思想品德的活动都可以看做是教育;狭义的教育,主要指学校教育,是有目的、有计划、有组织地对人的身心施加影响的活动。

文学对人的教益是存在的,文学具有教育功能。文学的教育功能可以体现在"自为"和"他为"两个层面。

与作为一种社会行为的教育活动相比,文学的教育功能是在什么意义上讲的呢?人们在阅读文学作品时,文学作品具有一种使人的智力思想品德等方面发生变化的功能,我们把文学所具有的这种功能叫做文学的教育功能。很显然,这是把文学与作为一种社会行为的教育活动进行功能类比的结果,说文学具有教育功能,并不是

①　韦勒克、沃伦:《文学理论》,刘象愚等译,三联书店,1984 年 11 月第 1 版,第 18 页。

说文学是一种教育行为，而只是从与教育活动具有相同或相似的功能上来说的。在这种类比中，我们可以说诸如"社会是一所学校""军队是一所学校"，我们也完全可以说，"文学是一所学校"。

如此琐碎的缕析文学的教育功能是在何种意义上提出来的？对我们认识文学的教育功能有什么益处吗？如上所述，我们在说文学是一所学校的同时，也可以说军队是一所学校，社会是一所学校等等，这就是说，具有和教育相似或相同功能的事物，不止文学艺术，进而我们可以认为，教育功能并不是文学艺术的最本质功能（最根本的功能）。认识这一点，对于我们认识文学在本质上是什么，是至关重要的。同时，这也有利于对文学教育功能本身的理解。

文学的教育功能在一定意义上是"**自为**"的，因为文学作品就如同教育的**实施主体**，教育功能通过这个主体而体现出来。文学所具有的教育功能是多方面的，不能仅仅局限在道德一个方面。

人们通过对文学作品的阅读，可以增加某个方面的知识，孔子说，通过学习诗，可以"多识于鸟兽草木之名"①。当然，知识是多方面的，自然界的社会的都可以包括在内。在人类的早期，各种文化形式还没有明确分化时，文学所具有的功能要比现在多。单就**获取知识**这一功能来说，要比现在重要得多。比如，在史诗阶段，文学就兼具记事的功能，史诗是一个部族的记忆，部族的每个成员只有通过史诗才能了解自己的历史。再比如，从文学中获得实用历法知

---

① 《论语·阳货》。

识。对于先民来说，文学是重要的手段。在中国的先秦文化和古希腊文化中都可以找到实例。在古希腊，荷马之后第一位诗人赫西俄德所写的长诗《工作与时日》包含很多实用的历法知识。[①] 中国周代《诗经》中的《七月》，更是完整地记述了当时周人的历法知识。不过，文学毕竟是艺术，对于读者来说，并不是获取知识的主要途径。尤其在现代社会，学科分明，教育分工明确，文学还坚守以传授知识为使命的信条，是不现实的，文学的功能随着社会和时代的发展，也在发生一定的变化，这是需要人们注意的。

实际上，比获得这样或那样的知识更重要的是，文学可以启人心智。良好的心智是无穷的财富。文学以生动的意象为读者展现了一个充满想象的"美"的世界、"真"的世界、"善"的世界，因此，可以开发培养人的想象能力、感受能力、思维能力和创造能力，以及向真向善向美的健康心理。每个人的心智长成都或多或少地受到文学艺术的影响，包括没有受到良好教育的人，因为他得到了民间文学的熏陶，即使是依偎在母亲怀抱的孩提时代，母亲一边用甘甜的乳汁哺育他的生命，一边用美丽而古老的童话浇灌他的心田，在那白纸一张的精神世界上，是美丽的童话写下了第一笔，这对人的一生都有着无形的影响。对于一个人的成长如此，对于人类的成长不也是如此吗？在人类的童年，在各种知识和科学还没有严格界限的

---

① 参见赫西俄德：《工作与时日》，张竹明、蒋平译，商务印书馆，1991 年 11 月第 1 版。

人类童年,诗就是人类的启蒙教师。荷马史诗"养育"了希腊民族,"在古希腊传说里,人间最早的诗人是神的儿子"。荷马"是希腊民族的老师"①。说诗人是神的儿子,当然是无稽之谈,但荷马是希腊民族的老师却是千真万确,毫不夸张。

　　当然,在文学的教育功能中,人们对文学的德育功能感受更直接。从古至今,人们总是能够从文学艺术作品看出**劝善惩恶**的内容来,并进而使自己的道德境界得到提升。在中国古代,孔子经常让自己的学生学习诗,从而受到诗的教化。孔子说:"入其国,其教可知也。其为人也温柔敦厚,诗教也。"②意思是说,进入一个国家,就可以知道它的教育状况和水平,它的国民温柔敦厚,这是诗教育的结果。在孔子看来,诗可以使人变得"温柔敦厚"。这正是文学艺术的德育功能。中国人所为教化,就是教而化之。孔子说:"《诗》三百,一言以蔽之,曰:'思无邪'。"③诗经三百篇,都是纯正美好尽善之作,可以使人的品德情操受到积极的影响。

　　文学的教育功能,特别是道德教化功能是如何实现的呢？也就是说它的机制是什么？

　　贺拉斯所谓的"甜美"和"有用",的确是我们思考问题的起点:

　　　　诗人的愿望应该是给人益处和乐趣,他写的东西应该给人

---

　　①　陈中梅:《诗·诗人·诗论》,陈中梅译亚里士多德《诗学》附录十四,商务印书馆,1996 年 7 月第 1 版,第 275、277 页。

　　②　《礼记·经解》。

　　③　《论语·为政》。

以快感,同时对生活有帮助。……寓教于乐,既劝谕读者,又使他喜爱,才能符合众望。①

在贺拉斯看来,"益处"和"乐趣",二者缺一不可。一方面要有益处,对生活有帮助,可是,要想如此,另一方面就必须给人以快感,要有乐趣。要想劝谕读者,前提是讨他喜爱,否则,读者不可能接受任何劝谕。"在罗马文学中,卢克莱修(Lucrezio)把他的诗篇比为医生让孩子吃下的苦药,'开始时,这个装满苦药的杯子的边缘沾满了蜜汁和甜酒'。"②这就是所谓的"寓教于乐"。

由此可以看出,文学对人的教育与一般教育,尤其是学校教育明显不同,一般教育特别是学校教育具有一定的强制性,有明确的目的指标,并有检查目的指标实现的机制,一般来说最主要的形式就是考试,考试合格才可以颁发认可文件(毕业证书)。但是,文学艺术对人的教育没有任何强制性,没有任何目的指标,也没有检查机制。"姜太公钓鱼,愿者上钩。"正如贺拉斯所说,文学的"钓饵"是"快感"和"乐趣"。也就是说,文学用美的、有趣的作品,吸引读者,进入它所创造的世界,在你不知不觉之中,已经受到了教育。

文学对人的教育与一般教育还有一个明显的不同。一般教育可以通过制订教育计划,从而预期一定的教育目标。文学对人的教

---

① 贺拉斯:《诗艺》,扬周翰译,人民文学出版社,1962 年 12 月第 1 版,第 155 页。
② 〔意〕贝尼季托·克罗齐:《作为表现的科学和一般语言学的美学的历史》,王天清译,中国社会科学出版社,1984 年 7 月第 1 版,第 7 页。

育是一个长期的熏陶过程，"随风潜入夜，润物细无声"①，是一个**潜移默化**的过程。

　　寓教于乐的潜移默化，其力量是不可低估的。柏拉图之所以毫不客气地"驱逐诗人"，从另一个方面来看，正是因为他看到了这种力量的巨大。不过，除了柏拉图这个极端的例子，无论西方还是中国，在古代都非常重视文学艺术的教育功能，并且把这种"自为"的教育，纳入有计划有组织的社会教育体系中，来加以强化，以便更好地发挥利用文学艺术的教育功能。这也就是文学艺术的教育功能又在"他为"的层面来进行。

　　所谓的"**他为**"，不止包括文学被用于明确的教育目标中，事实上还有好多情况，比如文学艺术用于商业广告，用于社会政治宣传，用于国际间文化交流等等。这些"他为"功能，是很正常的事情，文学艺术用于商业广告，并不一定会给文学艺术本身带来什么危害，因此，在一定意义上讲，是无可厚非的。

　　把文学纳入一定社会的教育体系，强化文学自身具有的教育功能，这在中国先秦时期、西方的古希腊都是很普遍的。

　　在周代，文学艺术是很主要的教育内容。据《礼记》记载，诗是培养知识分子的主要教育内容：

　　　　乐正崇四术，立四教，顺先王诗、书、礼、乐以造士。春秋教

---

①　杜甫：《春夜喜雨》。

以礼乐，冬夏教以诗书。①

孔子的私学更重视文学艺术在教育中的地位和作用，并将之提升到一个新的高度。

文学艺术是孔子对学生进行教育的重要内容。"孔子以诗书礼乐教弟子，盖三千焉。"②孔子的教育目标是培养"君子"，即培养有道德有修养，并对社会有益的人。孔子重视人格境界的培养，他说："志于道，据于德，依于仁，游于艺。"③在孔子看来，艺术境界是人的最高境界。在古代雅典"初等教育阶段有两类学校：音乐学校与体操学校。……要求儿童熟记荷马史诗及伊索寓言"④。

无论中国还是西方，古典教育都非常重视人文精神的培养。在中国，孔子**以艺术造就最高人格境界**，对中国人影响深远。**以艺术为核心的教化是古典世界的精神核心**。在现代社会，教化有降格的趋势，教化被技能的专门化教育所取代，⑤这对人类来说，既是幸运的，也是不幸的。幸运的是人有了更多的生存手段，不幸的是人变得枯燥乏味。

在以文学艺术为手段的教育中，文学比其他艺术还多的一个功

---

① 《礼记·王制》。

② 《史记·孔子世家》。

③ 《论语·述而》。

④ 曹孚等：《外国古代教育史》，人民教育出版社，1981 年 6 月第 1 版，第 45—46 页。

⑤ 〔德〕卡尔·雅斯贝斯：《时代的精神状况》，上海译文出版社，1997 年 1 月第 1 版，第 108 页。

能是，文学是**民族语文教育的主要途径**。在今天的学校教育中，无论小学还是中学，语文课本中编选了大量过去的或者今天的优秀文学作品，这些作品承担着传承民族语言文化，以及民族精神的重任。近来中国学校的语文课本中大幅度增加优秀文学作品的数量，是对文学这一功能的最好肯定。语言是文化的根，民族文学是民族文化的根，无论到任何时候，这一点绝不能忘记。

四、文学与心理

柏拉图在阐述"驱逐诗人"的理由时，控诉诗鼓动人性中"卑劣的部分""无理性的部分"[1]。虽然柏拉图的观点有几分消极，但是，柏拉图却实实在在地提出了一个问题：文学的心理功能。柏拉图对艺术持否定论，对文学的心理功能却持肯定论，只不过认为是一种消极功能。也就是说，正是因为他看到了文学艺术对人的心理的不良作用，所以才持否定论。

亚里士多德在为诗辩护时，除真理问题外，文学的心理功能问题也在其内。首先，亚里士多德认为，人的感性情感是一种正常的心理现象，而且是受理性约束的。诗不仅不会使感性泛滥，而且还会使感性得到陶冶和净化：

---

[1] 参见柏拉图：《理想国·卷十》。

悲剧是对于一个严肃、完整、有一定长度的行动的模仿；它的媒介是语言，具有各种悦耳之音，分别在剧的各部分使用；模仿方式是借人物的动作来表达，而不是采用叙述法；借引起怜悯与恐惧来使这种情感得到陶冶。①

引文中的"陶冶"，原文是"Katharsis"，朱光潜先生翻译为"净化"②，陈中梅先生翻译为"疏泄"③。据罗念生先生考证，Katharsis原为宗教术语，意思是"净洗"，作为医学术语，意思是"宣泄"或"求平衡"④。据朱光潜先生考证，认为Katharsis的主要意思是宣泄："'净化'的要义在于通过音乐或其艺术，使某种过分强烈的情绪因宣泄而达到平静，因此恢复和保持心理健康。"⑤

关于Katharsis含义的争论并没有一个统一的意见，但是，无论认为Katharsis的意思"是借重复激发而减轻这些情绪的力量，从而导致心境的平静"，还是认为"是消除这些情绪中的坏因素，好像把它们洗干净，从而发生健康的道德影响"，或者认为"是以毒攻毒，以假想情节所引起的哀怜和恐惧来医疗心理上常有的哀怜和恐惧"⑥，这都与柏拉图截然不同，都是认为文学艺术的心理作用是积极的，

---

① 〔古希腊〕亚里士多德：《诗学》，罗念生译，人民文学出版社，1962年12月第1版，第19页。

② 参见朱光潜：《西方美学史》上卷，第88页。

③ 参见陈中梅译本亚里士多德《诗学》，第63页。

④ 参见罗念生译本亚里士多德《诗学》，第19页脚注。

⑤ 朱光潜：《西方美学史》上卷，第88页。

⑥ 同上书，第87页。

"对观众可以发生心理健康的影响"[1]。

在中国古代，也有认为文学艺术可以宣泄情感的类似观点。孔子说，"诗，可以兴，可以观，可以群，可以怨"[2]。其中，"怨"，实质上就是对情感的宣泄，在情感的宣泄上，也不是毫无节制的，要做到"乐而不淫，哀而不伤"[3]。

宣泄是为了达到平衡，可是极端的宣泄又会失去平衡，因此，必须对文学艺术的心理宣泄功能有一个辩证的认识，以免走向事情的反面。

有的心理学家认为文学艺术还具有心理补偿功能，对某种心理需要有一种替代性的满足。这样的观点，或许有一点道理，没有去过黄山的人，看了描写黄山的作品，会有一些心理上的满足。但是，不要片面夸大这种所谓的补偿功能，实质上，文学艺术是通过美使人得到满足，替代是一个不准确的说法，否则，文学艺术就有从美而沦为精神鸦片的危险。

要之，文学的心理功能主要还是体现在使人一定的情绪、情感得到抒泄畅达，并获得快感，进而身心受益。

五、文学与精神

娱乐功能和教育功能，并不是文学艺术所独有的功能，而且，这

---

[1]　朱光潜：《西方美学史》上卷，第 87 页。
[2]　《论语·阳货》。
[3]　《论语·八佾》。

两种功能距离文学的本质属性还有一段距离。虽说心理功能离文学的本质属性近了一些,但是,有着崇高荣誉的文学艺术不会仅位于心理的层次上,文学艺术更高的功能位于心理层次之上,在人类的精神领域。

很显然,在这里,我们把心理和精神理解为不同的方面。"心理"与"精神"这两个概念,在很多使用场合,并不做出严格的区分。但是,事实上,这是两个不同层次的概念。瑞士心理学家 H. B. 丹尼什把人的存在分为生物、心理和精神三个层次[①]。在人类早期思想中,曾经把精神看做是住在人体内的神秘之物,可以自由来去,也称为魂灵,精神离去,肉体死亡,但精神没有消失,而是去了另一个世界。这样的观点,已经被今天大多数人所不齿,因为任何导向神秘的精神之路,都是真正人性的丧失,都是人的没落之旅。但是,把精神仅仅等同于一般的心理活动,也有降低精神的危险。只要我们看一下经常使用的一些与精神有关系的词语,就会觉得这样的等同是不妥的:精神文化、精神文明、精神境界、精神生活、精神创造、精神追求、精神信仰、牺牲精神、奉献精神,在以上随便列举的九个词语中,哪一个都不能用"心理"一词来替换。这已足够说明精神与心理的不同。

除把精神与心理等同之外,海德格尔曾尖锐指出,在人类现代文明发展中,还有一种更为严重的对精神的误解,那就是把精神与

---

① 参见 H. B 丹尼什:《精神心理学》,社会科学文献出版社,1998 年 2 月第 2 版。

人的一般智能相等同，这是人类在现代社会精神衰退的主要表现。在指出这种致命的误解后，海德格尔在为真理正名后又进一步为精神正名：

> 精神既不是空空如也的机智，也不是无拘无束的诙谐；又不是无穷无尽的知性剖析，更不是什么世界理性。精神是向着在的本质的、原始地定调了的、有所知的决断。精神是对在者整体本身的权能的授予。精神在哪里主宰着，在者本身在哪里随时总是在得更深刻。因此，对在者整体本身的追问，对在的问题的追问，就是唤醒精神的本质性的基本条件之一，因而也是历史性的此在的源初世界得以成立、因而也是防止导致世界沉沦的危险。①

有人认为，海德格尔"存在之澄明"的真理，有几分神秘，甚至认为后期的海德格尔是神秘主义的。其实，海德格尔绝不是什么神秘主义的，他把存在真理与精神关联起来，而且对精神做出了非常明确的界定。海德格尔反对把精神沦为一般的智能，更反对把精神当作神秘的世界理性，认为精神是建立在智能世界之上的对存在真理的追问结果的决断。有了精神，人才活得更深刻。有了精神，世界才不会沉沦，有了对存在真理的追问，人类才会有精神。

海德格尔的阐释对于普通人来说，还是有几分玄奥。其实，这

---

① 〔德〕海德格尔：《形而上学导论》，熊伟、王庆节译，商务印书馆，1996年9月第1版，第49—50页。

个与存在真理紧密联系在一起的精神,绝不是什么高悬之物,他时时刻刻在人的生活当中,在人的生存当中。精神是人的生活的一道光辉。我们把有几分费解的精神与生活联系在一起,可能会使人们便于理解。"精神生活是一种有目标感的积极过程。他的目标是成长、发展和超越。我们通过自己的精神追求获得更高尚的自我修养,去创造一种协调一致的和先进的人类文明。"①

在成长、发展和超越三者中,超越是精神最根本方面。人的精神最主要的就体现在,超越肉体,超越心理,超越物质,超越世界,最终从有限达于无限。

在人类所有精神成就中,文学艺术的精神超越功能最为突出,这种功能也成就了文学艺术自身在人类文化中的显赫地位,以及独特价值。文学艺术的精神超越功能总的来说,是一个从有限到无限的完成过程。

当我们认识到文学艺术的娱乐功能和教育功能都离文学艺术的最根本属性有一定距离之后,要探讨文学艺术的精神超越功能,绝不要跳过原始艺术,即文学艺术的起点,往往在起点处会看得更清楚。

我们知道,人类早期的任何一种艺术形式,无论岩石上的绘画,还是部族首领或祭司口中吟颂的诗句,都绝不是为了欣赏玩味。原

---

① H.B 丹尼什:《精神心理学》,陈一筠译,社会科学文献出版社,1998 年 2 月第 2 版,第 24 页。

始艺术的功利性，往往成为今天人类贬低它的理由。其实，这是一种幼稚的看法。不是为了娱乐和教育的原始艺术，为的是什么呢？那些有的在今天人类看了也会望而却步的功利目的，是如何用一幅画——而且在今天人类看来是非常幼稚的画，如何用一首诗——而且在今天人类看来是非常幼稚的诗，来实现的呢？——在我们的先民看来，的的确确是实现了。难道这里没有值得我们更深入思考的东西吗？

中国古人说："动天地，感鬼神，莫近于诗。"[①]在今天人类看来，诗能动天地感鬼神，是不可理喻的事情。的确，动天地感鬼神，是人力所不能，何况鬼神又是不存在的。说到底，动的不是天地，感的也非鬼神，感动的是人类自己。这种感动，实际上是人类精神机能的最初展现，而且是最纯粹的展现，这是人类力图超越现象世界，与无限世界沟通的最初努力。因此，从这一意义来说，原始艺术中所体现出来的真正艺术的要素更纯粹。

在今天，文学艺术的精神机能，受到了来自娱乐需要的影响，但是，影响无论多么巨大，也不会使处于文学艺术核心位置的精神机能在本质层面消失。在伟大的作品中，这种精神机能在两个层面上展开：从个别到一般；从物质到精神。

一部文学作品总是要描写人和事物，无论是写实的，还是虚构的，也无论这人物和事物是古代的，还是今天的，更无论这样的描写

---

① 《毛诗序》。

是多么逼真,实际上,对于人们来说,并不是真的要从中理解事物的真实细节。而且,任何文学作品,包括那些伟大的文学作品,他所描写的具体的哪怕是对那个时代的情况来说还是真实的事物,并不是永恒的东西,早早晚晚都会成为过时的东西,不值得人们效仿的东西。《水浒传》中所描写的,诸如大碗筛酒,大块吃肉,打探到金银财宝,"该出手时就出手",杀人也不在话下。在今天看来,几乎与强盗无异。大碗筛酒,大块吃肉,浸透着几分野蛮;拦路抢劫,蓄意杀人,岂不把法律当成了儿戏。这些几乎有几分强盗色彩的描写,对今天的人还有什么益处呢?

但是,尽管所描写的事物已经过时,人们还是在阅读欣赏这样的作品。很显然,人们在作品中所接受的并不是个别具体的事相,而是由具体的事相领悟到一般,由特殊世界而进入到普遍世界。在《水浒传》中,人们领悟到的是由具体事相中提升出来的诸如豪气、疾恶如仇等等精神上的普遍性的东西。

人们也常讲文学的认识功能,其实,如果一定要讲文学的认识功能的话,就应该是这种超越具象而达于一般的功能。

孔子经常劝导自己的学生要学诗,其中的一个理由是,从诗中可以学到很多"鸟兽草木之名",在孔子的时代,这可能是必须的途径,可是在今天已不再是必要的途径了。

不过,孔子同时也指出了深层的更为重要的原因,这就是文学艺术"超越具体而达于一般"的功能:

　　子贡曰："贫而无谄，富而无骄，何如？"子曰："可也，未若贫而乐，富而好礼者也。"子贡曰："《诗》云，'如切如磋，如琢如磨'，其斯之谓与？"子曰："赐也，始可与言《诗》已矣，告诸往而知来者。"①

　　子夏问曰："'巧笑倩兮，美目盼兮，素以为绚兮。'何谓也？"子曰："绘事素后。"曰："礼后乎？"子曰："起予者商也，始可与言《诗》已矣！"②

　　从孔子与弟子的这两段对话中，我们可以看到，文学是如何使人从具体的描写领悟到普遍和一般。诚如日本当代美学家今道友信所说，甚至作品中"所包含的信仰，并不具有永久的生命力"③。我们知道荷马史诗《伊利亚特》和《奥德赛》叙述的史实背景是古希腊人与特洛亚人之间的一场战争，可是，在荷马史诗中，这是一个人神交混的世界，而且，作品中包含了神明决定人事的宗教观念，无疑，这样的观念在今天早已失去存在的基础。但是，一代又一代的人，不断地从中领悟人类主动进取的伟大精神，作品仍在呈现它的永恒魅力。中国古典叙事作品的杰出代表《红楼梦》何不如此。作品的生命就在于它具有使人从具体的历史的事相，感悟一般。

　　文学更高的精神超越功能是从物质到精神的超越。人是生物

① 《论语·学而》。
② 《论语·八佾》。
③ 〔日〕今道友信：《关于爱和美的哲学思考》，王永丽、周浙平译，三联书店，1997年8月第1版，第310页。

存在,人要吃饭睡觉。但人有痛苦,有欢乐,有悲哀,有喜悦,……人又是精神的存在。人只有把生物存在与精神存在统一于一体,并从生物存在提升到精神存在,人才真正成为人,人只有这一条路。

　　文学以现实的时间和空间为基础,构造了自己的时间和空间。现实的物理时间,可以用钟表来计量和显现,社会时间可以用历史年表来记录和展示。现实的物理空间,可以由三维坐标来确定和显示,社会空间由人群关系"坐标"来确定。在文学作品中,也有时间和空间,但是,却是切断了与现实联系的时间和空间,是一个**自足的时空系统**。人一旦进入这个自足的时空世界,也会切断与现实之间的联系,"真正的艺术体验,是在物理时间中,逐步抛弃物理时间的精神运动。……而且,我们也常会忘掉旁边是谁,自己处在什么时候、什么地方这样时间和空间的限定。"①

　　当人在文学艺术中超越现实时空时,就进入了精神的时空之中。在这种时候,人切断的不但是现实的时空,而且,也切断了与现实世界的物质联系,使人进而超越了物质功利,踏上了精神之路,这是一条把人从物质层面提升起来,并确立为神圣的精神存在的道路,在这条道路上,闪烁着存在真理的光辉,昔日被有限的物质的东西所遮蔽的精神,开始澄明。用海德格尔的话说是人的"绽出之生存(Ek-sistenz)","绽出之生存意味着站出来(Hin-aus-stehen)进入

---

　　① 〔日〕今道友信:《关于爱和美的哲学思考》,王永丽、周浙平译,三联书店,1997年8月第1版,第245页。

存在之真理中"①。所谓站出来，就是"在绽出之生存中，人就离开了形而上学的 homo animalis（动物的人）的区域"②。超越相对世界、超越物质世界的道路是艰难的，因为一失足，就会前功尽弃跌落底层。不过，这条精神攀升之路，更是幸福和快乐的，这种通体澄明的精神境界，孔子和庄子都把它概括为"游"。孔子说："志于道，据于德，依于仁，游于艺。"③庄子在《逍遥游》中更是淋漓尽致地描述了"游"的境界。所谓"游"就是超越有限有形世界的遮蔽，而进入精神的陶醉和自由。

这就是文学艺术的精神超越机能，诚如今道友信所说，文学艺术"不是脱离历史现实的，而是通过具体走向永恒的作品。艺术作品应该是通过有限，达到无限的精神桥梁，是超越世界的，从历史到普遍，从物质到理念垂直的柱子"④。

六、结语

文学的娱乐功能、教育功能、心理功能和精神超越功能都为文学和其他艺术所共有，而文学所独有的功能是阅读功能。一般来

---

① 〔德〕海德格尔：《路标》，孙周兴译，商务印书馆，2000 年 11 月第 1 版，第 383 页。
② 同上书，第 415 页。
③ 《论语·述而》。
④ 〔日〕今道友信：《关于爱和美的哲学思考》，王永丽、周浙平译，三联书店，1997 年 8 月第 1 版，第 245 页。

说，这只是不同艺术在接受方式上的差别，可是，深入辨析就会发现，文学的阅读方式会为人带来一些特殊的影响。

从人类文化传承媒介的发展来看，最初的口头传承，虽不发达，但是，却培养了人的记忆能力。接下来的书面传承，要比口头传承便利了许多，但是，人的记忆力可就少了许多锻炼的机会。再后来的电子传承和数字传承，就便利来说，是以往传媒所不能比的。但是，有一利就会有一弊，仅就直观的影像与文字阅读相比来看，文字阅读有很多益处。影像具有一定的侵略性，它以定型的直观面目强加于观众，观众是被动的，无须想象，也不能想象，因为影像是在时间的流动中来展示的，在时间的连续中不断地抛给观众，甚至连思考的时间也会被侵略。文字阅读尤其是文学阅读，它需要读者的想象，它也允许读者想象，因为文字不是在时间中展开的，阅读的时间过程是由读者来控制的。文学阅读无疑会锻炼人们的想象力和感受力，这是非常重要的。所以，我们在探讨文学功能时，不要忘记文学的阅读功能，并且要开发文学阅读功能，让人们都知道文学阅读对于一个人心智培养和发展的重要作用，从而把人类的阅读传统在电子时代数字时代能够保持下去。爱智爱美的人们去读书吧！

第五章

作品＝内容＋形式吗？

夫水性虚而沦漪结，木体实而花萼振，文附质也。虎豹无文，则鞟同犬羊；犀兕有皮，而色资丹漆，质待文也。

——刘勰《文心雕龙·情采》

右欄（卷第一）

懷時乎贊此
書戒曰於柰
代作趙曰梁
後人主事
述酒王所治
個本始
陵以誠於
今文

　　　　　　梁　劉勰撰
　　　　　　北平黃叔琳注
　　　　　　河間紀昀評

原道第一

自
文
文
此
發
圓
之
上
朝
六
文
文
兩
本
文之為德也大矣與天地並生者何哉夫玄黃色雜方
圓體分日月疊璧以垂麗天之象山川煥綺以鋪理地
之形此蓋道之文也仰觀吐曜俯察含章高卑定位故
兩儀既生矣惟人參之性靈所鍾是謂三才為五行之
秀實天地之心字心生而言立言立而文

中欄（卷第三）

　　　　　　梁　劉勰撰
　　　　　　北平黃叔琳注
　　　　　　河間紀昀評

銘箴第十一

昔帝軒刻輿几以弼違大禹勒筍簴而招諫成湯盤盂
著日新之規武王戶席題必戒之訓周公慎言於金人
仲尼革容於欹器則先聖鑒戒其來久矣故銘者名也
觀器必也正名審用貴乎盛德蓋臧武仲之論銘也曰
天子令德諸侯計功大夫稱伐夏鑄九牧之金鼎周勒

左欄（小註）

欲吝不言有
銘此句求
頌六朝所靈
之者
見耳

《文心雕龙》书影

　　从理论上或本质上来说明文学是什么，总被认为是理论家的事情，一般读者最关心的是文学作品，对于读者来说，接触的对象的确是文学作品，作品是一个再明确不过的存在了。可是，理论似乎总是多事，当我们去深入追问作品是什么——作品由什么构成？是以什么方式存在的？——的时候，这个再明确不过的存在也变得有些模糊。仅韦勒克、沃伦在他们所著的《文学理论》中就列举出好几种截然不同的观点[①]：

　　第一种最模糊的看法是，把文学作品看成是用文字写在纸上的"人工制品"。这首先遇到的问题是，书本以外的口头文学，无法包括在内。这种观点遇到的第二个麻烦是，文学作品不同于绘画、雕塑和建筑作品，即使把一部文学作品的书甚至版权毁掉，也毁不掉作品本身。

---

　　① 韦勒克、沃伦：《文学理论》，三联书店，1984 年 11 月第 1 版，第 148—165 页。

　　第二种观点认为文学作品存在于读者的声音阅读中;第三种观点认为文学作品存在于读者的阅读体验中;第四种观点认为文学作品存在于作家的体验中。韦勒克、沃伦指出,这些观点都是片面的,文学作品毕竟是一个可以理解的客观存在。他们二人在索绪尔语言学的启发下,把文学作品力图看成是由不同结构层次所组成的整体。其实,把文学作品看成是一个客观存在这种观点的内部也有分别,而且,也是一个不断在发展的认识过程:主要包括"二分法"、形式主义、整体论。

一、内容形式"二分法"

　　把文学作品看成由内容形式构造而成的观点,是一个最普遍的观点,也是一个最容易让人接受的观点。

　　"二分法"的观念由来已久。在西方,"形式一词的语源可追溯到拉丁语 stilus,原指罗马时代记录用的,在蜡板上刻字的铁笔。后来,这个词从表示写字的工具,转变为表示由那个笔所写出的字体了。"①后来,古罗马哲学家西塞罗把它确立为修辞学术语用来说明文章的风格和表达的方式。这里所说的"形式"特指文学艺术中的形式这一概念。应该说,形式概念的产生,是人们形式观念产生的

---

　　① 〔日〕今道友信:《关于爱和美的哲学思考》,王永丽、周浙平译,三联书店,1997 年 8 月第 1 版,第 242 页。

结果,同时,也是人们在文学艺术领域,把目的和手段进行划界的开始,从理论上说,是内容形式二分法的源头。

在中国文化中,文学艺术的形式概念的语源可以追溯到"文"。《说文》:"文,错画也,象交文。"文,是一个象形字,是由不同线条交错而成的形象。这个交错线条而成的"文",是中国文学艺术形式观念的最早来源。正如于民先生所指出:

> 到了春秋时期,谈到"文"的地方很多,出现了许多与"文"相关的词汇,如文采、文章、文饰、文学、文理、文德、文物等等。不仅名目繁多,而且包容甚广,大至宇宙日月、上层建筑和文化制度,小至个人的言谈、穿戴,涉及哲学、政治、伦理、艺术等各个领域。表面看来似乎杂乱无章,分析起来,却可以发现一些规律性的东西,从中看出从器物上狭义的文画到广义之文的演变,和那种附丽于质素之上的形式美的特点。①

与"文"这一概念相对的是"质"。孔子说:"质胜文则野,文胜质则史。文质彬彬,然后君子。"②在中国,文质观念的出现,是后来文学艺术领域探讨内容形式问题的思想和理论基础。

当形式成为人们的一种自觉意识以后,文学就踏上了一条形式化的道路。作家在不断地探索表达的方式和技巧,这些既有的形式成为文学发展的一笔财富,甚至对于作家来说,文学史上的形式化

---

① 于民:《春秋前审美观念的发展》,中华书局,1984 年 6 月第 1 版,第 129 页。

② 《论语·雍也》。

成就是必须学习研修的内容。这些成就是被一代又一代作家所确立下来的,诸如韵律格式、篇章的结构模式、修辞手段、叙述方式、描写技巧、样式类型等等具体方面。在这种情况下,从理论上对这些形式化成就进行概念命名和研究就是必要的工作了。到目前为止,这样的研究已经取得了骄人的成就,与那些以作品思想内容为对象的研究相比,毫不逊色。甚至有的研究业已成学,诸如诗词韵律学、小说叙事学等。

形式研究已经有了自己的一套概念体系,诸如,文学语言、艺术技巧、结构、体裁样式等。与形式研究相对应,作品的内容研究也有了自己的范畴系统,诸如素材、题材、主题等。

文学语言研究是形式研究的最直接的对象,文学的语言研究,力图把文学语言与一般语言区分开来,探索文学语言的特殊性。这种研究需要语言学的理论支持,但又必须超越普通语言学。有关的一些研究情况在本书的第二章中已作了介绍,此不赘述。

文学技巧是文学发展中有几分技术化的成分。在文学这种精神创造活动中,如果说还有什么要素是通过学习可以掌握的话,那就是技巧了。文学技巧是文学史积累的结果,与多变的描写内容相比,具有一定的稳定性。在中国文学中,《诗经》时代所确立下来的"赋、比、兴"手法,在后来的文学史上具有广泛的意义。《诗经》之后的中国文学,"赋、比、兴"手法被长期地广泛地运用。在现代汉语背景中,文学技巧被命名为描写、叙述、抒情和议论等。如果把这些看做是第一级概念,那么,还可以在此基础上继续划分,如描写,还可

以再分为：概括描写和细节描写，肖像描写和心理描写，行动描写和
对话描写。叙述可以分为顺叙、倒叙和插叙。

　　这里我们无暇复述这些最基本的常识，通过类似的复述要说明
的是，这种针对文学某个要素的研究，有走向技术化的危险。

　　就无论是形式还是内容方面的任何一个构成要素进行研究，都
是必要的。那些被称为内容要素或者形式要素的东西，并不是哪个
人异想天开的结果。文学作品作为一种客观存在，的的确确包含了
这些要素。

　　但是，这种对文学某个方面的专门研究，也会导致一个不妙的
后果，那就是使人在这种有几分技术化的分割中，难以把握文学本
身。的确，这种研究的危险正在这种技术化的过程中，在这种技术
化的分割中，文学自身被遗失了。

　　这种技术化分割研究的风险，却是由被称为"二分法"的理论来
承担。所谓二分法，就是把文学作品分为内容和形式两个部分。其
实，从上面的分析中可以看到，在文学领域，最初人们形成形式观念
和内容观念，都是历史的进步，形式化过程是建立在形式观念的诞
生基础上的。换言之，没有形式观念的产生，文学艺术就不会走上
形式化的道路，当然也就不会有今天的文学艺术，从一定意义上说，
文学艺术史是一个不断地形式化的过程。当然，至于文学艺术史与
精神史的关系是另外一个问题。

　　二分观念从最初就面临文学整体本身的问题。但这不足以使
二分法彻底陷入窘境。使二分法彻底名声扫地的是学院式的文学

讲授和学院式的文学批评。

在学院式的文学讲授中,二分法往往是最便利最有效的工具。在这种时候,文学作品被无情地分割为内容和形式技巧。讲授是大大地便利了,可是,文学作品却被大打折扣,作品的美已不复存在。当人们发现这些以后,便把这笔账记在了二分法的身上,从此,二分法便背着破坏文学美的恶名。

这里无意为二分法正名,但是,有一点必须指出,对文学作品所作的任何一种理论命名和分析都会遇到这一问题。这就是**文学艺术欣赏与一般理性研究的区别**。

而且,二分法理论也自始至终在强调形式与内容的统一,不厌其烦地宣称文学是内容与形式的统一体。

二、同样面临困难的新观点

上个世纪初,英国视觉艺术评论家克莱夫·贝尔(1881—1966)提出了一个命题:"艺术是有意味的形式。"这一观点是建立在以绘画为主的西方现代艺术基础上的,特别是塞尚以来的现代绘画艺术基础上的。贝尔认为,绘画中的线条和色彩组合成能唤起审美感情的形式,这种形式就是有意味的形式。在贝尔的这个命题中,首先涉及的就是审美感情。在贝尔看来,这种特殊的感情是存在的:

一切审美方式的起点必须是对某种特殊感情的亲身感受,

唤起这种感情的物品，我们称之为艺术品。大凡反应敏捷的人都会同意，由艺术品唤起的特殊感情是存在的。我的意思当然不是指一切艺术品均唤起同一种感情。相反，每一件艺术品都引起不同的感情。然而，所有这些感情都可以被认为是同一类的。……这种感情就是审美感情。①

有意味的形式就是"那种从审美上感动我的线条、色彩（包括黑白两色）的组合"②。

线条和色彩是绘画语言，是画家创作的手段，正像文学用语词来创作一样。应该指出，克莱夫·贝尔的美学命题是建立在视觉艺术基础上的，在这一命题下所展开的论述，都是从绘画、建筑等出发的，尽管艺术是相通的，但是，文学毕竟有特殊性。

贝尔的理论在上个世纪 80 年代，被介绍到我国，产生了较大的影响。文学领域，贝尔理论的影响，主要还是在文学作品存在方式问题上。在文学作品存在方式问题上，较多的人接受了"有意味的形式"这一观点。现在看来，主要有两方面的原因，一是，"有意味的形式"，加大了对形式的关注。二是，"有意味的形式"，并没有完全抛弃内容方面。因此，很容易被人接受。

如果文学理论借用"有意味的形式"，把文学界定为"有意味的

---

① 〔英〕克莱夫·贝尔：《艺术》，周金环、马钟元译，中国文联出版公司，1984 年 9 月第 1 版，第 3 页。

② 同上书，第 7 页。

形式"，这有两个理解方向，一个是，二分法的翻版，"意味"相当于内容，形式当然还是原来的形式，这对理论是没有什么意义的。第二个理解的方向是，把文学作品在整体上看成是形式，这样，基本上走向了形式主义，只不过还有一个"意味"小尾巴。这对文学来说，有一个很大的难题，那就是贝尔所说的"线条和色彩的组合"问题，当然，在文学作品中，应该是语词的组合，语词毕竟不是线条和色彩，语词本身就是具体的表义单位。按照贝尔的观点，这些语词的组合，应该以能够唤起审美感情为目标，这就需要建立一套相应的规则体系。可是这套规则体系，在贝尔的理论中是无法找的。

法国现象学美学家米盖尔·杜夫海纳（M. Dufrenne）指出，一般艺术作品中都要处理三个要素：材料、主题和表现。对于音乐来说，材料就是声音，对于文学来说，材料就是语词。材料是作品中的感性部分，每种艺术都首先涉及材料的处理，每种艺术在处理材料时，其中要必须考虑的一个因素就是主题。对文学来说，主题的因素更为重要：

> 在语言艺术中，特别是在散文艺术中，这种重要性是无可非议的。在散文中，词语的意指功能是不能撤销的。即使在诗歌中，词语同时被视为自然物并被要求显示其感性特质，也是如此。我们想象不出一部小说或一个剧本可以什么都不说，可

以禁止人们去寻求书写的或口说的句子的意义。①

主题离不开感性材料，当主题或作家的意指与感性材料达到最高的统一时，作品的第三个要素"表现"就产生了。"表现离不开主题，主题又被认为离不开感性。"②主题与感性（材料）的结合，在文学中，即主题与语词的结合，为什么说最高的结合就是表现呢？这是由于在这种结合中，显示了意义的多样性，或多义性。作为感性材料的语词在文学作品中与主题或意指结合而转化为审美对象，意义的多样性正是审美对象所具有的特征。于是，作品完成了从材料到主题再到表现的建构过程。

与贝尔"有意味的形式"相比，杜夫海纳的观点也许更为具体。材料主题和表现，不仅是对所有艺术种类的作品构成来说的，而且，诚如杜夫海纳所说，其中主题要素在文学中尤其重要。③

与克莱夫·贝尔建立在视觉艺术上的形式主义不同，上个世纪20年代，一个文学领域的形式主义在俄国盛行。贝尔的形式规则还主要在视觉艺术的线条和色彩上，俄国形式主义者的研究对象可是地地道道的文学形式。他们认为，文学作品是一个封闭的自足的

---

①　〔法〕米盖尔·杜夫海纳：《审美经验现象学》，韩树站译，文化艺术出版社，1996年8月第1版，第350页。

②　同上书，第357页。

③　另一位现象学美学家罗曼·英加登把文学作品分为四个层次：字音语音层；意群层；系统方向层；意向客体层；后两个层次涉及现象学的意向性问题，企图将文学作品定位为意向性存在。参见《对文学的艺术作品的认识》，中国文联出版公司，1988年10月第1版。

由言语及其技法所构成的世界,这个世界有自己的规则,就是形式的规则,无需用文学以外的现实世界原则来解释。

一方面,"这种把文学看成是一种语言,一个自主的、内部连贯的、自我限制的、自我调节、自我证明的结构的观点,是形式主义批评具有活力的地方"①。另一方面,"形式对于创作,是非本质的东西。……形式与价值是没有必然联系的"②。形式主义最致命的地方是,如何解决形式与精神领域艺术价值世界的关系,如果断然否定了这一关系,那么,艺术本身也就不复存在了。如果承认这一关系,那么,任何形式主义都是羞羞答答的现实主义。

一种认识的转变,往往从方法开始。上个世纪中叶,一种新的方法在古老的欧洲开始被更多的人所注意。这就是**结构主义**。追溯结构主义起源,可以上溯到上个世纪初语言学家索绪尔的共时性概念。结构主义方法的主要目标是,**突破以往从部分到整体的思维模式**,而要**建立从整体到部分的研究思路**,也就是突破"原子论式的"研究,对对象进行整体研究。结构主义整体论是建立在**整体不等于部分之和、整体大于部分之和**这样一种观念基础上的。皮亚杰在总结各领域结构主义的共同点时指出:

> 结构是一个由种种转换规律组成的体系。这个转换体系

① 〔英〕特伦斯·霍克斯:《结构主义和符号学》,瞿铁鹏译,上海译文出版社,1987年2月第1版,第72页。
② 〔日〕今道友信:《关于爱和美的哲学思考》,王永丽、周浙平译,三联书店,1997年8月第1版,第243页。

作为体系(相对于其各成分的性质而言)含有一些规律。正是由于有一整套转换规律的作用,转换体系才能保持自己的守恒或使自己本身得到充实。而且,这种种转换并不是在这个体系的领域之外完成的,也不求助于外界的因素。总而言之,一个结构包括了三个特性:整体性、转换性和自身调整性。①

结构主义方法在人文科学的很多领域都得到了响应。文学领域引进结构主义方法,首先关注的就是文学作品的存在方式。在结构主义整体论中,内容形式二分法遭到了最早的排斥,文学作品的存在方式得到了重新思考。

这种思考首先来自欧洲结构语言学领域。当时,欧洲结构语言学有两个学派,一个是布拉格的**功能学派**,一个是哥本哈根的**语符学派**。其中,布拉格的功能学派对文学研究产生了较大的影响。其实,功能学派本身就已经把美学与语言学、文学与语言学沟通起来:

> 布拉格语言学派利用认知功能和表达功能之间的区别来建立一项原则,即当语言的表达方面占支配地位时,语言便是被人们以"诗歌的"或"美学的"方式加以使用的。这就是说,当语言通过一些手段使表达功能凸现出来,从而完全背离"正规"用法时,语言便被人们以"诗歌的"或"美学的"方式加以使用。②

---

① 〔瑞士〕皮亚杰:《结构主义》,倪连声、王琳译,商务印书馆,1984 年 11 月第 1 版,第 2 页。

② 〔英〕特伦斯·霍克斯:《结构主义和符号学》,瞿铁鹏译,上海译文出版社,1987 年 2 月第 1 版,第 74 页。

布拉格功能学派按照结构—功能的原则,划分出不同的语言功能:

> 当语言用来传达信息时,它的认知或指称功能就发挥作用;当语言用来表明说话人或作家的情感或态度时,它的表达的或情感的功能就显示出来了;当语言用来影响它所述及的人时,它就有着意动的或指令性的功能。此外,还有交际功能和元语言功能。①

语言的认知功能,其实现的机制是语词意义的语法累加和逻辑累加,比如"地球是圆形的",这个句子的判断是词义按着语法规则做出来的,同时,这个判断又必须与客观相符。**语言的表达功能**是在比词甚至句子要大的整个话语的语境中实现的,下面用具体的诗来说明一下:

> 月儿装上面幕,
> 桐叶带了愁容,
> 我张耳细听,
> 知道来的是秋天。②

这几句诗,如果以句子为单位进行一般语言学的语法逻辑分析,它所做出的判断都是有问题的,月亮如何装上面幕?桐叶怎么

---

① 〔英〕特伦斯·霍克斯:《结构主义和符号学》,瞿铁鹏译,上海译文出版社,1987年2月第1版,第74页。
② 李金发:《律》。

有愁容？秋又如何听得到？但是，所有这些不正常的，在文学的话语中又是可以理解的。

语言表达功能的划分，使人们对文学语言的特殊性有了深入的认识，这是功能学派对文学理论的贡献。沿着结构主义整体性观念，在文学理论中，有人顺理成章地利用结构语言学功能学派的理论，来重新思考文学作品的存在方式和构成要素，进而主张文学作品是一个完整的结构，无需再进行内容和形式的划分，这个完整的结构有其自己的功能，这个功能的主体就是情感表达。应该承认，这样的整体观念，对于克服带有技术分割色彩的二分法来说，是有一定积极意义的。但是，语言学与美学的沟通，是否真的可以彻底解决美学问题呢？无论认知功能还是表达功能，或者交际功能，都是从语言学角度的划分，语言学的研究最终还是不能替代美学的研究。语言学终不能回答，是语言的表达功能使这样的话语成为文学，还是文学使语言变成了这个样子。换言之，语言学最终还是语言学，而不是美学，涉及文学的本质问题时，功能语言学只能是解释的循环。

应该承认，结构主义的整体观对人们理解文学艺术的整体性存在是有积极意义的。但是，当结构主义的"转换性"观念和"形式化"意图被用于文学作品研究时，局限性被更深刻地暴露出来了。对于结构语言学来说，转换可以体现在语言的历时性之中，而且，语言的这种历时转换机制，也是可以寻求的。但是，对于文学作品来说，寻找这种转换的机制可不是一件易事。文学作品作为与精神世界联系的桥梁,是不可能在封闭的语言结构中找到转换规则的,而问题最终必将引向语言以外的领域。

与转换规则相联系的"形式化"或"公式化"意图,在文学的作品研究中更显现出与文学本质相疏异的表面化倾向。这种状况可以在结构主义叙事学中略见一斑。

形式化或公式化是结构主义的一项理论意图。皮亚杰认为,结构及其规则"可以直接用数理逻辑方程式来表达,或者通过控制论模式作为中间阶段"①。

这里,我们以罗兰·巴尔特的理论为例来说明这种"疏异化"和"表面化"。

罗兰·巴尔特是较早运用结构语言学方法来研究文学叙事作品结构的理论家,而且也是影响较大的理论家。

罗兰·巴尔特的理论目标非常明确,就是要寻求和建立叙事作品的规则模式。他坚信在难以数计普遍存在的叙事作品内部,一定有规则的存在。他说:"如果不依据一整套潜在的单位和规则,谁也不能组织成(生产出)一部叙事作品。"②于是,他便开始为叙事作品进行结构(结构主义的结构)分析:

　　我们建议把叙事作品分为三个描述层:一、"功能"层;

----

① 〔瑞士〕皮亚杰:《结构主义》,倪连声、王琳译,商务印书馆,1984 年 11 月第 1 版,第 2 页。

② 〔法〕罗兰·巴尔特:《叙事作品结构分析导论》,张裕禾译,《美学文艺学方法论》,文化艺术出版社,1985 年 10 月第 1 版,第 533 页。

二、"行动"层；三、"叙述"层。我们一定要记住，这三层是按逐步结合的方式互相连接起来的：一种功能只有当它在一个行动者的全部行动中，占有地位才具有意义，行动者的全部行动也由于被叙述并成为话语的一部分才获得最后的意义，而话语则有自己的代码。[①]

罗兰·巴尔特"三个层次"的划分是建立在他对叙事作品语言分析基础上的，准确地说，是言语或话语分析。他指出，一般语言学的研究到句子为止，句子是它有权过问的最大单位。叙事学要研究的不是句子，而是话语，叙事作品不是句子的总和。

罗兰·巴尔特模仿语言学的成分切分法，来确立叙事话语的最小单位，像语言学切分句子的最小单位一样。罗兰·巴尔特切分出叙事话语的最小单位是"功能"。为什么叙事话语的最小单位叫做"功能"呢？因为切分单位的标准是意义，一个最小的具有意义的叙事部分就是一个最小的功能单位，因此，"功能"就成了最小的叙事单位。罗兰·巴尔特举例说：

> 在《一颗纯朴的心》里，福楼拜之所以在某个时候似乎顺便告诉我们崩-莱维克副省长家的女儿们有一只鹦鹉，那是因为这只鹦鹉后来在菲丽西黛的生活中具有重大意义。这一细节

---

① 〔法〕罗兰·巴尔特：《叙事作品结构分析导论》，张裕禾译，《美学文艺学方法论》，文化艺术出版社，1985 年 10 月第 1 版，第 537—538 页。

的交待（不管语言形式如何）便构成一种功能，或者叙述单位。①

由此看来，罗兰·巴尔特所谓的最小单位"功能"不是从语言形式来切分的，而是从最小的意义来切分的。因此，一个最小单位即"功能"，在语言形式上，可以超出句子，或者说大于句子，也可以小于句子。很显然，"功能""是一个内容单位"。

罗兰·巴尔特又进一步把最小单位"功能"分为两大类别：分布类和结合类。所谓分布类，是指处于同一层次的意义单位之间的相关分布，如上例中鹦鹉闯进菲丽西黛家的相关单位是后续的喜爱鹦鹉、把鹦鹉制成标本等插曲。分布是单位的横向组合，即作品中故事的连接；"结合类"指的不是横向的故事行动的组合，而是意义单位的纵向聚合。在纵向聚合中，标记出人物的性格、人物的身份、作品的意义氛围等更高的层次，所以，罗兰·巴尔特认为，"结合类功能"是真正的语义单位。

在此基础上，罗兰·巴尔特又进一步把"分布类功能"分为"核心"与"催化"，把结合类功能分为"标志"与"信息"。"核心"既是连续单位又是后果单位，"催化"只是连续单位。如在作品中写某个人物接电话："电话铃响了"，是核心单位，"人物接电话"，是核心单位，因为接电话以后还会有其他相关单位发生。在电话铃响了到接电话之间，还可以有一些描写，如放下烟，走到桌边等，都属于催化功

---

① 〔法〕罗兰·巴尔特：《叙事作品结构分析导论》，张裕禾译，《美学文艺学方法论》，文化艺术出版社，1985年10月第1版，第538页。

能单位。标志是含蓄的，也就是暗含在单位之间的，但是随着整个作品的延续，可以从中辨别出来的反映性格、情感、气氛、哲理等严格意义上的标志。"标志"这一功能单位不含有信息，而只是一些含蓄的所指。如作品中写人物站在窗前看着外面天空乌云滚滚，一场暴风雨就要到来。只是一个"标志"单位，是在预示着某种气氛。"信息"是现成的客观的知识，在结合类中，"信息"不是主要的，但也是不可缺少的，它为想象描写提供必要的真实依据。如作品中写人物白天必须把蔬菜收完，天气预报已经预报夜间气温降到 0 度以下。这里传达的信息是 0 度以下会有霜冻。

以上我们只是简括地叙述了罗兰·巴尔特如何切分出最小叙事单位，又如何进行类型划分，这些已经够了，已经足够说明结构叙事学是如何与文学本身相疏离，成为一种非文学的异样的东西。我们之所以要强忍耐性，来叙述他的理论，就是想以此为个例，来感受技术性分割与文学的疏异。至于他在最小单位基础上建立叙事规则，寻找这些叙事单位的"语法"，就更是结构语言学理论的套用和翻版，在此就不再赘述。总之，那些带着结构语言学色彩的术语（有些就是结构语言学的术语）和规则，无不显示与文学的疏异倾向。

综上观之，上个世纪，"二分法"之外的种种新观点，都从不同角度拓宽了人们对文学作品的认识。但是，也必须看到，所有关于文学作品存在问题的理论都面临同一个困难，那就是，一方面，任何一种形式的解释和说明，都必须进行概念界定，以及建立在此基础上的理论规则，这些是人们理解文学的必要做法。可是，任何一种界

定都会带来对文学整体的分割,任何一种界定和理论分析都会导致
与文学的疏异。这种困难不是哪一种具体的理论观点的困难,而是
理论自身所面临的困难。

理论既是荣耀的也是无奈的。可以说,所有的关于文学形式技
巧及力图建立规则的研究,都为人们了解文学做出了贡献,可是,当
人们由文学的桥梁而进入无限的精神世界的时候,一切的技巧规则
都不复存在了。

正像海德格尔指出西方形而上学的病根是与科学争夺同一块
真理阵地一样,文学理论对文学作品的研究,无论是哪一种理论,如
果以建立规则为己任,最终都不免陷入困境。文学理论一方面进行
技术性分析,另一方面也应肩负起海德格尔所说的"思"的使命,在
形而上的层面上"思"文学的本质和文学的作品存在,这样做可能会
有助于理论困境的克服。

其实,中国传统文论对文学的运思方法是耐人寻味的。

三、中国传统文论:可能开发的资源

中国传统文论并不以寻求和建立文学作品的构成规则为主要
目标,正如叶维廉先生所说,中国传统文学批评是超越分析和演绎
的,"不同于亚里士多德以后的西洋文学批评那样认为文学有一个

有迹可循的逻辑的结构"①，总的来说有以下三个特点：

一、中国的传统理论，除了泛言文学的道德性及文学的社会功能等外在论外，以美学上的考虑为中心。

二、中国传统的批评是属于"点、悟"式的批评，以不破坏诗的"机心"为理想，在结构上，用"言简而意繁"及"点到而止"去激起读者意识中诗的活动，使诗的意境重现，是一种近乎诗的结构。

三、即使就利用了分析、解说的批评来看，它们仍是只提供与诗"本身"的"艺术"，与其"内在机枢"有所了悟的文字，是属于美学的批评。②

叶维廉先生所作的概括，道出了中国传统文论的根本特征，应该说是基本准确的。前些年，有的人，面对西方文论的体系性、细致的分类、概念、规则而自愧不如，认为中国文论只是一些经验的描述，没有体系，没有科学的分析，因而也就没有抽象地总结出一系列的概念命题和规则。这种看法是片面的。让我们主要以《文心雕龙》为例，来做一简要说明。首先从"分析"说起，"分析"，首先是分类，"文"之下，分为"文""笔""文笔"。第二层的"文"之下又分为：骚、诗、乐府、赋、颂赞、祝盟等。就文学作品构成来说分出了文质、理辞、情采、风骨、体性、体式、体势等。下面再说一说体系，《文心雕

---

① 　叶维廉：《中国诗学》，三联书店，1992年1月第1版，第3页。
② 　同上书，第9页。

龙》具有严密的体系。有文学本质理论,有文学创作理论,有文学作品理论,有文学欣赏理论,有文学与自然社会历史关系理论,有文学发生发展理论等,而且是一个有机体系。

让我们还是回到文学作品的形态问题上来。在西方文论中,有一个"作品"概念,"作品"在作为一个存在物这一意义上与其他"器具"(包括人造的和自然的)是一样的,只不过是一个人造物,正像海德格尔所指出,这是西方人对作品进行分析的基础。"几千年来,西方人对存在者的理解一直受器具经验的支配。"①中国文论一开始就没有把文学作品当作一个死的孤立的"物"来加以分割分析,总是把作品置于一个动态的关系之中加以把握。在中国传统文论中,甚至难以找到与西方文论"作品"对等的概念。作品这一概念,有时用"文"来表示。而"文"又可以表示文学抽象的总体,相当于"文学",又可以与"质"相对,表示形式。

《文心雕龙》凡50篇,其中,从第26篇《神思》到第44篇《总术》,一般被人们认为是创作论。有意思的是,其中多篇直接涉及文学作品的存在形态,用现在通行的概念来说,就是内容形式技巧等问题,诸如,《体性》《风骨》《情采》《熔裁》《声律》《章句》《丽辞》《比兴》《夸饰》《事类》等篇。在这里,值得思考的问题是,在刘勰的《文心雕龙》中,把作品形态与创作的思维问题、情感问题等联系起来,

①　余虹:《中国文论与西方诗学》,三联书店,1999年8月第1版,第71页,又参见海德格尔:《艺术作品的本源》。

不是把它当作一个孤立的对象来研究。

美国文论家 M. H. 艾布拉姆斯把文学艺术分为四个要素：作品、艺术家、世界和欣赏者：

> 第一个要素是作品，即艺术产品本身。由于作品是人为产品，所以第二个共同要素便是生产者，即艺术家。第三，一般认为作品总得有一个直接或间接地导源于现实事物的主题——总会涉及、表现、反映某种客观状态或者与此有关的东西。这第三个要素便可以认为是由人物和行动、思想和感情、物质和时间或者超越感觉的本质所构成，常常用"自然"这个通用词来表示，我们却不妨换用一个含义更广的中性词——世界。最后一个要素是欣赏者，即听众、观众、读者。作品为他们而写，或至少会引起他们的关注。
>
> 在这个以艺术家、作品、世界、欣赏者构成的框架上，……可以用一个方便实用的模型来安排这四个坐标。就用三角形吧，把艺术品——阐释的对象摆在中间①：

①　〔美〕M. H. 艾布拉姆斯：《镜与灯——浪漫主义文论及批评传统》，郦稚牛等译，北京大学出版社，1989 年 12 月第 1 版，第 6 页。

在艾布拉姆斯的理论中,**作品是分析中心**。并认为,在理论史上,重视作品与世界关系的是再现论,重视作品与艺术家关系的是表现论,重视作品与欣赏者关系的是实用论,把作品看成是自足存在的是客观论。

但是,刘若愚认为,艾布拉姆斯以作品为中心的图示框架不能包括中国传统文论。在中国传统文论中,世界、作家、作品和读者构成了一个动态世界,不能对其中任何一个要素进行孤立说明,并且也勾画了一个图表①:

宇宙

读者　　作家

作品

刘若愚的这个图表,是符合中国传统文论实际情况的。如果再深入一步,就会看到,不仅作品处于动态世界中,而且,作品内部,构成作品的各个要素也处于动态之中。

在《文心雕龙》中,与作品形态相关的概念有"情""采""文""质""理""辞""体""性""体式""体制""体""势""风""骨"等。

文学作品的基本构成要素是"情采""文质"和"理辞",其中,情、质、理大致相当于内容,采、文、辞大致相当于形式。在《文心雕龙》

---

① 〔美〕刘若愚:《中国的文学理论》,四川人民出版社,1987年4月第1版,第16页。

中，刘勰的兴趣主要不是如何区分它们，而是更多考虑它们的统一。"情采""文质"和"理辞"是作品的第一级存在，比这更高一级的存在是"体"。

"体"在中国传统文论中是一个重要术语，仅在《文心雕龙》中就出现了 193 次之多，在锺嵘《诗品》中出现 31 次。《文心雕龙》中出现的 193 次，多数都与文学作品存在方式有关，人们一般把《体性》篇中"体性"之"体"，理解为风格，把"体"翻译为风格是否准确呢？应该看到，"体"与风格概念有一定的相似性，但是，把中国文论中的"体"直接与风格对等翻译不是十分准确的。实际上，"体"，是对文学作品存在形态的更有特征性的概括，"它既有文体学的内涵，又有风格学的内涵，并且相互作用"[①]。也就是说，"体"，与风格有相似之处，"但这不是一般的风格，而是一种充分类型化并能够成为文体之标记的风格"[②]。"体"的根源是人的学识才华性情，由于人的学识才华性情不同，因此，有不同的"体"，而"体"要通过情采""文质"和"理辞"的统一体即作品来显现。"体"的观念，一方面，体现了中国传统文论的整体观、系统观，另一方面，也体现了每进一步求索，都以文学本性为方向，不是疏离文学，不是做机械的分割和分析。

这种趋向文学本性的求索，又进一步体现在对"体"的审美的或艺术的重建。中国传统文论，对"体"有明确的分类，这与形式逻辑

---

① 张方：《中国诗学的基本观念》，东方出版社，1999 年 5 月第 1 版，第 160 页。
② 同上书，第 161 页。

明·戴进 《仿燕文贵山水图》

和一般科学规范相符合，在这一点上，与西方文论也没有什么不同。但是，接下来，中国传统文论并不采用抽象的概念界定，以及命题形式来说明不同种类的"体"，而是用文学的形式、诗的形式来重现"体"。刘勰分为"八体"：典雅、远奥、精约、显附、繁缛、壮丽、新奇、轻靡。至司空图已分为 24 种，现随便摘录之一：

> 俯拾即是，不取诸邻，俱道适往，着手成春。
>
> 如逢花开，如瞻岁新，真予不夺，强得易贫。
>
> 幽人空山，过水采苹，薄言情晤，悠悠天钧。①

这种重建文学更本真的作品存在，过去有人认为不如西方文论抽象的概念命题科学，实际上，这样的看法是片面的。中国传统文论在应该分析的地方，自然分析之，但是，在抽象的概念命题分析无能为力的地方，决不强求，而是用形象的重建来解决。

从作品语言论来看，中国传统文论更注重语言的文学美质。古人讲辞气，把语言看成是一种有生命的东西。对文学语言的说明不是分析的，而是描述的，比如经常用的描述语言有"丽""繁""奇""味"等等②。这些描绘性的说明，不是理论上的切分，而是通过形象的方式为人们重建的文学语言本身，为人们呈现的是生动具体鲜活美丽的文学作品语言本身，不是切分后的抽象的逻辑结构，与那些对文学语言进行切分，企图建立逻辑规则的作品理论相比，使人们

---

① 司空图：《二十四诗品》。

② 张方：《中国诗学的基本观念》，东方出版社，1999 年 5 月第 1 版，第 73 页。

更能真切地体会到文学是什么。不是引导人们疏离文学,而是将人们引进文学的世界中。

中国传统文论的方法论对今天的研究应该有启发意义,我们应该从中发掘有益的因素,为理论的现代发展注入活力。

四、结语

文学作品是作家创造的存在物,它的最外层载体是语言,从语言是一种物质存在的角度来说,文学作品具有一定的"物性"。但是,"物性"不是它的本质,文学作品归根结底与精神相关,所以,以对待"物"的态度来对待文学作品是行不通的,过度的抽象分析甚至总结出模式和规则,是有悖精神原则和文学本性的。诚如林庚先生所言:文学艺术的"真谛又往往在可谈与不可谈之间,这正是诗评诗话、千言万语,而未足穷其情,诗学美学、层出不穷,终难尽其意"①。

---

① 林庚:《袁行霈〈中国诗歌艺术研究〉序》,北京大学出版社,1996 年 6 月第 1 版,第 1 页。

第六章

作家创造了什么？

或者是自然，或者寻求失去的自然。由此就产生两种完全不同的作诗方法，诗的整个领域都被这两种作诗方法详细阐明和测定着。所有的诗人，……他们就要么属于素朴的诗人，要么属于感伤的诗人。

——席勒《论素朴的诗与感伤的诗》

席勒（J. C. F. Schiller，1759—1805），德国诗人、剧作家。

　　我们面对文学作品时，最直接的存在形态是文学作品语言，但是，语言仅是载体，文学应超越语言，所谓"不落言筌"。文学作品中更高的存在形态是内容和形式的统一体：意象、意境、人物、典型、风格等。其中，风格是内容形式统一体的最高存在。我们将在下面来进一步探讨这些高级存在形态。

一、形象与意象

　　形象这个词，并不是文学艺术领域所专门使用的，我们在文学艺术以外的场合，使用这个词的时候，一般是指人或物的相貌形状。在文学艺术领域，我们也常说"形象"或"艺术形象"。这样的概念最早来自于俄国。

　　在俄国，最早在文学艺术领域使用"形象"这一概念的时间，大约在 19 世纪 30 年代末到 40 年代初。现在一般认为是俄国思想家别林斯基最早把这一词语用于文学艺术领域。别林斯基在《智慧的痛苦》一文中开始使用这一概念：

> 诗人用形象来思考；他不证明真理，却显示真理。可是诗歌在自身以外没有目的——它本身就是目的；因此，诗的形象对于诗人不是什么外在的、或者第二义的东西，不是手段而是目的；否则，它就不会是形象。[①]

在这里，别林斯基是在诗歌领域使用"形象"一词，不久，别林斯基又把它用于所有的艺术：

> 艺术是对真理的直感的观察，或者说是用形象来思维。

> 在这一艺术定义的阐述中包含着全部艺术理论：艺术的本质，它的分类，以及每一类的条件和本质。[②]

别林斯基还强调了在俄国这是第一次用"形象"来界定艺术：

> 这一定义还是第一次见于俄文，在任何一本俄文的美学、诗学或者所谓文学理论著作中都找不到它，——因此，为了使第一次听到它的人不会觉得它古怪、奇特和错误起见，我们必须详细解释包含在这一崭新的艺术定义中的全部理解。[③]

20世纪30年代以降，别林斯基的艺术定义影响逐渐广泛起

---

① 〔俄〕别林斯基：《别林斯基选集》第2卷，上海文艺出版社，1963年版，第96页。
② 〔俄〕别林斯基：《别林斯基选集》第3卷，上海文艺出版社，1980年版，第93页。
③ 同上。

来,后来传入我国,并在 20 世纪 50 年代展开了大讨论。别林斯基的观点,有两个方面直接对我国现代文艺理论产生影响,一个是文学艺术的形象问题,一个是文学艺术创造中的形象思维问题。

就"形象"这个词的日常义或一般义来说,应该是在视觉范围内,是客观事物的状貌,是视觉的直观。如果用"形象"来界定文学艺术的本质和特征也会带来一些麻烦,因为即使在理论中,词语的日常含义总是潜在的,很显然,用"形象"的日常含义来界定文学,会把文学降格为"图画",始作俑者别林斯基就作过这样的比喻:

> 人们看到,艺术和科学不是同一件东西,却没有看到它们之间的差别根本不在内容,而在处理特定内容时所用的方法。哲学家用三段论说话,诗人则用形象和图画说话,然而他们说的都是同一件事。……一个是证明,一个是显示,可是他们都是说服,所不同的只是一个用逻辑结论,另一个用图画而已。[①]

别林斯基这段话涉及两个主要问题,一、文学艺术与科学、哲学在内容上是否相同? 二、用形象来界定文学艺术的本质是否准确?

第一个问题,我们在本书的第三章已经作了深入的探讨,文学艺术与科学绝不是揭示同一个内容,不然的话,艺术真的被沦为与课堂教学中的图表和挂图相仿的东西了。

---

① 〔俄〕别林斯基:《一八四八年俄国文学一瞥》,《别林斯基选集》第 2 卷,时代出版社,1952 年版。

第二个问题的解决在很大程度上要有赖于对"形象"一词的阐释。人们对于在一个词的一般含义之外再界定出特别含义的事情，并不反感，在文学理论中，"形象"这个概念可以通过不断的阐释而得以保留和发展。

别林斯基图画的比喻，是不能令人满意的。实际上，在别林斯基的这一比喻中，还潜含着"形象"的日常义，在这种解释中，学校课堂的一幅挂图，也与艺术无异。

有一种观点认为，文学形象就是文学作品中所描写的一切生动可感具体的事物或生活画面，可以包括人物、景物、场面、环境和一切有形的物体，作品中的一个人物是一个文学形象，一个自然景物是一个文学形象，一个场面环境也是一个文学形象，这三者组合在一起的生活画面也是一个文学形象。这样的观点，究其实质，还是强调形象的视觉性。

在文学作品中，作家所写的东西，其中有一部分是具有直观形象的事物，也就是说具有视觉形象的事物，还有一些是不具有视觉形象的。比如听觉的、味觉的、嗅觉的、触觉的，再比如心理感觉、痛感和快感，各种情绪情感等。除此之外，在文学艺术中，作家还可以写对各种事物的感悟和理解。按照上述理解，文学形象就很难包括这些视觉以外的东西。

也有一种观点认为，文学形象就是文学作品中一切可以诉诸人的感官的感性形式。这样的观点，无疑可以把视觉以外的内容包括在内。在这种情况下，就产生了相应的界定，诸如听觉形象、嗅觉形象等。实际上，已经赋予"形象"全新的含义了。

人们知道，无论视觉形象，还是所谓的听觉形象，在我们的现实世界随处可见，这说明，所谓的"形象"并不是文学艺术最本质的东西。当然，也有人对文学"形象"做出更进一步的本质界定，其中，最常说的就是，具体生动可感。诚然，文学世界是具体生动可感的，这甚至成为我们判定作品优劣的一个标准。但是，现实世界中的事物不也同样是具体生动可感的吗？甚至，要比作品中的描写更具体更可感。

有鉴于此，有的人又提出文学形象不是纯客观的，而是主观与客观的统一。的确，文学作品所展示的世界，不是一个客观世界，而是一个由作家来创造的世界，经过了从世界到作家再到作品的过程。作品是由作家创造的，很显然，作家是我们理解问题的关键。

作家面对两个世界，一个是现实世界，一个是艺术世界。从心理学来看，人们对外在世界的反映，要经由感觉、知觉、表象、想象、理解、情感等过程。感觉和知觉在意识中的呈现，就是表象，因此，表象常常是对以往经验的回忆，与感知、知觉阶段相比，表象当中，主体的因素有所增加。当想象情感理解等因素参与其中，这时所呈现的"表象"，其中所包含的主体的因素更多，甚至上升为主要的东西。有人称之为创造性想象，实际上，这是在把表象称为再现性想象的情况下，才有的称呼。也就是把上述的心理活动分为：感觉、知觉、想象。

中国古人把客观事物的"形象"称为"象"，这包括感知形象，甚

华三川　唐人诗意图《江雪》

至包括表象,把在想象、情感和理解等心理要素共同作用下所产生的"象",称为**"意象"**:

> 文之思也,其神远矣。故寂然凝虑,思接千载;悄焉动容,视通万里。……故思理为妙,神与物游。……独照之匠,窥意象而运斤。此盖驭文之首术,谋篇之大端。[①]

从感知觉在意识中的呈现到想象在意识中的形成,已经包含了主体对世界意义的更多领悟,刘勰所说的意象,正是包含作家主体对世界的理解和领悟。

作家要把在想象中所捕捉的意象用语言写在作品中,这是一个从作家意识中的意象到作品的意象的实现过程,没有作家意识中的意象,固然就没有作品中的意象,但是,作家意识中的意象并不是百分之百地得到转换,在这个以语言为媒介的转换过程中,有一定的损失,正如刘勰所说,"半折心始"[②]。即使有所损失,但是,写入作品中的意象仍然是作家意识中的意象的传达。在刘勰以后,有人把作品中所传达出来的作家意识中的意象,也称为意象,而且,逐渐成为中国文论中普遍使用的概念。如:

> 卢骆王杨,号称四杰。词旨华靡,故沿陈隋之遗,翩翩意象,老境超然胜之。[③]

---

① 刘勰:《文心雕龙·神思》。
② 同上。
③ 王世贞:《艺苑卮言》卷四。

> 古诗之妙,专求意象。[1]

与形象这个概念相比,意象更准确一些。作家在作品中所传达出来的是作家的理智、情感和感知等心理因素所构成的复杂的经验世界[2],杜夫海纳把这种经验称为审美经验[3]。近年来,有的学者,在文学理论中开始用"意象"这一概念来代替"形象"这一概念,应该承认,这不是玩弄语词,而是体现出在这一问题上观点的变化。"意象"这一概念,可以很容易与审美经验这一概念对接起来。也有人建议用"艺象"来替代"形象",究其原因,可能也是看到了"形象"这一概念的一些问题。不过,还是不如"意象"好,一方面,意象在语义上更为准确,另一方面,有深厚的文化理论背景基础。

关于意象,有一个比较通行的解释:意象是主观的"意"与客观的"象"的结合。这在一般原则上是正确的,至少说明了文学意象不是纯粹客观或主观的东西,不是现实的机械反映,也不是作家的呓语。但是,这种解释也有一个潜在的危险,那就是很容易使一些人产生错觉,认为文学创作就是把主观的"意"用客观的"象"表达出来。事实上,意象作为一种复杂的审美经验,做这样的分割剖析,是不妥当的。文学作品,无论诗歌还是小说,都是由一些复杂的审美经验构成的。

---

① 胡应麟:《诗薮》内篇卷一。
② 参见雷·韦勒克、奥·沃伦:《文学理论》,第 202 页。
③ 参见米·杜夫海纳:《审美经验现象学》。

在意象所提示出的经验世界里，包含了什么呢？过去，我们在使用"形象"这个概念的时候，认为"形象"是作家认识现实的手段，这种认识与科学的认识在结果上没有什么不同，而且，在目的上也没有什么不同，区别只在手段，一个用形象，一个用概念。事实上，正如叶燮所说，每个人都能讲述的事，都能说明的道理，就不用文学家来讲述来说明了，作家所要讲述的所要说明的是一般的人不能讲述的不能说明的事与理，这样的事与理，就在意象所提示的复杂的经验世界中。

与科学求证所得概念命题相比，经验世界常常被看成是一个变动不居，不可信赖的世界，充其量是科学、理性、逻辑认识的低级阶段。但是，经验世界中的全部有益的东西都能上升为理性的概念命题而被传达出来吗？中国人早就认识到，逻辑的概念语言不能"尽意"，所谓"伊挚不能言鼎，轮扁不能语斤"[1]。中国古人，更知道"立象以尽意"，进而解决这一困难。

在文学意象中，"名言所绝之理"，得到呈现，可谓伊挚可以言鼎，轮扁能够语斤。温庭筠诗《商山早行》云：

鸡声茅店月，人迹板桥霜。[2]

听觉经验与视觉经验的直接连接，看似有悖常理，但这却极为

---

① 刘勰：《文心雕龙·神思》，"伊挚不能言鼎"，典出《吕氏春秋·本味》；"轮扁不能语斤"，典出《庄子·天道》。

② 温庭筠：《商山早行》。

明·钱选 《陶渊明扶醉图》

准确地呈现出诗人的整体经验，有几分空旷，又有几分孤寂。

文学作品中着意强为的名言之理，往往会破坏审美经验，我们可以把陶渊明的两首诗做一比较：

> 结庐在人境，而无车马喧。问君何能尔？心远地自偏。采菊东篱下，悠然见南山。山气日夕佳，飞鸟相与还。此中有真意，欲辨已忘言。①

> 山涧清且浅，可以濯我足。漉我新熟酒，只鸡招近局。日入室中暗，荆薪代明烛。②

其实，第一首的前四句和后两句都算不得精彩，就诗的意象和韵味来看，第二首要胜过第一首。

有人在总结意象特征时，常常讲到意象的多义性。的确，意象所提示出的意义是丰富的，这种丰富往往是概念命题所不及的。多义不是模棱两可，不是模糊不清，而是审美经验的完整性。在文学作品中，意象是一个浑然整体，任何分割式的分析，都是不知何谓审美经验的做法。严沧浪说：

> 汉魏古诗，气象混沌，难以句摘。③

后来谢榛称赞说："沧浪知诗矣。"④何止是汉魏古诗难以句摘，

---

① 陶渊明：《饮酒·之五》。
② 陶渊明：《归园田居》之五。
③ 严羽：《沧浪诗话》。
④ 谢榛：《四溟诗话》，卷一·二十四。

其实,所有的诗都是难以句摘的,所有的文学作品都是难以机械地分割分析的。即使以句摘,也不能以"象"摘,我们都知道王维的名句:

　　大漠孤烟直,长河落日圆。①

其中,任何一个物象分割出来,都是没有什么意蕴的。可是,它们作为一个整体时,意蕴就出现了。在整体意象中,传达的是人的审美经验的丰富性和混融性,任何细微的经验片断都不会漏掉。相反,概念语言和命题语言却必须过滤掉这些细微的经验片断,因此,意象所提示出的经验就不仅是完整的,而且是丰富的了。多义性的说法,会使人们觉得文学传达的东西是模糊,相比之下,丰富性更能说明审美经验的根本特征。从根本上讲,作家创作文学作品,就是要传达这种概念语言逻辑推理无能为力的复杂的精神世界的经验,而不是制作谜语。多义性只不过是对丰富性的一个不十分准确的概括,当然,有的作家,利用语言的象征,写出了令人费解甚至可以多解的作品,但这不应被看做是文学的根本目的。由于人们片面地把意象所提示的审美经验的丰富性理解为多义性,所以,常常喜欢到意象密集的唐诗中去寻找例子。其实,所有成功的伟大的作品,都很好地传达了精神经验的丰富和完整。

　　蒹葭苍苍,

---

① 王维:《塞上》。

白露为霜。

所谓伊人,

在水一方。

溯洄从之,

道阻且长;

溯游从之,

宛在水中央。

………

这是《诗经·秦风·蒹葭》的一节,苍苍芦苇,清露凝霜,美丽伊人,却在江的那一方。诗人对美丽伊人的无限思念,通过诸种经验的片断所构成的经验整体得到了完整的传达,这里有视觉经验:苍苍芦苇;有时间经验:深秋;有空间经验:水道漫长;有心理表象经验:美丽伊人。在这诸多的经验瞬间聚合中,传达出了核心经验:无尽的思念和惆怅。

如果把意象从审美经验中剥离出来,孤立静止观之,那么就可以分出**写实意象**和想象**虚构意象**。反过来说,人们之所以区分出写实意象和虚构意象,就是由于把审美意象从审美经验中剥离出来的结果。这种剥离,作为一种在有限范围内的技术性分析是可以的,这个有限的范围就是在不涉及文学的本质界定之内。章学诚说:

有天地自然之象,有人心营构之象。天地自然之象,《说卦》为天为圜诸条,约略足以尽之;人心营构之象,《暌》车之载鬼,翰音之登天,意之所至,无不可也。然而心虚用灵,人累于天地之间,不能不受阴阳之消息。心之营构,则情之变易为之也;情之变易,感于人世之接构而乘于阴阳倚伏为之也。是则人心营构之象,亦出天地自然之象也。[①]

《睽》车之载鬼,自然为虚构之象、人心营构之象。但是,《诗经》中的苍苍芦苇,凄凄白露,还是天地自然之象吗?文学中的意象作为审美经验的传达,不都是"人心营构之象"吗?苍苍芦苇,凄凄白露,现实中有其物,可是,谁又能以实际的眼光来对待?当然,在审美经验的意象中,也有由于"情之变易",而导致经验意象的变形,诸如八戒悟空、宝玉衔玉,现实中无其实,由于是审美经验的聚合,所以无人怪其虚。所以,只究其实,或只究其虚,是不能领悟审美经验意象的本质的。

二、意象与超象

我们之所以不囿于意象的写实与虚构,是因为意象不是一切,意象不是文学艺术的最终目的。作家在文学作品中,所传达出来的是形名以上的东西,如上述所举《诗经·蒹葭》,是写苍苍芦苇吗?是写凄凄白露吗?是写美丽伊人吗?是写水道漫漫吗?诗人所写

[①] 章学诚:《文史通义·内篇一·易教下》。

的既在这些之内，又在这些之外。所谓在这些之内，是指诗人只有通过这些意象才能传达他的情感经验，对于读者来说，也是如此，只有借助于这些意象才能把捉诗人的情感经验。但是，无论诗人还是读者，如果拘泥于这些意象，那是不得要领的。

对于言不尽意的局限，中国人很早就提出立象尽意的解决方法。"立象尽意"最早见于《周易·系辞上传》：

> 子曰："书不尽言，言不尽意。"然则，圣人之意，其不可见乎？子曰："圣人立象以尽意，设卦以尽情伪，系辞焉以尽其言……"①

这个命题主要提出了一种表达方式：立象。"立象"的表达方式，实际上是一种象征的表达方式。这种表达方式的目的同样也是为了描述事物的本质和普遍性：

> 其称名也小，其取类也大；其旨远，其辞文；其言曲而中，其事肆而隐。②

"立象"的关键是"取类"。"**取类**"，就不是囿于"象"本身，或者说是不拘泥于某一具体事物的状貌，而是通过它来表达同类的情与理，这就是"**其旨远**"，而这些要表达的东西是通过某一具体的"象"来启示的，这就是"**其言曲而中，其事肆而隐**"。

---

① 《周易·系辞上》。
② 《周易·系辞下》。

甲骨文

可以看出，《周易》的这种表达方式，与文学艺术是相通的。所以章学诚说：

> 《易》象虽包六艺，与《诗》之比兴，尤为表里。……《易》象通于诗之比兴。[①]

在文学艺术中，作家所要传达的审美经验，既在意象之中，又在意象之外。也就是说，文学艺术是意象的，也是超象的。这正如文学是语言的又是超语言的一样。

对这一辩证命题的理解，中国道家的认识论是富有启发的。《周易》中所提出的言、意、象三者关系问题，在庄子那里得到了进一步的而且是更加专门化的探讨。首先庄子探讨了"言"与"意"的关系：

> 荃者所以在鱼，得鱼而忘荃；蹄者所以在兔，得兔而忘蹄；言者所以在意，得意而忘言。[②]

在庄子看来，**"意"是根本，"言"只是手段**。人不应拘泥于语言，而重在把握语言中的"意"。

庄子还在认识论意义上，探讨了认识"道"的途径：

> 黄帝游乎赤水之北，登乎昆仑之丘而南望；还归，遗其玄珠。使知索之而不得，使离朱索之而不得，使喫诟索之而不得

---

① 章学诚：《文史通义·易教下》。
② 《庄子·外物》。

也；乃使象罔，象罔得之。黄帝曰：'异哉！象罔乃可以得之乎！'[①]

玄珠，喻道；知，即智；离朱，喻视觉；喫诟，喻语言；象罔，即罔象，即无象。庄子通过这个寓言来说明，用"知"、视觉和语言是不能领悟"道"的，只有超于有形，才能达于道真，即海德格尔所说的存在之真理。

所谓无象，不是真的没有象，而是超越象，不要拘泥于象。也就是不要囿于事物的形名。正所谓"无形者，数之所不能分也；……可以言论者，物之粗也；可以意致者，物之精也"[②]。

王弼在三玄（易、老、庄）基础上，对言象意三者关系作了精辟的总结：

（1）夫象者，出意者也。言者，明象者也。尽意莫若象，尽象莫若言。（2）言生于象，故可寻言以观象；象生于意，故可寻象以观意。（3）意以象尽，象以言着。故言者所以明象，得象而忘言；象者，所以存意，得意而忘象。……（4）然则，言者，象之蹄也；象者，意之筌也。是故，存言者，非得象者也；存象者，非得意者也。象生于意而存象焉，则所存者乃非其象也；言生于象而存言焉，则所存者乃非其言也。（5）然则，忘象者，乃得意者也；忘言者，乃得象者也。得意在忘象，得象在忘言。

---

① 《庄子·天地》。
② 《庄子·秋水》。

……（6）是故触类可为其象，合义可为其征。义苟在健，何必马乎？类苟在顺，何必牛乎？[①]

为了方便起见，我们把王弼这段话分了六个层次，并加了序号。总的来说，王弼阐述了两个主要方面的问题，一个是对"意"的表达，一个是对"意"的接受。表达，涉及的是作《易》者；接受，涉及的是用《易》者。第一层是就表达来说的：象是表达意的工具，言是表达象的工具。只有象才能完整地表达意，只有言才能充分地表达象；第二层是讲接受：由于言是因象而生，所以，通过语言可以得象。由于象是因意而生，所以，通过象可以得意；第三层也是讲接受：因为象是用来表达意的，言是用来表达象的，所以，得象可忘言，得意可忘象；第四层还是讲接受：言虽是因象而生，但是，拘泥于言，是不会得到产生言的象的。象虽是因意而生，但是，拘泥于象，也不会得到产生象的意。第五层又是讲接受：只有不拘泥于言，才能得到象。只有不拘泥于象，才能得到意。第六层对表达和接受都有意义：对于表达和接受来说，都不要拘泥于象，关键在于能够抓住同类事物的本质和特征。

王弼的阐释，对我们理解文学意象的超象性质，会有很大的启发。**意象是作家用来表达"意"的，即审美经验，"神用象通"[②]，"象"**

---

① 王弼：《周易略例·明象》，《王弼集校释》，楼宇烈校释，中华书局，1980年8月第1版，第609页。

② 刘勰：《文心雕龙·神思》。

是工具，"象"，又要由语言来构造，**语言又是一层工具**。可是语言是有限的，象也是有限的。作家能否充分传达自己的审美经验，取决于对这两层工具的掌握水平。对语言来说，必须抛弃"名言"，即抽象的概念语言，使用那些能够提示"象"的语言；对于"象"来说，必须能够把握审美经验中最本质的方面。这**要求语言和象都必须是富有提示性和弹性**的，而不能太着实。所谓不落言筌。所谓提示性和弹性，就是刘勰所说的"文外之重旨"：

> 夫心术之动远矣，文情之变深矣，源奥而派生，根盛而颖峻。是以文之英蕤，有秀有隐。隐也者，文外之重旨也；秀也者，篇中之独拔者也。隐以复意为工，秀以卓绝为巧：斯乃旧章之懿绩，才情之嘉会也。夫隐之为体，义主文外，秘响傍通，伏采潜发，譬爻象之变互体，川渎之韫珠玉也。[①]

人类对世界的感悟是无穷无尽的，精神的活动是深远的，审美经验是新鲜的、跃动的、丰富的、复杂的，要把这些都传达出来，就使得文学作品中，有"秀"和"隐"的出现，"秀"，就是警句。而"隐"就是文外之"意"，是"秘响傍通"。所谓"秘响傍通"，就是"文意的派生与交相引发"[②]。

意象是具体的、可感的，超象同样是具体的、可感的。如果说意象的具体是个别的具体，那么，超象的具体就是**由个别上升为一般**

---

① 刘勰：《文心雕龙·隐秀》。
② 叶维廉：《中国诗学》，三联书店，1992 年 1 月第 1 版，第 65 页。

的具体。如果说意象的可感还主要是形貌的可感，那么，超象的可感就是**形貌以上的精神内容的可感**。意象好比是引渡我们到精神世界的渡船，船的空间越大，渡的人就越多，同样，意象留有的象外空间越大，传达出的审美经验就越多：

> 千山鸟飞绝，
>
> 万径人踪灭。
>
> 孤舟蓑笠翁，
>
> 独钓寒江雪。[①]

在柳宗元的诗中，意象并不多，极具写意色彩。从"象"的层次来看，诗人为我们传达了一个空间上的空旷感，但是，诗的意象，由空间的空旷引向了精神的"空旷"：孤寂。这就是意象的魔力所在。

有人在"意象"范围说明"超象"问题，认为超象是意象的一个特征，这当然也可以。但实际上，我们也可以把"超象"当做一种"象"，一种更高的象，表面看来它是无形的，但它是具体存在的，所谓"大象无形"。中国古人把超象的具体性称为**"象外之象"**：

> 戴容州云："诗家之景，如蓝田日暖，良玉生烟，可望而不可置于眉睫之前也。"象外之象，景外之景，岂容易可谈哉？[②]

所谓"超象"，是中国古典诗人所创造的诗的一种境界，还是具

---

① 柳宗元:《江雪》。
② 司空图:《与极浦书》。

有普遍的理论意义？这是一个需要深入探讨的问题。

过去很多人都认为"象外之象"，只是中国古代一些诗人所创造的诗境。其实，这是一种误解。在我们认识文学艺术的本质特征时，往往把文学艺术与科学相比，在这种情况下，人们可以认为意象或形象是文学的特征。但是，从文学艺术自身来看，就"言"与"象"的关系来说，"象"是"体"，而"言"是用，就"象"与"意"的关系来说，"意"是体，而"象"是用。所谓言象者荃蹄也。正如概念命题是科学理论的表达工具，但并不是理论本身，更不是科学本身。形象或意象只是作家传达审美经验的工具，作家要通过具体的意象而达到一般和普遍，通过有限而达到无限，通过物质而达到精神。正是在这一意义上说，**文学又是超象的**。因此，我们认为，超象对于深入认识文学艺术的本质具有重要的普遍的理论意义。

严羽对文学艺术从意象到超象，从有限到无限，有更深刻的认识，他说：

> 夫诗有别材，非关书也；诗有别趣，非关理也。然非多读书，多穷理，则不能极其至。所谓不涉理路、不落言筌者，上也。诗者，吟咏性情也。盛唐诸人惟在兴趣，羚羊挂角，无迹可求。故其妙处透彻玲珑，不可凑泊，如空中之音，相中之色，水中之月，镜中之象，言有尽而意无穷。近代诸公乃作奇特解会，遂以

文字为诗，以才学为诗，以议论为诗。夫岂不工，终非古人之诗也。[1]

有的人认为严羽以禅喻诗，甚至以为他所说的是禅境。其实，严羽的观点触及了文学的本质方面。文学艺术不是弃绝一切知的空门顿悟，文学艺术与学识、知识、理性并不是矛盾的。不仅如此，而且还要建立在学识知识理性的基础上。但是，文学不能以抽象的概念语言为手段，不能把才学和理性知识直接作为传达的对象，而是用意象来传达精神世界的美感经验，而且，成功的文学意象，必须把精神世界美感经验的深奥和复杂充分传达出来。

"象"，仍然带有"物"的成分，只有"超以象外"，才能"得其环中"；只有"持之非强"，才能"来之无穷"[2]。此乃深明之论。

所谓超象，并不是否定象，或不要象，而是不拘泥于象，这对作家或读者来说都是如此。实际上，"体"与"用"是难以截然分开的。象与超象，有限与无限之间的关系是辩证的。离开意象，何来超象；拘泥于意象，必然与文学艺术相去甚远。

但是，必须注意，说意象犹如荃蹄，只是析而言之。对于文学作品来说，是作家用意象所构造的有生命的世界，意象与作家的审美经验是浑然一体的，是美的呈现，是美感经验的传达。以说理比喻之意象来类比文学艺术之意象，是不得要领的，是对文学艺术的贬

---

① 严羽:《沧浪诗话·诗辨》。
② 司空图:《二十四诗品·雄浑》。

低。王弼所谓,只要"象类","何必牛马",对于说理的比喻,是完全可以的。但是,文学意象的从具体到一般,从有限到无限,绝不是修辞学意义上的比喻象征等修辞手法之类。钱锺书先生对此作了精深的辨析:

> 《系辞》上:"圣人有以见天下之赜,而拟诸形容,象其物宜,故谓之象。"是"象"也,大似维果所谓以想象体示概念。盖与诗歌之托物寓旨,理有相通。……然二者貌同而心异,不可不辨也。
>
> 理赜义玄,说理陈义者取譬于近,假象于实,……古今说理,比比皆然。……至以譬喻为致知之具,……《易》之有象,取譬明理也,"所以喻道,而非道也"。求道之能喻而理之能明,初不拘泥于某象,变其象也可;及道之既喻而理之既明,亦不恋着于象,舍象也可。到岸舍筏、见月忽指、获鱼兔而弃筌蹄,胥得意忘言之谓也。词章之拟象比喻则异乎是。诗也者,有象之言,依象以成言;舍象忘言,是无诗矣,变象易言,是别为一诗甚且非诗矣。故《易》之拟象不即,指示意义之符(sign)也;《诗》之比喻不离,体示意义之迹(icon)也。不即者可以取代,不离者勿容更张。①

钱锺书先生敏锐地看到了文学意象与所传达的内容的浑然一

---

① 钱锺书:《管锥编》,第 1 册,中华书局,1986 年 6 月第 2 版,第 11—12 页。

体,文学艺术正是凭借语言,凭借意象,"体示"了概念命题所不可言说的审美经验世界,这也就是以有限"体示"无限,以有形"体示"无形,由物质而达于精神。所谓的超象,正是在这一意义上讲的。

三、典型与意境

叙事文学要写故事,写故事,就离不开人。从文学史来看,叙事文学当然也在发展变化,比如,在当代的小说家中,就有人宣称小说可以不写故事。诸如体裁样式的发展问题,我们将在下一章来探讨。从业已成为历史的众多叙事文学作品来看,写故事,写人物,还是主流。诸多叙事名著中的故事和人物,已经家喻户晓。中国人哪个不知悟空八戒,哪个不知刘备曹操。知道刘备曹操者,未必都学过历史,更多的人还是受益于文学作品《三国演义》。

人们之所以晓得刘备曹操,是因为文学中的刘备曹操鲜活生动。不过,并不是所有作家的人物和故事,都有这么大的影响力。虽苦心经营,却没有引起人们关注的故事和人物,在文学史上,亦不在少数。可见,作家们所写的人物和故事,是有艺术上的高低之分的。

人们把作家创作出来的那些高水平的人物,就称为典型,或典型人物。

从一般道理上说,作家所写的人物能够被广大的读者接受和认可,产生很大的影响,这样的人物就是高水平的人物,就是典型人物。但是,从理论上界定,还真是一件难事。何况作家们塑造人物的水平也在发展。从人类最初的叙事作品一直到今天,作家和理论家对于如何写人物,看法还是发生了许多变化。

朱光潜先生曾对典型这一概念作过考证:

> "典型"(Tupos)这个名词在希腊文里原义是铸造用的模子,用同一个模子托出来的东西就是一模一样。这个名词在希腊文中与 Idea 为同义词。Idea 本来也是模子或原型,有"形式"和"种类"的含义,引申为"印象","观念"或"思想"。由这个词派生出来的 Ideal 就是"理想"。所以从字源看,"典型"与"理想"是密切相关的。在西方文艺理论著作里,"典型"这个词在近代才比较流行,过去比较流行的是"理想";即使在近代,这两个词也常被互换使用。①

这就是说,典型这个概念虽然在近代以后才被广泛使用,但是,人们对于典型问题的探讨在古希腊时就开始了。

我们知道,亚里士多德在为诗所作的辩护中曾指出,诗比历史更真实,因为诗人要写"有普遍性的事",历史则叙述个别的事。亚里士多德所说的"有普遍性的事"是什么呢?

> 所谓"有普遍性的事",指某一种人,按照可然律或必然律,

---

① 朱光潜:《西方美学史》,人民文学出版社,1979 年 11 月第 2 版,第 695 页。

会说的话,会行的事,诗要首先追求这目的,然后才给人物起名字。①

在这里,亚里士多德提出了一条写人物的原则,先把人物普遍化,也就是抓住同一类人物的共性,然后在给人物个别性,如起名字。在亚里士多德的这一思想中,涉及了人物的典型性问题。但是,这主要还是一种类型化的思想,也就是从某一类人中抽取出他们的共同特征。这虽然是一种类型化思想,但是,反映出文学创作已经不满足于对个别的琐碎的人物和事件的描写,而要写出包含更多意义的作品。这是叙事文学发展到一定水平的标志,这种类型化大大增加了作品的含量。从此,西方叙事文学就沿着这条类型化的道路向前发展,一直到 18 世纪,类型化都是主流。到了 18 世纪以后,才开始由类型化向个别化发展。"18 世纪以后,'典型'几乎与'特征'成为同义词"②。这期间经由歌德、黑格尔等人的发展,人物个性化的理论获得长足的发展,而且,典型人物的共性与个性的关系问题已经凸现出来。黑格尔在《美学》中比较集中地探讨了人物性格的共性与个性问题、人物性格与环境的关系问题。这成为马克思恩格斯科学总结典型问题的重要理论来源。朱光潜先生对黑格尔典型理论的成就作了客观的总结:

① 〔古希腊〕亚里士多德:《诗学》,罗念生译,人民文学出版社,1962 年 12 月第 1 版,第 29 页。

② 朱光潜:《西方美学史》,人民文学出版社,1979 年 11 月第 2 版,第 701 页。

第一,黑格尔并不把人物性格看作抽象的东西,而是把它看成和历史环境是不可分的。第二,黑格尔不但把人物性格和历史环境联系起来,而且看出人物性格是矛盾对立的辩证发展的结果。第三,黑格尔要求典型人物性格须是有血有肉的活生生的人物而不只是理念的象征或符号。[①]

朱光潜先生的评价是公允的。马恩对典型理论又有了新的发展,这主要体现在典型的个性与共性统一问题,塑造典型环境中的典型人物问题。

在我国古代,随着叙事文学的发展,特别是像《水浒传》《三国演义》《红楼梦》等优秀叙事作品的出现,理论上对人物创作也有了很深入的总结,只是目前为止,人们还没有做出应有的研究和总结。

在 17 世纪,中国的文艺理论家金圣叹通过对《水浒传》和《西厢记》等叙事作品的批评,已经展示出相当高的理论水平。就叙事理论来说,要高于西方同期理论,此时,西方正值新古典主义时期。金圣叹在《水浒传》的批评中提出了比较系统的人物塑造方面的理论,其中,有关典型人物的典型性格塑造理论十分丰富和深刻。现撮录一二:

> 别一部书,看过一遍即休,独有《水浒传》,只是看不厌,无非为他把一百八个人性格都写出来。[②]

---

① 朱光潜:《西方美学史》,人民文学出版社,1979 年 11 月第 2 版,第 704—705 页。
② 金圣叹:《读第五才子书法》。

心的陶冶，
心的修养和锻炼
是替美的发现和体验
做准备。

宗白华
1897—1986.12.20

宗白华像

《水浒》所叙，叙一百八人，人有其性情，人有其气质，人有其形状，人有其声口。①

《水浒传》只是写人粗卤处，便有许多写法：如鲁达粗卤是性急，史进粗卤是少年任气，李逵粗卤是蛮，武松粗卤是豪杰不受羁勒，阮小七粗卤是悲愤无说处，焦挺粗卤是气质不好。②

金圣叹把塑造典型人物看做衡量叙事作品艺术水平的标准，人物必须要有鲜活的个性性格等思想都有待于进一步总结和研究。

除金圣叹外，毛宗岗的《三国演义》点评也已取得了很高的理论成就，此不赘述。值得注意的是，中国的叙事研究，尤其是典型人物研究，是建立在优秀叙事作品基础上的，所涉及的理论往往不是从抽象的哲学命题出发，所以更具有美学价值。有人因为中国传统叙事学是点评式的，所以认为缺少理论深度和系统性，实际上，这是一种错误的看法。叙事问题包括人物塑造问题，其实，不只是一个纯理论问题，还是一个实践问题，或者说是一个创造问题。所以，我们更应该从中国传统叙事学中，吸收方法上的启发，以推动叙事理论的发展。

20 世纪 50 年代到 60 年代中期，中国文艺理论界曾对典型理论展开过较大规模的讨论，其中主要的观点是：典型是个性与共性的统一，本质与现象的统一，一般与个别的统一。到了 80 年代，典型

---

① 金圣叹：《读第五才子书法序三》。
② 金圣叹：《读第五才子书法》。

问题又被重新提起。多数人已不满足把典型看做是个性与共性的统一、本质与现象的统一、一般与个别的统一的观点，并从理论上深入论析，认为个性与共性、本质与现象、一般与个别这些范畴都是哲学领域的，用来概括典型这一美学范畴是不妥当的，起码不能揭示典型最本质的东西，也就是说，任何事物都可以看做是个性与共性的统一、本质与现象的统一、一般与个别的统一。

在这种认识前提下，典型研究有了进一步的发展。这种发展主要体现在力图用美学的观点，或者说从美学的角度来揭示典型的本质。目前所取得的成就主要包括：在承认典型是共性与个性统一的前提下，进一步揭示典型作为艺术形象的美学特质，第一，典型人物是一个有血有肉的生命整体。第二，典型性格是丰富的有机整体。第三，典型人物必须是艺术的独创。以上这些观点，基本上已经成为人们的共识。典型理论要想获得发展，一方面离不开理论家的努力，另一方面更离不开作家的努力。

与典型相比，意境可说是中国本土文化中固有的理论范畴。在我们探讨意境之前，首先摆在我们面前的一个问题是，意境是一个具有普遍意义的理论范畴，或者说是对文学艺术本质的真理认识，还是代表了一种人文价值取向？

境，本指疆界，所以有境、界连用之双音词境界。有人认为，把境或境界用于人的精神世界始于释家，的确，在释家著作诸如《圆觉经》中随处可见。不过，这种说法并不符合实际。其实，庄子已经把"境"用于精神世界，《逍遥游》中有"辨乎荣辱之境"一语。至于文论,在《文心雕龙》的《诠赋》《论说》和《隐秀》三篇亦分别出现一次。《诠赋》:"与诗画境",在本义上使用即界线。《论说》:"般若之绝境",为佛家义。《隐秀》:"嗣宗之《咏怀》,境玄思淡,而独得乎优闲。"嗣宗是阮籍的字,这是刘勰评论阮籍的《咏怀》诗,这里的"境"已经是在诗学的意义上使用了。在唐代孙过庭《书谱》中也出现了"境"这一概念:

> 夫心之所达,不易尽于名言;言之所通,尚难形于纸墨。粗可仿佛其状,纲纪其辞。冀酌希夷,取会佳境。阙而未逮,请俟将来。[①]

孙过庭所说的"取会佳境",主要指书法创作过程中与精神世界的交会。

意、境连用并直接用于文学理论的,一般认为是唐代王昌龄:

> 诗有三境:一曰物境。欲为山水诗,则张泉石云峰之境,极丽绝秀者,神之于心,处身于境,视境于心,莹然掌中,然后用思,了然境象,故得形似。二曰情境。娱乐愁怨,皆张于意而处于身,然后驰思,深得其情。三曰意境。亦张之于意而思之于心,则得其真矣。[②]

从王昌龄诗分三境可以看出,在此前后,"境"还是一个总的概

---

① 孙过庭:《书谱》。
② 王昌龄:《诗格》。

念,也称境界。"意境"只是王昌龄从"境"中所区分出的一种境界。在后来的发展中,人们逐渐以意境而代"境"之全体,特别是经由况周颐、王国维等人的使用,"意境"已经逐渐成为一个稳定的有自己特定内涵的美学范畴。不过,在王国维的《人间词话》中,"意境"与"境界"还是并用的:

> 词以境界为最上。有境界则自成高格,自有名句。
>
> 古今词人格调之高,无如白石。惜不于意境上用力,故觉无言外之味,弦外之响,终不能与于第一流之作者也。[①]

在《蕙风词话》中,已经主要用"意境"一词。现在,人们已经把"意境"上升为中国古典美学的一个重要范畴。

从意境的发展演变来看,主要是由"境"发展而来,"境"本身也经历了一个由疆界到一般人的精神境界、到作家的精神世界、最后到作品中所蕴含的艺术境界的发展过程。从"境"的本义来看,是一个空间概念。当被用于精神时,就成了精神空间。佛家说的绝境就是精神空间的最上层。当被用于文学艺术时,就是指作品中意象所构成的艺术空间。由于作家的情思不同,意象也就不同,于是,作品中所呈现出的艺术空间也就不同。

这是对意境的最基本理解。一般人们总认为意境就是由写景而形成的,这是一种误解。诚如王国维所说:

---

① 　王国维:《人间词话》。

> 境非独谓景物也,喜怒哀乐,亦人心中之一境界。故能写
> 真景物真感情者,谓之有境界。否则谓之无境界。①

可见,在王国维看来,意境主要是作品中由情思所构成的精神
境界。在上个世纪 40 年代初,宗白华先生曾撰写一篇题为《中国艺
术意境之诞生》的著名文章。在这篇文章中,宗白华先生对意境作
了理论上的概括。现在,人们对于意境的一些观念还主要来自于宗
白华先生的概括。

> 什么是意境? 唐代大画家张璪论画有两句话:"外师造化,
> 中得心源。"造化和心源的凝合,成了一个有生命的结晶体,鸢
> 飞鱼跃,剔透玲珑,这就是"意境",一切艺术底中心之中心。

> 意境是造化与心源的合一。就粗浅方面说,就是客观的自
> 然景象和主观的生命情调底交融渗化。②

在上述宗白华的概括中,我们看到,并没有涉及意境的要害之
处。第一,所有艺术都是心源与造化的合一;第二,好多诗歌都是客
观的自然景象与主观的生命情调的融合。在这同一篇文章中,宗白
华先生又作了进一步的阐释:

> 意境底表现可有三个层次:从直观感相底渲染,生命活跃
> 底传达,到最高灵境底启示。……所以,艺术意境的创成,既须

---

① 王国维:《人间词话》。
② 《宗白华全集》第 2 卷,安徽教育出版社,1994 年 12 月第 1 版,第 328—329 页。

得屈原的缠绵悱恻，又须得庄子的超旷空灵。缠绵悱恻，才能一往情深，深入万物的核心，所谓"得其环中"。超旷空灵，才能如镜中花，水中月，羚羊挂角，无迹可寻，所谓"超以象外"。[①]

从这里对意境的阐释来看，意境的最高目标是"最高灵境的启示"。宗白华先生所谓的"最高灵境"就是庄子的"道"境，是"艺"与"道"的最高融合，是对存在之真理的领悟：

> 艺术家经过"写实""传神"到"妙悟"境地，由于妙悟，他们"透过鸿蒙之理，堪留百代之奇"。这个使命是够伟大的！
>
> 那么艺术意境之表现于作品，就是透过秩序的网幕，使鸿蒙之理闪闪发光。……因为这意境是艺术的独创，是从他最深的"心源"和"造化"接触时突然的领悟和震动中诞生的，它不是一味客观的描绘，像一照相机的摄影。所以艺术家要拿特创的"秩序的网幕"来把住那真理的闪光。[②]

宗白华先生所谓"秩序的网幕"，就是作家所创造的作品。艺术家用他所创造的作品把握住存在真理，存在真理在作品中的闪光，就是艺术之意境。这与西洋海德格尔的"存在真理之澄明"，可谓如出一辙。在宗白华看来，对存在真理的把握是艺术的最高使命，这与海德格尔从诗中来找寻到"真理之澄明"，可谓异曲同工。

---

① 《宗白华全集》，安徽教育出版社，1994 年 12 月第 1 版，第 2 卷，第 328—329 页。
② 同上。

明·八大山人 《双鸟图》

但是，也有学者反对把意境与境界等同的做法，认为这样做就会把意境泛化，甚至沦为一个普通概念，因为人们在文学艺术以外的场合，也经常使用境界这一概念，如精神境界。

这种担忧是不是有道理呢？其实，关于意境的纷争多半是由名分而起。如果认为意境是情景交融，可是，正如有的学者所指出，中国古诗中还有许多许多没有写景的诗。如果认为意境是对形上"道境"的把握，那么同样可以在中国古诗中找到许许多多不写道境的诗。因此，也可得出结论：意境并不是诗的唯一目标。

宗白华为意境区分出三个层次，如上文所引：一、直观感相的渲染；二、生命活跃的传达；三、最高灵境的启示。这三个层次，可能同时在一部作品中达到，但是，并不是所有的作品都能达到意境的最高层次。所以，艺术有高低之分，甚至有真伪之分。难怪海德格尔在谈到诗和艺术呈现"存在之真理"时，总要强调"真正的艺术"。

任何讨论，并不在于一定有一个完美的结论，其实，如果我们在讨论中发现问题的要害所在，甚至比一二所谓的结论更重要。上述问题，如宗白华先生之论，说到底，实际上已经涉及对艺术本质的理解，也就是说，实际上已经超出了一般的对一个范畴的理解，这是"实"，而"意境"在此是"名"，海德格尔用"澄明"，亦是一"名"而已。

但是，作为一个纯粹的美学史话题，讨论"意境"在中国艺术史理论史上的来龙去脉，又是另一个问题，二者不可不分。

四、豪放与婉约

《吹剑录》上记载了一则掌故：

> 东坡在玉堂，有幕士善讴。因问："我词比柳词何如？"对曰："柳郎中词，只好十七八女孩儿，执红牙拍板，唱'杨柳岸晓风残月'；学士词，须关西大汉，执铁板，唱'大江东去'。公为之绝倒。[①]

"杨柳岸晓风残月"是柳永词《雨霖铃》中的句子，"大江东去"是苏轼词《念奴娇·赤壁怀古》中的句子。这则掌故风趣地概括了苏轼与柳永词的不同艺术风格：一个豪放，一个婉约。

什么是艺术风格呢？18世纪50年代，法国人威廉·布封提出了一个后来在中国也比较流行的看法，"风格即人格"[②]。应该指出，这种观点在一定程度上，认识到了影响作家风格的主体因素。但是，作为对风格的界定，是不准确的。风格是作品中所显现出来的东西，显然，风格与人或人格是不能等同的。

歌德曾把艺术家的创作分为三种：单纯的模仿、作风和风格。所谓单纯的模仿就是对对象绝对客观的描写，没有任何个人的因素

---

① （宋）俞文豹：《吹剑录》。
② 参见威廉·布封：《论风格》，《译文》1957年9月号。

在其中。歌德认为，这是作家的基本功，也可能达到很高的真实与水平，但还是低层次的。所谓"作风"，就是作家按照自己对对象的理解来描写对象，而不满足于对对象的一丝不苟的模仿。歌德认为，作家这时创造了自己的"语言"，也就是把对象按照自己所理解的样子来写。歌德认为这是创作的第二个境界水平，再向前发展就达到了最高水平——风格：

> 通过对自然的模仿，通过竭力赋予它以共同语言，通过对于对象的正确而深入的研究，艺术终于达到了一个目的地，在这里，它以一种与日俱增的精密性领会了事物的性质及其存在方式；最后，它以对于依次呈现的形象的一览无遗的观察，就能够把各种具有不同特点的形体结合起来加以融会贯通的模仿。于是，这样一来，就产生了风格，这是艺术所能企及的最高境界，艺术可以向人类最崇高的努力相抗衡的境界。[①]

在这里，我们看到，歌德对风格的界定有三个要点，第一，风格是文学艺术最高的东西，是文学艺术的最高境界。第二，风格是建立在作家对对象的本质和存在方式的深刻领悟基础上的。第三，这种对本质的领悟是在事物形象中领悟的，而风格也应该在艺术形象中。

这三个要点对于我们认识风格的本质都非常重要。第一点，为

---

① 〔德〕歌德：《自然的单纯模仿·作风·风格》，王元化译，《文学风格论》，上海译文出版社，1984年版，第3页。

风格定性定位。风格是文学艺术作品中最高的东西,并不是任何一个作家都能创作出来,与作家的创作个性相关但不相等。风格是比个性更高的东西。因为风格是建立在对对象的本质领悟基础上的,有的作家能达到,有的作家达不到。这就是第二个要点。注意,歌德强调对对象本质的认识是一种"领悟",是从对象的形象中领悟的,这就把文学艺术同一般科学区分开来。

> 单纯的模仿以宁静的存在和物我交融作为基础;作风①是用灵巧而精力充沛的气质去攫取现象;风格则奠基于最深刻的知识原则上面,奠基在事物的本性上面,而这种事物的本性应该是我们可以在看得见触得到的形体中认识到的。②

风格是作家所创造出来的富有个性特征或独创性的美的形态,也就是说,风格是作品中实实在在存在的东西,是作品的高级存在形态,正像我们把艺术作品分为内容和形式一样。说形式、内容或形式与内容的统一体是作品的存在形态,人们容易接受,事实上,一般情况下,所说的作品存在形态就是指这些。但是,说风格是作品的存在形态,人们就不那么容易接受了。风格在哪里呀?风格怎么成了具体存在了?

就文学风格来说,它存在于内容和形式所构成的艺术整体之

---

① 宗白华先生译为"式样",参见《宗白华全集》第4卷,第14页。
② 〔德〕歌德:《自然的单纯模仿·作风·风格》,王元化译,《文学风格论》,上海译文出版社,1984年版,第4页。

中。尽管我们可以析而言之，或说语言，或说题材，或说情感思想，但是，文学风格是从文学作品的整体存在中显示出来的。正是因为风格是从作品整体存在中显示出来的，风格才成为比单独的形式或内容都高的作品存在形态，对文学作品风格的研究，反映了人们对文学艺术作品的认识，已经达到一个更高的水平，风格研究从一定意义上讲，要比对文学艺术作品进行机械分割形式内容的研究更接近艺术的本质。

可是似乎还没有把风格的存在落实。打个比方来说，比如"气氛"，一个会场里的气氛，有没有？有。在哪？说不清。在讲话的人？在听话的人？在哪？析之不见，合之则有。文学艺术的风格也是如此，它是存在的，但是，如果只是从某个方面去分析求证，它又几乎不存在了。还是中国古人认识得深刻，刘勰把风格称为"体"，"体"就是在整体中显示出来。

对于一个作家来说，形成自己的风格，是艺术走向成熟的标志。因此，形成一定的风格也就成为作家自觉的艺术追求。这首先必须弄清风格形成的根源。

风格是什么和风格形成的原因是两个完全不同的问题。在回答风格是什么的时候，"风格是人格"这种回答是错误的。但是，在回答风格形成原因的时候，却必须要看到作家各种精神要素的作用。刘勰在《文心雕龙》中探讨了风格形成的根本原因：

夫情动而言形，理发而文见；……辞理庸俊，莫能翻其才；

风趣刚柔，宁或改其气；事义浅深，未闻乖其学；体式雅郑，鲜有反其性：各师成心，其异如面。①

刘勰这段话的意思是，文学创作源于情感的激动和发表思想的愿望，作品文辞和思想的平庸或杰出，与作家的才华是一致的；作品讽和娱的刚柔基调，难道会与作家的气质有别吗？所写事理的浅深，也不会与作家的学识相反。这样，作品的风格就很少与作家的性情相矛盾。每个作家都是按照自己的性情来写作，因此，每个作家的风格自然就不会相同。

除作家主体因素以外，文学风格的形成与作家所处的时代、社会也有一定的关联。因此，作家风格往往与一个时代的审美时尚相统一。以古老的青铜器为例，处于神学时代的商周青铜礼器，多具有滞重狞厉的特征，人是不被重视的，而至春秋，人的意义凸现出来，连青铜礼器，也有了人的生机与活力，春秋时代的莲鹤方壶具有典型意义，一只白鹤站在高处引颈长啸，象征着一种新的时代精神的出现。时处盛唐，自有诗之盛唐气象，中晚唐以降，唐诗又平添了几分深沉甚或凄婉。不过，文学作品是作家创造的，任何外因都要转化为内因而起作用。

风格是文学艺术作品的高级形态，不同作家有不同的艺术风格，因此，对风格的形态进行分类研究就显得非常必要了。

---

① 刘勰：《文心雕龙·体性》。

　　风格形态理论,中西文论的分别比较明显。总的来说有两点,第一,中国传统文论的分类比西方文论详细,把相近的风格也作了区分。相比之下,西方文论更注重抽象概括不同种类的本质。第二,西方文论对风格的概括一般是概念的抽象的。中国传统文论是形象的描绘,是风格的重建。

　　过去有人认为,中国传统文论中的风格理论,分类太繁琐,缺少抽象概括,因此,认为缺少科学性。与西方文论相比,中国传统文论的确有这些短处。但是,短处同时就是它的长处。分类的详细,对于认识不同性质的风格,特别对认识相近风格,是必要的。文学艺术创造的风格形态是多样的、丰富的,人们就是从多种多样的风格中得到美的享受,如果把风格仅抽象为几个有限的类型,那么作家所创作出来的丰富多样的风格还有什么用呢？对风格作重建性的形象描述,实际上更符合艺术的本性,当把艺术的美抽象为几个干瘪的理论定义时,所有伟大作家的创造都付之东流了。

　　在中国传统文论中,比较成熟的风格理论出现在刘勰的《文心雕龙》中。刘勰把风格分为八个类型：

　　　　若总其归途,则数穷八体：一曰典雅,二曰远奥,三曰精约,四曰显附,五曰繁缛,六曰壮丽,七曰新奇,八曰轻靡。[①]

　　刘勰对这八种风格都分别作了界定,虽然不是用概念命题的理

────────────

① 刘勰：《文心雕龙·体性》。

论方式,但是,应该说界定是清晰的,真正懂得文学艺术的人自然会从中领会出这八种风格的内核要害。

刘勰以后,风格理论继续得到了发展,风格研究成为中国传统文论的重要内容,除了分布于诗论书论画论中,也有像司空图《二十四诗品》这样的系统著作。《二十四诗品》是对唐代以前诗歌创作实践和风格理论的一次总结,风格已经被划分为二十四种之多:雄浑、冲淡、纤秾、沉着、高古、典雅、洗练、劲健、绮丽、自然、含蓄、豪放、精神、缜密、疏野、清奇、委曲、实境、悲慨、形容、超诣、飘逸、旷达、流动。兹迻录一二,以窥一斑:

冲　淡

素处以默,妙机其微,饮之太和,独鹤与飞。

犹之惠风,荏苒在衣,阅音修篁,美曰载归。

遇之匪深,即之愈稀,脱有形似,握手已违。

豪　放

观花匪禁,吞吐大荒,由道返气,处得以狂。

天风浪浪,海山苍苍,真力弥满,万象在旁。

前招三辰,后引凤凰,晓策六鳌,濯足扶桑。

作家的风格创造对文学史来说是一笔财富。风格美一旦被创造出来,就成为文学史中的传统力量,一方面,为后人提供了精神食粮,另一方面,它还以一种文学传统的姿态影响后代的作家和读者,这种影响，使一个民族的文学传统甚至文化传统得以延续，同时，也是后代作家汲取艺术营养的宝库。

不管我们把文学艺术史中的风格区分得多么细致，但是，终究不是风格本身，"只存在各种具体的风格而不存在抽象的'风格'，正如只存在各种具体的'语言'一样"①。在文学史中，风格对作家的影响，绝不是对某种抽象风格的接受，真正有创造力的作家，会到文学史的实际作品中，去领会风格，并创作出新的风格。

我们总是可以从理论上轻松地说创造新的风格，可是，风格在文学艺术史中的演变，是极其复杂的。一种风格类型的形成，在文学史上也会成为一种惰性，一种"习惯"，一种"传统"，其实，"传统"一词，本身就包括正反两种价值方向。在文学艺术史中，一种全新风格的出现，有人认为是某个天才艺术家的创造。的确，因为文学艺术作品，不管是伟大的还是平庸的，都是作家艺术家的个人创造，因此，在人类发展史中，文学艺术家被看做是神圣的伟大的。但是，另一方面，文学艺术史并不是游离于人类整个文明史之外的，因此，文学艺术风格的演变，实际上与人类精神史、文明史紧密相关。

对一个作家来说，形成自己的风格并不是一件易事。风格一旦形成就具有一定的稳定性，当然，作家的风格也发生变化。我们常常看到，一个作家一生中，不同时期在艺术风格上的差别。这是正

---

① 〔美〕阿诺德·豪塞尔：《艺术史的哲学》，陈超南、刘天华译，中国社会科学出版社，1992 年 2 月第 1 版，第 206 页。

常现象。

但是,文学史上,也会出现不同作家却在艺术风格上表现出某种一致性的情况。人们为了便于认识和研究,就把那些风格一致或相近的作家划分为一个流派。

流派与风格是联系在一起的,**流派的划分主要是以艺术风格为依据**的。当然,风格相同或相近的作家,往往在文学观念美学理想艺术追求等方面也会相同或相近。但是,文学观念美学理想艺术追求等方面相同或相近,不一定艺术风格就相同或相近,因此,人们划分流派的主要依据还是艺术风格。

我们把风格相同或相近的一个作家群体称为一个流派,不过,在文学史上,流派的形成却有两种情况。一种是自觉形成的。在一定的历史时期里,一些作家,他们有明确的相同艺术风格的追求,因此,他们可以通过结成一定的艺术团体组织,通过群体的力量,来向一定时期的社会推行某种艺术风格,其结果是,强化了某种风格在社会中的影响,甚至会对一个时期的审美时尚带来影响,这是推进某种风格发展的有利形式。如果这样的艺术家群体是前卫的,是超时代的,那么,人们必须思考这种有意的群体追求,会对人类文明发展带来的影响。

文学艺术史的发展规律是复杂的,业已成为专门的学科来进行研究。对于文学艺术史研究来说,"'风格'概念是中心的和基本的概念"①。甚至可以认为，文学艺术史就是风格的发展演变史。掌握了风格的演变史，在一定意义上就是掌握了文学艺术的发展史。因此，那些只是一些作家创作情况的描述，甚至再附上一分作家的作品目录，无论多么详细，可是，没有文学艺术史意义上的风格演变的描述，这样的文学艺术史不是真正的文学艺术史，充其量只是"一个关于艺术家们的历史"②。

这样说有夸大风格意义的危险，但是，既然我们承认风格是作品的最高存在形态，风格是一个实体概念，不是某种神秘的飘忽不定的东西，我们就应该把风格看做是贯穿文学艺术史的主要的东西，否则，文学艺术发展的真正轨迹就不会被描绘出来。

当然，把风格作为文学艺术史描述的核心，并不就意味着，文学艺术史研究转向了作品本身，甚至成为一种在作品之内的封闭研究。这种担忧是没有必要的，揭示风格的演变，必须深入到影响风格形成的各种因素中，涉及人类物质的精神的发展演化的所有方面，因此，这样的文学艺术史，不仅不是封闭的，而且是开放的；不仅描述了过去，而且也启示了未来。

文学艺术史的风格概念，并不局限于作家风格范围内。作为对文学艺术史的总体理解，就必然涉及个人风格以上的方面，这就拓宽了风格的界限，诸如风格的时间概念，风格的空间概念，风格的民

---

① 阿诺德·豪塞尔：《艺术史的哲学》，陈超南、刘天华译，中国社会科学出版社，1992年2月第1版，第202页。
② 同上。

　　三国时期曹魏正始年间(240—249),嵇康、阮籍、山涛、向秀、刘伶、王戎及阮咸七人,因常在当时的山阳县(今修武一带)竹林之下,喝酒、纵歌,肆意酣畅,后与地名竹林合称"竹林七贤"。

族概念等，就被文学艺术史提了出来。

先来说一说风格的时间概念。其实，**风格的时间概念**，是文学艺术史的核心概念，因为历史是在时间中展开的，这是一个再明了不过的事实。风格的时间概念如时代风格，既揭示了风格的历时发展，也反映了风格的共时展开。比如，魏晋异于两汉，晚唐异于盛唐，这是风格的历时概念；可是，竹林之七贤，初唐之四杰，又表现出一个时期内风格的一致性，这是风格的共时概念。

历史是在时间中展开的，历史同样也是在空间中展开的。环境是人类生存的背景，自然是人类生存的主要背景。人类是从自然中走出来的，人类仍然是自然的一部分，无论到何时何地。这里不是在宣扬一种环境决定论，但是，有一点是肯定的，人类离开自然是万万不能的。自然环境不仅影响了人们的一般生存，也同样影响了人类的文学艺术创造。在中国文学史上，南方的民歌与北方的民歌风格明显不同。一婉约细腻："秋风入窗里，罗帐起飘扬。仰头看明月，寄情千里光。"[①]一豪放粗犷："天苍苍，野茫茫，风吹草低见牛羊。"[②]风格的地域差别就是**风格的空间概念**，同样是风格史不可缺少的组成部分。

当然，风格作为精神成果，更多的是与文化相关联。世界上不同的民族都创造了自己的文化，不同民族的文学艺术在风格上也显

---

① 南朝民歌《子夜四时歌·秋歌》。
② 北朝民歌《敕勒歌》。

现出明显的差别。当古希腊人热衷于模仿自然的时候,中国人已经在"关关雎鸠"的吟唱中抒发自己"辗转反侧"之情。对不同民族文学风格的总结和研究,是风格史以至文学史的重要方面,这就是**风格的民族概念**。

总体风格和个体风格是统一的。无论是时代风格、地域风格还是民族风格,都是在作家个人风格中显现的。

五、素朴与感伤

在 1794 年至 1796 年期间,席勒写作了一篇重要文章《论素朴的诗与感伤的诗》。在西方,这是近代以来,第一篇系统探讨创作方法以及现实主义与浪漫主义的文章。这篇文章对后世的文学理论、美学理论和文学艺术创作实践产生了重大的影响,开启了从理论上专门而又系统地研究文学艺术创作方法的先河。

席勒这篇重要著作的写作与歌德有密切的关系。在歌德与爱克曼的"谈话录"中记载了当时的一些情况:

> 古典诗和浪漫诗的概念现已传遍全世界,引起许多争执和分歧。这个概念起源于席勒和我两人。我主张诗应采取从客观世界出发的原则,认为只有这种创作方法才可取。但是席勒却用完全主观的方法去写作,认为只有他那种创作方法才是正确的。为了针对我来为他自己辩护,席勒写了一篇论文,题为

《论素朴的诗与感伤的诗》。……史雷格尔弟兄抓住这个看法把它加以发挥，因此它就在世界传遍了，目前人人都在谈古典主义和浪漫主义，这是五十年前没有人想得到的区别。[①]

1794 年歌德与席勒两位伟大的诗人开始合作，成为亲密的朋友。就是在这时，二人开始讨论文学艺术的创作方法问题。歌德所谓古典诗、浪漫诗基本上与席勒所说的素朴的诗、感伤的诗意思相同。按照歌德的说法，有关古典诗和浪漫诗、古典主义（即后来所说的现实主义）和浪漫主义创作方法的概念，是他与席勒两人共同提出来的，这些理论上的探讨在当时以及以后的文学艺术史上产生了广泛的影响。

歌德和席勒都谈到"创作方法"问题。什么是创作方法呢？从上面所引歌德的话来看，所谓的创作方法，首先是指创作中处理题材对象时所采取的原则。从客观世界出发的原则就是古典主义或现实主义的，从主观世界出发的原则就是浪漫主义的或理想主义的。这是歌德和席勒所说的创作方法的最初含义。

席勒在《论素朴的诗与感伤的诗》中，把诗分为两种：素朴的诗和感伤的诗，并从人与自然之间的关系角度，深刻揭示了产生这两种诗的根源。他认为人与自然之间存在两种关系，一种是素朴关系，一种是感伤关系。在古典时代，人与自然是素朴关系。所谓素

---

① 爱克曼辑录：《歌德谈话录》，朱光潜译，人民文学出版社，1978 年 9 月第 1 版，第221 页。

朴关系,是指人与自然是统一的,人自身的感性与理性也是统一的。可是,到了近代,人与自然的统一关系被破坏了,人与自然相分离,人自身的感性与理性也处于分离对立之中。素朴的诗就是对自然的模仿,没有任何主观因素,而且不需要什么主观因素,因为人与自然是统一的。

虽然近代以来人与自然相分离,可是,在席勒看来,人是自然的一部分,人离不开自然。人类失去与自然的和谐统一,但人类却希望与自然再度统一,于是,人类怀念自然,这就出现了感伤的诗。

在席勒看来,这种因失去而眷恋,因眷恋而感伤,绝不是什么闲情逸致,而是人类的内在需要:

> 在我们的生活中有些时刻,我们把一种爱和亲切的敬意献给植物、矿物、动物、风景的自然,……并不是因为它使我们的感官感到舒适,也不因为它使我们的理解力或审美趣味得到满足,而仅仅因为它是自然。每个不完全缺乏感受的文明人,当他自由地漫步时,当他生活在乡间时,或者在缅怀古代的时候,简言之,当他在非自然的环境和场合中出乎意料地看到纯朴的自然的时候,就经历着这种情况。这种常见的提高为需要的兴趣,是以对花卉和动物,对简朴的园林,对散步,对农村及其居民,对遥远古代的一些产品等等的广泛爱好为基础的。①

---

① 〔德〕弗里德利希·席勒:《论素朴的诗与感伤的诗》,张玉能译,《秀美与尊严》,文化艺术出版社,1996 年 8 月第 1 版,第 262 页。

席勒在这里提出了一个重要的理论问题。人，文明人，对自然的爱和亲近，不是一种一般的兴趣关系，而是一种需要，是人的一种内在的需要。这是感伤诗的基础。感伤诗就是人类满足这种需要的主要手段。

席勒在探讨了人与自然之间关系的基础上指出，诗人们"或者是自然，或者寻求失去的自然。由此就产生两种完全不同的作诗方法，诗的整个领域都被这两种作诗方法详细阐明和测定着。所有的诗人，……他们就要么属于素朴的诗人，要么属于感伤的诗人"①。

关于作诗方法，根据张玉能先生的译注，原文为 Dichtung Sweise，也可以翻译为文学创作方法。② 我们看到，歌德和席勒在最初探讨创作方法时，是将之与文学艺术的本质联系在一起的。席勒把这样的方法分为两种，素朴的和感伤的，或者称为古典主义的和理想主义的。席勒认为素朴的写实的方法已经成为过去，而感伤的理想的又总是一味地展示情感和思想，因此，他希望这两种创作方法能够结合和统一。在阐述这样的观点时，他使用了"现实主义"这一概念，这是"现实主义"这一概念第一次在文学领域使用。③

五四以后，有关创作方法以及现实主义、浪漫主义等概念传入我国，从此，这样一些术语就开始在中国现代以来的文学艺术领域

---

① 〔德〕弗里德利希·席勒：《论素朴的诗与感伤的诗》，张玉能译，《秀美与尊严》，文化艺术出版社，1996 年 8 月第 1 版，第 280 页。
② 参见《秀美与尊严》，第 280 页译注。
③ 同上书，第 338—349 页。

中被广泛使用。

在新中国成立后的五六十年代和 80 年代,中国曾先后两次在文学艺术领域讨论创作方法问题,其中主要包括现实主义与文学的真实性、现实主义与浪漫主义的结合等问题。80 年代以后,西方现代文化艺术中的思潮、流派和方法被纷纷介绍到国内。人们把这些统称为现代主义和后现代主义。

其实,现代主义和后现代主义是两个复杂的概念,它们既可以指文化的和哲学的思潮,也可以指文学艺术的思潮和流派,还可以指文学艺术的创作方法。

文学思潮流派与创作方法是不同的概念,但是,一种思潮或流派往往与一定的创作方法相关联。席勒最初说古典主义的时候,可以是一种方法,但是从文学史来看,古典主义也是一种思潮和流派。不过,在现代主义的名目下,却包含了很多种创作方法,诸如,象征主义、表现主义、印象主义等等,因此,现代主义即使在指文学艺术的思潮和流派时,也是一个极笼统的说法。

当初,席勒和歌德把到他们为止的漫长的西方文学仅划分出两种创作方法。现代以来,创作方法层出不穷。是世界发展得太快,还是理论自身需要反省?

这首先涉及对创作方法这一概念的理解,从席勒和歌德最初使用来看,是指处理题材对象时的原则,要么从客观出发,要么从主观出发,再加上席勒所期望的二者的统一,也只不过三种。如果从"原则"这一含义来使用创作方法的话,那些现代主义中五花八门的所谓的创作方法不也只能包括在其中吗?要么表现,要么再现,要么摇摆于二者之间。

造成这种混乱有两个原因,一是把思潮和流派与创作方法等同;一是把一些具体的艺术手法与创作方法等同。

文学创作,有原则可守,但无定法可寻。中国古人很讲为文的"通变"之理①,定则易晓,"通变"难为。至于文学创作的具体思维过程更是复杂,这将是下面要探讨的问题。

六、神思与妙悟

在文学创作中,作家的精神活动是一种什么状态?有无规律可循?这些都是文学理论必须回答的问题。

在中国传统文论中,文学艺术创作过程和思维方式的研究成果很丰富,有悠久的历史和传统。五四以后,这个优秀的传统被中断了。中国现代学术中对相关问题的研究,却是从外国传入的。这主要集中在对**形象思维**的研究上。

从西方来看,根据朱光潜先生的考证,在 18 世纪以前,形象思维这个概念还没有出现,但是,这并不等于人们没有思考这一问题,常用的概念一般是"想象",这和后来所说的形象思维是一回事。到

---

① 参见刘勰:《文心雕龙·通变》。

了18世纪中期,在德国,有人开始使用形象思维这一概念,在俄国较早使用形象思维的是别林斯基①。这一概念后来从苏联传入我国。20世纪50年代到60年代,在我国文学艺术界,曾对形象思维进行过讨论,后来"文化大革命"开始,形象思维被彻底否定,坚持形象思维的人也遭批判。"文化大革命"结束,一直到了1978年,《诗刊》刊登了毛泽东在1965年7月21日写给陈毅的一封信,使得形象思维问题起死回生。在这封信中,毛泽东谈道:"诗要用形象思维,不能如散文那样直说,所以比、兴两法是不能不用的。"②此后的一段时间里,许多人写文章,重提形象思维问题,包括朱光潜先生在内。我们看到,其中的一些文章,并没有太深入的理论推进,很大目的是为了恢复一个常识。打破真理很容易,重建和恢复真理有时也并不比寻找真理容易。

近代以来,西方学者对人类思维类型及其发展,有了较深入的研究。其中,对艺术思维研究有较大启发的是,意大利学者维柯的《新科学》,以及法国学者列维·布留尔的《原始思维》、列维·斯特劳斯的《野性的思维》等著作。

在中国,魏晋以降,随着文学艺术创作实践的发展,从理论上对文学艺术创作的思维规律做出总结和研究的著作开始出现。其中,最早对文学创作思维规律做出深入说明的是陆机③。此后,刘勰对

---

① 参见朱光潜:《西方美学史》下卷,第678页。
② 《诗刊》,1978年1月号,第3页。
③ 参见陆机:《文赋》。

此又做出进一步研究①,标志创作思维研究已经达到很高的水平。

文学艺术创作运用形象思维,人类的形象思维是一种什么性质的思维？它与逻辑思维是一种什么关系？形象思维有什么内在规律？我们将在下面对这些问题逐一做出解答。

有一种观点认为,形象思维是一种与逻辑思维相对的感性思维。逻辑思维是一种理性认识,与此相对,形象思维就是一种感性认识。我们知道,从康德以后,人们关于认识有一个很普遍的看法,感性认识是低级认识,理性认识是高级认识,感性认识是理性认识的低级阶段,需要上升为理性认识。如果按照这样的划分,形象思维无疑就成了比逻辑思维低的思维形式。与此相关联,文学艺术就要被降至科学活动以下的地位。在西方美学史上,被尊为美学之父的鲍姆嘉通就持这样的观点。这显然是说不通的。

还有一种观点认为,形象思维与逻辑思维彼此不分高低,同样是人类高级思维形式,与逻辑思维是并列的。所不同的是,逻辑思维使用概念命题推理的形式来认识对象,形象思维使用意象想象来认识对象,同样可以达到本质高度,但是,其思维成果用形象来体现,而不是科学活动的抽象命题。这是目前人们对形象思维较普遍的认识。这种认识,要比第一种观点进步得多。首先,这一观点承认形象思维可以达到本质认识,形象思维是高级思维,这是至关重要的,不然的话,人们将无法为形象思维的成果——文学艺术作

①　参见刘勰:《文心雕龙·神思》等篇。

品——确立一个恰当的位置。其次，这种观点肯定了形象思维的过程和结果都是形象的，而不是抽象的。这可以把文学艺术与科学区分开来。

既然已经把形象思维提到了如此高度，难道还有什么问题吗？

从表面看来，这种观点似乎已经没有问题了。可是，问题的要害是，这种观点把思维的形式与思维的内容割裂开来。文学艺术创作中的形象思维其内容与科学活动中的逻辑思维的内容是相同的吗？二者所追求的真理是同一个真理吗？如果把这样的问题回避了，只是孤立研究形象思维的形式，问题是不会有进展的。

事实上，正如本书第三章已经指出的那样，文学艺术所要把握的内容正是逻辑思维所不能掌握的，正是科学无能为力的方面，甚至海德格尔已经将之凌驾于科学之上，在我们看来，至少是不能被科学所代替的。要是形象思维与逻辑思维面对的是同一个内容，只不过一个用形象，一个用概念，那么文学艺术存在的必要性就真值得怀疑了。

形象思维的性质已经确立，我们就可以以此为前提，进一步思考其内在规律了。

在科学研究中，逻辑思维的能力，以及以逻辑思维为核心的驾驭对象的科研能力，是要经过专门化的培养才能获得。其实，文学艺术创作的形象思维能力，以及以形象思维为核心的驾驭对象的创作能力，也是要经过专门化的培养才能获得。形象思维过程是排斥抽象逻辑思维的，但是，这并不是说文学艺术家可以不学无术，只做白日梦就行了。总的来说，与科学创造一样，文学艺术的创造，同样要有以人文为核心的深厚的心智素养，这包括知识、思想和经验，正像一个从事科学研究的人要有深厚扎实的专业素养一样。中国古人对此有非常深刻的认识：

> 伫中区以玄览，颐情志于典坟。遵四时以叹逝，瞻万物而思纷。悲落叶于劲秋，喜柔条于芳春。心懔懔以怀霜，志眇眇而临云。咏世德之骏烈，诵先人之清芬。游文章之林府，嘉丽藻之彬彬。[1]

置身世界宇宙之中，来深刻观察世界；置身于文化典籍之中，来陶冶情志。在自然界的运动中，感悟喜乐悲哀。洁净心性，高远志趣，颂怀前人功绩，畅游文学美的世界。这些都是为文必备的修养。

刘勰对此又作了进一步简练概括：

> 积学以储宝，酌理以富才，研阅以穷照，驯致以怿辞。[2]

通过不断地学习来积累知识，勤于思考来培养才智，结合自己的生活经验来获得对世界的彻底理解，最后还要训练驾驭文辞以表达情致的能力。这些是一个作家的基本素养。

说到这里，不禁使我们想起严羽来，人们对他以禅说诗，存有诸多误解，最甚者认为它的理论主张是"神秘主义主观直觉"。其实，

---

[1] 陆机：《文赋》。
[2] 刘勰：《文心雕龙·神思》。

严羽同样强调,一个作家要有知识的理性的基础:

> 夫诗有别材,非关书也;诗有别趣,非关理也。然非多读
> 书,多穷理,则不能极其至。[1]

至于严羽所谓的别材别趣,后面再来说明。不过,他把"知"与"思"的作用,已提到无以复加的地步了。

作家有了上述的人文素养,正如科学家有了良好的科研素养一样,就能够从事创造了。

作家如何才能进入创作状态,进行神圣的精神创造呢？这也就是形象思维的起始阶段。在开始阶段,作家必须凝神静气,割断自己与人世间的功利:

> 陶钧文思,贵在虚静,疏瀹五藏,澡雪精神。[2]
> 其始也,皆收视反听,耽思傍讯。[3]

过去,人们囿于对道家思想的成见,认为陆机和刘勰用道家体道来解释创作,是对形象思维的神秘化、非理性化。这种看法是表面的浮躁的。所谓"宁静以致远",作家要想进入高深的美感状态、艺术思维状态,必须做到"净"与"静"。所谓"净",就是抛弃所有的物质欲念和自己的功利,使精神纯净澄明,使心灵疏畅,这也就是"虚"。在这种情形下,就可以回到精神自身,专心精神,这就是

---

① 严羽:《沧浪诗话·诗辨》。
② 刘勰:《文心雕龙·神思》。
③ 陆机:《文赋》。

"静"。所谓"收视反听"，也是为了进入精神的"净"与"静"。

进入了精神的"净"与"静"，于是，"情曈昽而弥鲜，物昭晰而互进"[①]，情思就像旭日由微弱而趋于鲜明，物象就明晰地纷至沓来。于是，人就可以"精骛八极，心游万仞"[②]，就可以"思接千载""视通万里"[③]。此时，精神进入极为活跃的状态，驰骋想象，打破时间和空间的界限，"观古今于须臾，抚四海于一瞬"[④]。精神畅游于生动鲜活可感的物象世界里，所谓"神与物游"[⑤]。

在情思与想象的共同作用下，作家的精神与物象相融合，"登山则情满于山，观海则意溢于海"[⑥]。

以上描述的是形象思维的初始阶段和中间阶段，其中的想象，科学活动也并不排斥，而心理学中把"登山则情满于山，观海则意溢于海"看做是移情，到此为止，形象思维如何是一种高级的思维呢？

最终还是涉及了形象思维与真理的关系问题。**形象思维在情思与想象的作用下，在物我的交融中，最终走向了对真理的把握。**如上所述，文学艺术所把握的真理是逻辑思维不能把握的，也就是说，是概念语言与逻辑推理所不能把握的，用形象思维来把握就更不能是逻辑推理了，形象思维以一种既超越一般感性又超越一般理

---

① 陆机：《文赋》。
② 同上。
③ 刘勰：《文心雕龙·神思》。
④ 陆机：《文赋》。
⑤ 刘勰：《文心雕龙·神思》。
⑥ 同上。

性的独特的心智能力来直接领悟对象的真理,这就是严羽所谓的"妙悟",海德格尔所谓的"去蔽",杜夫海纳所谓的"归纳性感性",[①]宗白华所谓的"最高灵境的启示"。这样的"妙悟",写成作品,是"不涉理路,不落言筌"。[②] 可是,在其思维过程中,要是涉了理路,落了言筌,就根本不能达到对真理的领悟。

形象思维的成果最终以由意象所构造的作品保持下来,这涉及了驾驭语言和布局谋篇的一些能力问题,既与形象思维有关,又不完全是一个问题,此处不去涉及。

形象思维不是神秘的,是有规律可循的,但是,又不是强力所能致的。陆机对此作过精彩的阐释:

> 若夫应感之会,通塞之纪,来不可遏,去不可止。藏若景灭,行犹响起。方天机之骏利,夫何纷而不理。……及其六情底滞,志往神留,兀若枯木,豁若涸流,览营魂以探赜,顿精爽而自求。理翳翳而愈伏,思乙乙其若抽。……虽兹物之在我,非余力之所戮。[③]

作家艺术创作灵感思维的发生是有自身规律。当被触发时,"来不可遏",文思畅达,行云流水。可是,当文思枯竭的时候,虽苦心求索,即使写出文章,也不会有什么艺术水平。

---

① 参见杜夫海纳:《美学与哲学》,第 61—72 页。
② 严羽:《沧浪诗话》。
③ 陆机:《文赋》。

七、结语

作家为我们构造了一个美的世界，一个精神的世界，在这个世界里，人们有更多机会体味精神的含义。作家的创造，不应该仅仅是个人情感和思想世界的展现，而是人类普遍情感和思想的展现。可能有人以为作家为我们创作的就是闲来无事的消遣品，也许有的作家就是在这样的层次上创作。但是，这并不影响作家能创作什么和应该创作什么。

第七章

文学之树是长成的

我们可以证明志与诗原来是一个字。志有三个意义：一记忆，二记录，三怀抱，这三个意义正代表诗的发展途径上三个主要阶段。

——闻一多《歌与诗》

闻一多(1899—1946)，中国现代诗人、学者。

　　文学是在人类文明发展过程中逐渐产生的。文学的发生，就好比一棵树，总要有一个过程。文学大家族中不同体裁样式也是逐渐发展起来的，最初是诗歌，后来逐渐产生了散文小说等新的样式。文学真的好像一棵树，一棵大树，诗歌散文小说等样式，好比是它的枝干。

　　我们把文学比喻为一棵树，而且，它的发生发展，就像一棵树的长成，但是这只是一个比喻，并不意味着主张自然生长论。其实，即使是一棵树，也要有长成的各种因素。文学是在历史中产生的，也是在历史中发展的，这是长成比喻的基本含义。

　　另外，长成的比喻还意味着，在文学起源问题上，不要采取机械论，而要看到文学产生的有机过程，当然，是历史有机论，不是自然有机论。

一、文学的起源

各民族最早的文学形式都是诗歌，因此，文学起源问题，实际上，首先就是诗歌的起源问题。

诗产生的一个最起码的前提，是人类语言的发展。可是，语言的发展，并不一定要产生出诗歌，语言的发展，仅仅是一个前提条件，而不是内在的原因。学者们在考察这种内在原因时，观点发生了诸多分歧，其中有两种观点很有代表性，一种是"工具论"，一种是"表现论"。

据闻一多先生考证，在汉语中，"诗"字有三个含义："一记忆，二记录，三怀抱，这三个意义正代表诗的发展途径上三个主要阶段。"[①]按照闻一多先生的观点，"诗"在最初阶段是为了"记忆"。为什么最初的诗与"记忆"相关呢？闻一多先生作了进一步说明：

> 诗之产生本在有文字以前，当时专凭记忆以口耳相传。诗之有韵及整齐的句法，不都是为着便于记诵吗？所以诗有时又称诵。这样说来，最古的诗实相当于后世的歌诀，如《百家姓》，《四言杂字》之类。[②]

①　《闻一多全集》第 1 卷，三联书店，1982 年 8 月第 1 版，第 185 页。
②　同上。

　　这就是说，语言的押韵和句式的整齐，最初绝不含有任何美的意图，仅仅是人类为了方便记忆而已，这种诗就是韵文。这是一种典型的"工具论"。人类需要记忆的内容有很多，比如，生产生活中的知识和经验，部族的历史，祭祀仪式上的颂辞、祝词，还有占卜的卦辞等等，这些都是以韵文为形式的。对于这种观点，无论提出者，还是我们，都可以在历史文献中找到很多很多例证，以至足以使这种结论成立。

　　在古希腊，除我们熟知的荷马史诗外，在荷马之后，古希腊第一位诗人是赫西俄德。而荷马，是历史上确有其人，还是盲歌手的代名词，类似中国古代的瞽，或是先有其人，然后又成了泛指，这些都是有争议的问题。赫西俄德的作品主要有《工作与时日》《鸟卜》《天文》《大工作》《神谱》等，这些作品可以分成两类：一类是记录生产生活的知识和技术，另一类是记录神和部族的世系①。其中，《工作与时日》和《神谱》已有中译本，并收入商务印书馆汉译世界学术名著丛书。《工作与时日》是第一类的代表作。在这一作品中，记录了每一月甚至每一天，人们该做什么，可以做什么，不可以做什么，什么事在哪一天做好等等。下面随便迻录几行：

　　　　你要注意来自云层上的鹤的叫声，它每年都在固定的时候鸣叫。它的叫声预示耕田季节和多雨冬季的来临，它使没有耕

---

① 　参见《工作与时日》译者序言，商务印书馆，1991 年 11 月第 1 版，第 1—12 页。

牛的农夫心急如焚。

不要在上旬的第十三日开始播种（谷物），但这一天最适宜移栽（植物）。①

在上古有韵语言中，有的也用于巫术的咒语或祭祀时的祝辞：

土反其宅，

水归其壑，

昆虫勿作，

草木归其泽。②

这是中国上古祭祀万物诸神的一首祝词，全用韵语，已粗具诗歌形式。

可以认为，最初的这些韵文，就是日后文学意义上的诗的摇篮。这样，与其执著地认为诗起源于劳动，或者起源于原始宗教，还不如说诗是从韵文演变而来，也就是说，"文学的起源可以归结为韵文的起源"③。

不过，在这些为了记忆而做成的韵文中，有两种形式与诗的最终产生关系更为密切。一种是记忆部族历史的诗史；一种是祭祀仪式的祝词歌。

---

① 〔古希腊〕赫西俄德：《工作与时日》，张竹明、蒋平译，商务印书馆，1991 年 11 月第 1 版，第 14、24 页。

② 《礼记·郊特牲》。

③ 王昆吾：《中国早期艺术与宗教》，东方出版中心，1998 年 6 月第 1 版，第 145 页。

史诗广泛存在于各个民族的早期文化中。古希腊有大部头的荷马史诗,在中国,第一部诗歌选集《诗经》中,有些篇章就是商周的史诗,如《长发》《玄鸟》《生民》《公刘》等。

史诗也往往用于祭祀仪式,在中国先秦,《诗经》中的史诗同时又是祭祀仪式上的祭祀歌。原始宗教的仪式歌,说明诗与音乐的结合。从形式上看,韵文是诗歌发展的最初的基础。押韵以及整齐的句式,意味着最初的形式化,形式化是包括诗在内的所有艺术产生的基础。"韵文对于文学的意义,在于它说明了两个事实:艺术意味着形式化,文学乃以形式化的语言为标志。"[1]

祭祀中的仪式歌,在韵文的基础上,又进一步与音乐相结合,音乐歌唱的形式要求又使祭祀仪式中的祝词在语言形式上有了进一步的发展。如叠章复沓,套语格式等,以及除押韵以外,使语言的音韵更符合歌唱的要求。这使得与音乐结合在一起的歌词获得了新的发展。

在人类文明进程中,随着原始宗教的没落,祭祀仪式歌衰退了,其中的歌词部分就逐步独立出来,成为文学意义上的诗歌了。

仔细分辨,其实,在所谓的"实用论"中也暗含着与"劳动""原始宗教"这些方面的关联。

首先来说一下"劳动"。在文学艺术起源诸种理论中,有一种是"劳动说"。认为文学艺术起源于劳动。如果我们接受了恩格斯的

---

① 王昆吾:《中国早期艺术与宗教》,东方出版中心,1998年6月第1版,第145页。

劳动产生了人本身的观点,那么,文学艺术产生于劳动还有什么疑问呢?但是,有一个问题,从具体的劳动,到具体的文学艺术的形式之间,还有好多中间环节。如果要追问终极原因,那么什么都要追到劳动,因为人就是在劳动中产生的。可是,除了终极的原因外,文学艺术的产生还有更具体的中间环节。比如,为记忆而产生的韵语,为记忆部族历史而把韵语用于史诗,为记忆祭祀祝辞而把韵语用于祭祀。

但是,如果继续追问,为什么韵语就便于记忆。答案可能是节奏,节奏是语音有规律的变化。如果要再继续追问人类对节奏的把握、对节奏的感受从何而来,那恐怕就要追究到人类的生产劳动了,节奏感是在生产实践中产生的。

以祭祀为核心的原始宗教,是上古人类信仰的体现,同时也是集体意识的由来,祭祀是在集体中来进行的。这样,原始宗教就加快了文学艺术发展的步伐,因为原始宗教是人类精神的最初发展,不管是迷信的还是荒谬的,可是毕竟是精神活动,因此也是一种飞跃性的发展,是后来人类意识形态的萌芽。文明时代的文学艺术是精神创造,而这种精神创造,最初就是在有几分荒谬的原始宗教这一精神领域中培养起来的。于是,我们又看到文学艺术的产生与原始宗教之间的关联。

"工具论"还是较为平和,让人们觉得可信,看上去,也符合从实用到审美的发展规律。

与此相对,"表现说"就显得不那么安分了。有一些学者认为,文学艺术起源于人类的"表现"，而不是"传达"，包括"传达情感"。"传达"，实际上就暗含着"工具"的观念，即使是传达感情，而不是传达生产生活知识技术，实际上，也是把文学艺术当作工具，从这种意义上说，文学艺术就是一种工具，因此，"传达感情论"与"工具论"没有什么本质区别。"表现论"认为，文学艺术就是表现情感，表现是它的唯一目的。

在"表现论"中又有两种观点。一种观点认为，诗的起源同语言的起源是一个问题。在语言的起源问题上，也有两种截然对立的观点："工具论"与"表现论"。"表现论"认为，人类的语言起源于情感的表现，而不是"记事"和"交流"。"啊"，就是最初的语言，是表现情感，而不是传达思想和知识：

> 语言，作为意识水平上经验的一个特征，它是随着想象而产生的。……语言在其原始或素朴状态中是想象性的或表现性的，称它为想象性的是说明它是什么，称它为表现性的是说明它做的事情。语言是一种想象性活动，它的功能在于表现情感。[①]

在这种观点看来，最原始的语言就是诗。语言的逻辑功能或理智化的语言是理性后来对最原始语言改造的结果，因此，现在语言也有两种功能，表情功能和表意功能。这样，诗的起源与语言的起

---

① 〔英〕罗宾·乔治·科林伍德：《艺术原理》，中国社会科学出版社，1985 年 11 月第 1 版，第 232 页。

源两个问题就合二而一了。

这种观点在西方近代以来,是一种影响较大的观点。从维柯到克罗齐再到科林伍德,一直贯穿这一思想。维柯说:"在世界的童年时期,人们按本性就是些崇高的诗人。"①在现代,在海德格尔的"语言的道说"里也有这种思想的影子。②

语言最初可能起源于表现,但是,"啊",一个单音节的词语,怎么也无法与诗等同。正是因为这样,另一位表现论者格罗塞开始注意表现如何转向形式化、如何通过形式化而表现情感、最终美的形式如何演变成诗歌的过程:

> 没有一件东西对于人类有像他自身的感情那么密切的,所以抒情诗是诗的最自然的形式。没有一种表现方式对于人类有像语言的表现那么直捷的,所以抒情诗是艺术中最自然的形式。要将感情的言辞表现转成抒情诗,只须采用一种审美的有效形式;如节奏反复等。一个五岁的儿童看见一只漂亮的蝴蝶,就会喊出"啊! 美丽的蝴蝶!"(O'the pretty butterfly!)来表示他发现的喜悦。这个呼声表现一种感情,但不是传达感情,只是为表现感情,所以这个呼声不是实用的;它也不是用一种艺术的有效的形式来表现的,所以也不是抒情的。但是,倘

---

① 〔意〕维柯:《新科学》,朱光潜译,人民文学出版社,1986 年 5 月第 1 版,第 98 页。
② 参见海德格尔:《在通向语言的途中》,孙周兴译,商务印书馆,1997 年 5 月第 1 版。

民國文存
19
中國文學史
林傳甲 著

知識產權出版社

林传甲《中国文学史》(中国第一部文学史)书影

若这只蝴蝶是非常美丽动人，引得那个小孩子反复地作着喜悦呼声，而有合规则的音节，同时使得一个个的字吐出节奏的音调，唱着"美丽的蝴蝶呀！"（O'the pretty but'terfly!）这个呼声就变成歌谣了。[①]

在格罗塞看来，情感可以在一般语言中直接得到表现，但是，这与情感的诗的表现不同，诗的表现要有一个审美的形式。格罗塞认为这种有效的审美的形式，主要有叠章复唱、押韵等。这样一来，在格罗塞那里，迭章复唱、押韵等形式是因表现感情而产生的。"啊！美丽的蝴蝶"，只说一遍不足以表达，于是，就产生了反复迭唱。

中国古代也有与此极为相似的观点。在《乐记》中有一段说明诗歌音乐舞蹈起源的话：

> 故歌之为言也，长言之也。说之故言之，言之不足，故长言之，长言之不足，故嗟叹之，嗟叹之不足，故不知手之舞之，足之蹈之也。[②]

歌，就是语音的延长。一般的说话不足以表达，就把语音延长，语音延长也不足以表达，就叠章复唱，再不足以表达，就手舞足蹈。这一观点后来在《毛诗序》中又得到了精练的表述：

> 诗者，志之所之也，在心为志，发言为诗。情动于中而形于

---

① 〔意〕格罗塞：《艺术的起源》，蔡慕晖译，商务印书馆，1984年10月第2版，第176页。

② 《礼记·乐记·师乙篇》。

言,言之不足,故嗟叹之,嗟叹之不足,故永歌之,永歌之不足,
不知手之舞之、足之蹈之也。①

"工具论"与"表现论"相持不下,都能找到说服人们的理由。看
来,文学艺术的起源,真是一个复杂的问题。文学是逐步产生的,也
许表现和实用都起了作用,这里不是在宣扬一种多元论,但是,文学
是逐渐"长成的"。正像关于文明起源的争论一样,过去为了坚持
"一元论",就认为是从一个中心起源然后向周围传播,可是来自于
田野考古的发现,一次又一次无情地推翻了人们坚信不移的看法。
其实在文学起源问题上,与其争辩一个一元的结论,还不如扎扎实
实地考察原始艺术的实际情况,进而来理解文学"长成"的过程,过
程是复杂的,结论总是简单的,甚至是粗暴的。

二、文学体裁的几个理论问题

随着文学的发展,不仅作品的数量越来越多,而且,作品之间也
显现出程度不等的差异,于是,类型划分的问题出现了。人们对文
学作品进行类型划分,是人们认识文学的必然要求。

到目前为止,人们常用的概念有"类型""体裁""样式""文体"
"种类"等。从文学史上已经做出的分类来看,体现了从简到繁的变

---

① 《毛诗序》。

化过程。

现在，一提到文学分类，人们普遍认为中国最早的文学分类是"二分法"。所谓"二分法"就是把所有的文章按有韵无韵分为"文"和"笔"两类：

> 今之常言，有文有笔，以为无韵者笔也，有韵者文也。①

刘勰所区分的文、笔不是纯文学意义上的划分，而是对所有文章的分类。他所说的"文"大致相当于文学，但有的不是；所说的"笔"大致相当于一般文章，但其中有的也具文学色彩。这是一个对所有文章的划分，实际上，在《文心雕龙》中，刘勰一共区分出三十五种文体，把这三十五种文体分为两个大类，这三十五种文体的划分多半是从文之所用来做出。

其实，把"二分法"当成中国最早的文学分类是一种误解。在先秦时期，文学的分类实际上已经开始，把文学分类向后推得很晚，甚至推到刘勰时代的"文笔"之分，是不符合事实的。在《周礼》中记载了中国文学分类的最早情况：

> 大师……教六诗，曰风，曰赋，曰比，曰兴，曰雅，曰颂。以六德为之本，以六律为之音。②

所谓文学分类，就是在**文学内部**的分类。"六诗"的分类不正是

---

① 刘勰：《文心雕龙·总术》。
② 《周礼·春官·在师》。

在文学内部的分类吗？所谓文笔之分却不是在文学内部的分类，人们总认为中国人纯文学的观念产生得很晚、很长时间内文笔不分。其实，先秦的"诗"的观念，虽不是纯文学观念，"诗"中还包括乐和舞，但却是纯艺术的观念。六诗之分，是一种地地道道的文学分类。在今本《诗经》中，只有风雅颂三个种类，至于六诗如何演变为"三诗"，"六诗"与"三诗"之间是什么关系，这是一个复杂的学术问题，在此无法涉及，存而不论，我们只关心这种分类的事实本身就够了。

　　有人认为，"六诗"或"三诗"之分，只是诗歌以内的划分，还不能看做是文体划分。其实，这更是一种错误的看法。首先，即使是诗歌内部的分类，也是文学分类。其次，"诗"在先秦是一个大的概念。有些人只认为古希腊的"诗"是大概念，包括"戏剧"，其实，古希腊的"诗"，也是指"韵文"，的确包括戏剧，但古希腊的戏剧也是韵文的，从语言形式上说它是"诗"，也不会有太大问题；有些人只知道古希腊的"诗"包括戏剧，而不知道中国先秦的"诗"，也包括戏剧的成分，其中，《诗经》的三颂，有一大部分是有舞容的，有诵词有舞蹈有音乐，不是"戏剧"是什么？比如，《诗》中的《大武》组诗，是一部有具体情节的歌舞剧。

　　在亚里士多德的《诗学》中，把诗分为两类，史诗和戏剧，史诗相当于叙事诗，而没有论及抒情诗，因为亚里士多德的《诗学》是残篇，所以有的学者推测讨论抒情诗的部分可能佚失了，但也有学者认为抒情诗在古希腊属于音乐，所以不被亚里士多德论及，佚失部分讨论的可能是喜剧。①

有的学者认为,亚里士多德的残篇《诗学》只有"二分":戏剧与叙事诗,而最早明确提出叙事诗、抒情诗和戏剧"三分法"的是 18 世纪的歌德。②

抒情诗、叙事诗和戏剧"三分法"的明确表述也许较晚,但是,事实上,在古希腊"三分法"基本上是存在的,克罗齐认为"三分法"肇始于柏拉图。③

从西方"三分法"来看,起码抒情诗与叙事诗是在诗以内划分的,其实,最初的戏剧也是韵文。对比说来,中国先秦的"六诗"或"三诗"之分,不正与古希腊的"三分法"如出一辙吗?

在我国,有人把"三分法"中的抒情诗叙事诗的"诗"去掉,变成了叙事类、抒情类、戏剧类,这样一来,似乎解决了在"诗"以内划分的矛盾,可是,叙事类、抒情类和戏剧类的说法又带来了新的矛盾,戏剧类不也可以叙事吗?其实,还不如**叙事诗、抒情诗**和**戏剧**的说法严谨。

一方面,"三分法"的分类标准并不统一。另一方面,随着文学的发展,一些新的文学种类在不断诞生,"三分法"也难以囊括新的

---

① 参见罗念生:《诗学》译后记。

② 参见埃米尔·施塔格尔:《诗学的基本概念》译者序,中国社会科学出版社,1992年 6 月第 1 版。

③ 参见贝尼季托·克罗齐:《作为表现的科学和一般语言学的美学的历史》,王天清译,中国社会科学出版社,1984 年 7 月第 1 版第 73 页,另参见柏拉图:《理想国》卷三。

文学种类,因此,"三分法"逐步被打破,一些更为细致更为实际的划分出现了,比如,把文学分为诗歌、小说、散文、戏剧文学、影视文学。

文学种类的划分,体现了人们企图对文学进行整体认识和寻求规律的理论要求,这种要求是人类求知欲的正常的要求。从客观上说,文学种类的划分,确实有助于人们对文学的认识。

可是,理论在对文学进行种类划分的时候,一直面临着两个问题,一个是,所有的划分都是对到目前已有的文学的划分,而新的文学类型在不断产生,而且,有时文体之间的界线也很模糊,所以,致使这种理论划分很被动很尴尬。谁也无法对不存在的东西进行分类,所以这种被动还是可以被人理解的。

分类所面临的另一个问题更为棘手。分类,当然是分出种类,可是,要分出种类,就要确立不同种类之间的界线,这就意味着对不同种类做出界定,而每一种界定就是一种规范。比如,亚里士多德说,"**悲剧**是对一个严肃、完整、有一定长度的行动的模仿"①。亚里士多德的界定,后来就成了悲剧规则。其实,任何一种种类划分以及所谓的种类规则,都是建立在已有的文学作品基础上的经验分析,而不是先入为主的规则,事实上根本不存在先入为主的规则。克罗齐认为,"以亚里士多德为代表的错误在于把抽象和经验的分

---

① 〔古希腊〕亚里士多德:《诗学》,罗念生译,人民文学出版社,1962 年 12 月第 1版,第 19 页。

析变成理性的概念"①。

无论是理论家把自己的种类概念当作规则,还是别人把他的种类概念当作规则,实质上没有多大不同,其结果是对文学发展所带来的负面影响。文学是自由的精神创造,如果按照一定的规则去创造,可想而知,会是什么样子。我们知道,在西方文学史中最极端的例子就是"三一律"。"**三一律**"无疑是对创作的禁锢,除扼杀作家的创造力外,剩下的就是一大堆公式化模式化的作品了。这种极端的情况在新中国成立后的"文化大革命"时期,也是很普遍的事情。

文学的发展,不仅是对现有理论规则的超越甚至反叛,而且,也是对现有作品模式的超越和反叛。在文体模式上,作家总是与理论家处于对立之中。作家的创造力与种类规则的规范力度之间是一种反比关系。

理论当然也不甘示弱。可是,又有什么好的办法呢?诚如克罗齐所说,理论面对文学体裁或样式的发展变化,只好"妥协和扩充"②。所谓妥协,就是理论对作家创作实际的默认。所谓扩充,就是理论把默认的新的体裁的形态再度抽象出规则,然后添加到已有的规则中去,使之能够涵盖变化了的体裁形态特征。"每一部真正的艺术作品都对既定类型有所偏离,结果弄得批评家手忙脚乱,不

---

① 〔意〕贝尼季托·克罗齐:《作为表现的科学和一般语言学的美学的历史》,王天清译,中国社会科学出版社,1984 年 7 月第 1 版,第 273 页。
② 同上书,第 276 页。

得不扩大类型的定义范围。"①

　　理论与创作之间的这种关系，在文学史上是司空见惯的事情。人们知道，在中国古代文学史中，"词"这种文学种类刚出现时，也是不被看好的，不仅理论上，而且一些诗人本身也是另眼相看的，"词"被称为"诗余"。可是经过柳永和苏轼这些大家的创造，哪个理论家不刮目相看？

　　体裁样式的发展是复杂的。一种新的体裁样式类型一经产生就具有稳定性，但是，稳定性也可以转变成惰性，这种惰性就是阻碍作家传达思想和情感。这时，作家创新文体的欲望最强烈。

　　于是，作家就冲破固有模式，大胆创新。另一方面，也应该看到，体裁样式的发展也是社会审美意识发展在文学领域的曲折体现。但是，所谓曲折体现，就是要经由作家的中介。

　　文学史上，体裁样式的发展是不平衡的。总是体现出消长起伏的发展势态，荣耀的样式，不一定永远荣耀，被冷落的样式，不一定永远被冷落。在中国文学史上，诗在相当长的时间内都处于文学的中心位置。**小说**，最初是不入流的。从"小说"的名称就可以想知它的低微了。可是，从中国文学以至世界文学，都可以看到，诗的发展轨迹是一个倒抛物线，小说的发展是处于上升状态。**诗的衰落是一个世界性的现象**，特别是在现代社会里。有的学者认为，**抒情诗所**

---

①　〔联邦德国〕H. R. 姚斯、〔美〕R. C. 霍拉勃：《接受美学与接受理论》，周宁、金元浦译，辽宁人民出版社，1987年9月第1版，第99页。

赖以存在的社会基础已不复存在了,这是一个散文化的时代。

在传统的文学样式之外,新的边缘性的文学种类也在产生。在广播普及的时代,就产生了**广播剧**,在影视普及的时代,就产生了**影视文学**,而且,除**电视剧**外,电视文学的新种类还不断产生,如**电视诗、电视散文**等,在数码网络到来的当代社会,新的文学种类还在诞生,文学种类是开放的,面向未来的。

从上述可以看出,一方面作家在不断地创造,社会在不断地发展,致使文学的种类样式也在不断地发展变化。另一方面,理论家总是千方百计地寻求文学体裁样式的规则、规律,两者之间的关系常常紧张。理论的研究是必要的,作家的创造更是不可少的。所以,应该在理论自身的范围内进行反思,第一,样式理论的目的是规范性的,还是描述性的。第二,样式理论在方法上应该将共时方法与历时方法相结合。

先说第一点。就一般的理论来说,寻找普遍性是认识事物的一种基本目标。现象世界是纷繁复杂的,瞬息万变的,人们总是希望找到现象背后的普遍规律,这是无可非议的,这也是人类认识水平达到高级阶段的标志,科学在这方面已经取得巨大的成功。可是,文学种类理论面对每一部都不相同的文学作品,是否真能找到普遍规则。即使找到了一定的规则,也无法规范未来的创造。

共时方法与历时方法的统一,可以在一定程度上缓解种类理论所面临的困境。共时研究,可以最大限度满足寻求普遍性的愿望,找到文学中更为稳定的更为普遍的要素。历时研究,可以充分注意到文学样式在历史中的发展和变化,并且,一反只寻找规则的愚蠢做法,把文学样式演变规律作为理论的重要组成部分和目标。

三、诗歌

从现存的文献来看,世界上各民族的文学都是以诗为开端的,而诗最初又是与音乐甚至舞蹈结合在一起的。最初的诗在语言上都是韵语,但是,是不是最初的韵语只有诗?换言之,是不是所有的韵语都是诗?用韵语写成的文章叫韵文,以之与散文相对。韵语的产生应该在韵文之前,在没有文字的时候就已经产生了韵语①。最早的韵语可以用来记事,未必都是诗。即使到了韵文产生的时候,也不是所有的韵文都是诗。我们知道,《老子》全用韵语写成,《庄子》《荀子》等子书中也有部分韵语,王国维和郭沫若曾对周代的金文做过韵读,但是,这些韵文并不是诗。

人类最初的诗是用韵语作的,但是用韵并不是诗所独有的现象。因此,可以推知,用韵并不是诗最本质的东西。现代诗的语言形式自由化,也恰好证明了这一点。

什么是诗最本质的东西呢?从最早的诗来看,在形态上是与音乐统一的,汉语"诗歌"一词,还保留了这一原始情况。**音乐的形态**

---

① 参见王力:《汉语诗律学》,上海教育出版社,1979 年 11 月新 2 版,第 1—3 页。

特征,在一定程度上决定了诗的形态特征,如叠章复唱、押韵等,这只是语言形式上的。

音乐在本质上是什么?是声音吗?如果我们把声音看做是物质的东西,很显然,声音对于音乐来说,只是媒介手段,**音乐在本质上一定是超越声音的**。"音乐是感觉,而不是声音"[①],音乐通过节奏和韵律而造成一种精神感觉。在诗与歌的统一中,包含了两种艺术的功能,一种是通过语言来完成,一种是通过声音来完成。不同的声音节奏和韵律,会唤起不同的精神感觉,在中国先秦,音乐有所谓雅音、郑声之分。雅音是周都城及京畿地区的音乐,郑声是郑国的音乐,这两种音乐有什么不同呢?"中正则雅,多哇则郑。"[②]雅音的节奏和韵律中正平和,郑声多变调,节奏和韵律不中正。后来,诗从音乐中分离出来,音乐的要素就转变成语言上的叠章复唱的结构和押韵的语句。诗歌中的语言方面在**与音乐分离**后,获得了更专门的发展,这就是语言的**隐喻**和**象征**。

这时,诗已经把音乐的通过节奏韵律造成精神感觉的功能与诗自身的通过语言隐喻象征造成精神领悟沟通的功能集于一身,海德格尔把诗看做是最高的艺术,是艺术的艺术,即艺术的本质[③]。

---

① 〔法〕雅克·马利坦:《艺术与诗中的创造性直觉》,刘有元等译,三联书店,1991年10月第1版,第218页。

② 《碧鸡漫志·卷一》。

③ 参见海德格尔:《艺术作品的本源》。

诗的发展实际上走了一条把音乐逐步"内在化"的道路[①],这一点已从现代诗的自由化中得到说明。

在诗的发展中,不仅是与音乐分离,而且还应该看到,诗**与记事的分离**。在中国先秦,这带来史学的发展和繁荣,而诗的记事功能进一步萎缩,也许情况正是相反,由于史学的过早繁荣,才使得中国的史诗不发达。但是,无论哪种情况,诗的叙事功能在逐步减退,叙事诗走的是一条下坡路。当诗从这些外围功能中走出来,诗自身的本质功能开始长足发展,这也就是闻一多先生所说的诗的第三个发展阶段。

现代诗几乎与抒情诗是同义的,体制一般都比较短小,隐喻与象征是主要手段。

这是诗的大致发展过程。其实,诗中最本质的东西,并不是到了现代才有的,应该说在它被称为诗的那个时候就具有了。有的学者从主体、从人来说,认为是高级的感性直觉:

> 谈到诗,我指的不是存在于书面诗行中特定的艺术,而是一个更普遍更原始的过程:即事物的内部存在与人类自身的内部存在之间的相互联系,这种相互联系就是一种预言(诚如古人所理解的;拉丁文"vates"一词,既指诗人,又指占卜者)。在这一意义上,诗是所有艺术的神秘生命;它是柏拉图所说的"音

---

① 参见雅克·马利坦:《艺术与诗中的创造性直觉》,刘有元等译,三联书店,1991年10月第1版,第215页。

乐"(mousikè)的另一个名字。①

按照这样的理解，**诗在本质上是一种高级的心智活动**，这种心智活动能够洞见人与世界之间的内在联系，沟通人的精神与世界的联系。从这种诗的观念出发，我们来看一看原始宗教中的诗。中国古人说："动天地，感鬼神，莫近于诗。"②这里所说的是在祭祀仪式中歌诗的功能。诗为什么会有如此威力？实际上，这正是诗沟通人与世界之间联系的最好说明。所以，原始宗教中的诗，不是一般的韵语，而是有魔力的韵语，"鼓天下之动者存乎辞"③。

诗的这种领悟或把握人与世界之间联系的心智活动，既是感情的也是理智的，而且是两者的统一。这种统一不是事后的统一，即不是情感与理智分割后的统一，而是事先的统一，即感情与理智未分以前的统一。这种特殊的心智状态能够领悟人的本质存在的意义，使人的精神在有限世界中生长起来。

海德格尔则从诗人、作品、读者三个方面来解释诗，认为诗是真理的建立：

> 艺术是真理设入作品，是诗。不仅作品的创造是诗，而且这种作品的保存同样也是诗，尽管它以自己的方式。因为作品在其现实影响中作为作品，只是当我们移出惯常性，进入作品

---

① 〔法〕雅克·马利坦：《艺术与诗中的创造性直觉》，刘有元等译，三联书店，1991年10月第1版，第15页。

② 《毛诗序》。

③ 《周易·系辞》。

揭示的所是之中时，才可能，于是我们自身的天性立于所是的真理之中。

艺术的本性是诗，诗的本性却是真理的建立。①

从作家诗人来说，作品的创造过程是"诗"，这与雅克·马利坦所界定的"诗"相似，是一种创造的精神过程。从作品本身来看，作品以其自己的方式保存存在之真理，正如科学著作保存着科学知识一样。从读者来看，面对诗，必须从日常的意识思维中走出来，才能领悟作品中的诗的真理，所以，诗总是超凡脱俗的，"肉眼俗身"总是不会进入诗的世界。

无论说诗的本质是存在真理的建立，还是说诗的本质是创造性的精神直觉，就其对人与世界关系的把握上是一致的。在诗的这种直觉中，人们往往非常强调想象的作用。的确，想象在理智与情感之间确实是一种重要的心理要素，但是，除想象外，还有感觉、回忆等同样是重要的。瑞士美学家埃米尔·施塔格尔（Emil Staiger，1908—1987）把抒情作品的本质归纳为"回忆"②。

埃米尔·施塔格尔用歌德那首著名的《漫游者夜歌》作了说明：

一切山峰上

是寂静，

---

① 〔德〕M. 海德格尔：《艺术作品的本源》，彭富春译，《诗·语言·思》，文化艺术出版社，1991 年 2 月第 1 版，第 69—70 页。

② 〔瑞士〕埃米尔·施塔格尔：《诗学的基本概念》，胡其鼎译，中国社会科学出版社，1992 年 6 月第 1 版，第 1 页。

> 一切树杪中
>
> 感不到
>
> 些微的风;
>
> 森林中众鸟无音。
>
> 等着吧,你不久
>
> 也将得着安宁。①

歌德的这首诗,被梁宗岱先生誉为德国抒情诗中最伟大最深沉的一首。② "此诗歌德于 1780 年 9 月(时年 31 岁)写于 Gickol-haan 山上一木屋墙上。33 载以后,老年之歌德重游此地,重读此诗,觉此诗中意境,更能领略,不禁泪下。"③

埃米尔·施塔格尔用这首诗来说明抒情诗的"回忆"本质,真是太恰当不过了。诗中没有不安分的想象,只有感觉和对感觉的回忆,甚至还有海德格尔所说的"思"。

这不禁使人想起陈子昂《登幽州台歌》:

> 前不见古人,
>
> 后不见来者。
>
> 念天地之悠悠,

---

① 这里采用的是宗白华先生的译文,见《宗白华全集》第 4 卷,第 2 页,题目译为《游行者之夜歌》。

② 梁宗岱:《诗与真·诗与真二集》,外国文学出版社,1984 年 1 月第 1 版,第 33 页。

③ 宗白华先生译后记,见《宗白华全集》第 4 卷,第 2 页。

独怆然而涕下！

一说到诗，似乎只有想象，其实这是一种误解。想象与回忆也并不矛盾。回忆精神深处的感觉和感悟，不也是人们常说的再现性想象吗？

事实上，狂热的想象甚至幻想并不是诗，正像我们所知道的，文学艺术离不开情感，但情感本身并不是艺术。"诗不只是此在的一种附带的装饰，不只是一种短时的热情甚或一种激情和消遣。……诗乃是对存在和万物之本质的创建性命名——绝不是任意的道说。"①在海德格尔看来，诗甚至是一种"思"。当然，海德格尔所说的"思"不是一般的逻辑推理；海氏认为，西方人正是错误地把"思"与逻辑推理、科学求证相等同。

"回忆"与"思"是相连的，回忆是人类精神性存在的特征，在回忆中人类确证了人类之所是。

说到此，诗的形式与技巧问题就是一个不可回避的问题了。艺术的形式化是艺术发展的必然结果，诗也不例外。面对诗的发展史，人们总能总结出一些成为定式的形式模式与技巧模式。

诗的最明显的语言形式上的音韵问题，在上述简括诗的演变时已经讲到，诗的音韵是由于最初与音乐的特殊关系而产生的，在现代诗中，音乐性已经内化于诗的内在本质中。

---

① 〔德〕海德格尔：《荷尔德林和诗的本质》，孙周兴译，《荷尔德林诗的阐释》，商务印书馆，2000年12月第1版，第46—47页。

　　除音韵外,诗的另一个形式模式问题就是传达方式。西方现代文论中,有的学者将之归结为"意象""象征""隐喻"等范畴。这些概念既有区别,又有联系,但都指向了诗的表达模式问题。① 为了便于切入问题,还是从中国人熟悉的"赋比兴"说起。

　　在中国传统诗学中,赋比兴的概括出现得很早。赋比兴之说最早见于《周礼》。"比",就是比喻,"兴",是象征,"赋",是铺陈叙述。就比喻来说,是所有语言表达都可以使用的。比的目的是,把事物更形象生动地说清楚,在科学的文章里完全可以使用。因此,比喻不是诗最本质的东西,仅仅是一个外在的方法而已。比喻的喻义是明确的,不然就不是比喻,而要转向象征了。比喻的喻义基本上是一对一的,比喻是一般修辞学层次的概念,而不是美学和诗学层次的概念。孔子说诗的时候,只讲"兴",而不讲"比",这不是偶然的。比喻在诗中过多地出现,是艺术水平低下的表现。所以刘勰说:"日用乎比,月忘乎兴;习小而弃大,所以文谢于周人也。"②"兴",作为象征,并不是在修辞学层次上。换言之,**象征只有在文学艺术中才能使用,是文学艺术的专利**,这与比喻是不同的。刘勰说,"观夫兴之托谕,婉而成章;称名也小,取类也大。"③所谓称名小取类大,就是象征所包含的意义是丰富的复杂的,而不是一对一的。象征或"兴",要有意象,这就涉及意象问题。意象的诞生,也如同选择比喻的形

_____

　① 参见韦勒克、沃伦:《文学理论》第 15 章。
　② 刘勰:《文心雕龙·比兴》。
　③ 同上。

象一样吗？有的学者认为，**比，是心在先，物在后；兴，是物在先，心在后**。也就是说，比是先有了要表达的内容，然后去选择一个形象来表达；兴是先没有一个要表达的内容，而因为事物的引发，才有的。这样的解释是有道理的。"兴"或象征并不是作为一个工具被使用的，"兴"或象征实际上是在人与世界的精神"交往"中产生的。诗中的意象，并不是想象的拼凑，而是精神片断的回忆，"关关雎鸠，在河之洲"，绝不是什么套语。诗不是做出来的，而是从心底流出来的。这与诗最初与音乐一体是一致的，最初的诗歌是从心底唱出来的。有的学者认为早期诗歌比如中国的《诗经》中有大量的套语，并认为，越早的诗歌，套语的使用就越多。其实，这是一种误解，套语在民歌中是存在的，也不排除《诗经》中有套语的存在。但是从发生学的角度讲，恰恰相反，最早的诗不可能是用套语创造出来的。套语的使用，应该是在诗歌有了一定的发展之后的事情。套语是一种把诗技术化的结果，也是走向僵化的表现。

象征或"兴"不是一种技术化的活动，而是精神与世界交流活动本身，因此，"兴"或象征**是更能说明文学艺术本质的东西**。

人们对于"赋"，即纯粹的铺陈和叙述，并不看好，认为除音韵外对于诗来说就是意象和象征，认为纯粹的诗，就是象征。这种看法是片面的。在此，我们再次回味一下歌德那首著名的诗：一切山峰上／是寂静，／一切树杪中／感不到／些微的风；／森林中众鸟无音。／等着罢，／你不久／也将得着安宁。在这首诗中，意象不少，但是，也很难说这首诗就是象征。诗中只不过是最朴素的最平和的叙述，把

唐·王维 《江干雪霁图》

自己精神感觉的片断叙述出来。更典型的是王维的《鸟鸣涧》：

> 人闲桂花落，夜静春山空。
>
> 月出惊山鸟，时鸣春涧中。

这首诗只不过把世界的静写出来，或者叙述出来，意象也不少，可是也很难说就是象征。所以，一种纯朴的"叙"，也同样达到了诗的最高境界，如海德格尔所说的存在真理之建立，存在去蔽之澄明。因此，海德格尔把诗看成是对存在的命名，而不是重复"象征说"的老调子。诗人的命名，就是对存在的道说，道说出存在如其所是的去蔽状态，在这种道说中，一切技巧都是外在的非本质的，构成诗的本源的是存在真理的设入作品中，而不是别的。诗人在不断地命名，不断地"道说"，世界在不断地向人敞开，存在真理之去蔽澄明不断地设如作品：

> 月落乌啼霜满天，江枫渔火对愁眠。
>
> 姑苏城外寒山寺，夜半钟声到客船。[①]

诗人写了什么？是月、乌、霜、枫桥、渔火、钟声吗？是，又不是。世界已经呈现了，人的精神感觉就在其中。这些意象是比喻，抑或象征？诗人精神感觉的片断与这些意象是不能分开的，人们总是想分析它是比喻还是象征，其实：

---

① 张继：《枫桥夜泊》。

　　阐释分割了起源时不可理解地是"一"的东西。阐释也永远不可能揭开这个谜。这种原本是"一"的状态比最敏锐的嗅觉所曾觉察到的更加"亲密无间",就像一幅面容比任何相面术的说明更富于表情,就像一个灵魂比心理学的任何解释更深奥。[①]

　　我们有了对这种"一"的状态的理解,就可以进一步理解诗中语言缺少"关联性"的问题了。有人把这种现象叫做诗歌语言的"跳跃性",通过上面的分析,可以知道,这种"跳跃"或缺少"关联",正是这种"一"的结果,而不是学了什么作诗法后,做出来的。我们在前面曾提到过杜甫的名句:"高城秋自落"[②],秋是时间概念,是季节概念。秋的季节,树叶黄了,落了,于是,秋也是具体的,"落"和"秋"是连在一起的。是精神感觉的整一,造成了这一切,不是有意为之,更不是省略。

四、小说

　　小说这一体裁的产生要比诗歌晚,但是,叙事的产生要早于小说。人类最早的诗歌中有叙事诗,其中部族史诗是长篇叙事诗。诗

---

　　① 〔瑞士〕埃米尔·施塔格尔:《诗学的基本概念》,胡其鼎译,中国社会科学出版社,1992年6月第1版,第4页。
　　② 杜甫:《摩诃池泛舟作》。

的这一叙事功能,后来让位于历史著作了。在正统的史书以外,志事写人的文章也在民间存在。所以,小说样式虽然产生较晚,但是其渊源甚早。

在中国,小说一词最早见于《庄子·外物篇》:"饰小说以干县令,其与大达亦远矣。"庄子此处所说的小说,不是后世作为一种文体的小说,而只是琐碎或无关宏旨的言谈。不过,庄子在《逍遥游》中,讲到了"齐谐""志怪":"齐谐者,志怪者也。谐之言曰:'鹏之徙于南冥也,水击三千里,抟扶摇而上者九万里。去以六月息者也。'"到了汉代,《汉书·艺文志》将小说家列于诸子之后:

> 小说家者流,盖出于稗官。街谈巷语,道听途说者之所造也。①

魏晋南北朝出现了大量的志人、志怪小说,是中国小说发展的重要阶段,后又经唐传奇、宋话本,到明清,小说已经蔚为大观,体裁样式已经成熟。

小说的渊源不仅早,而且很多。庄子讲的志怪、街谈巷语的"小说",以及神话、先秦诸子的寓言等都是小说的直接来源。此外,《史记》等伟大史书的叙事成就也是中国小说的艺术基础。

在西方,现代文体学意义上的小说"是近代的产物",主要有两

---

① 《汉书·艺文志·诸子略》。

个模式,"传奇"和"小说"①。所谓小说,就是真实的描绘;所谓传奇,就是虚构荒诞离奇的故事。

在中国,小说出身低微。到了明清,虽说小说已经达到相当高的艺术水准,可是在正统的文化与艺术观念中,小说仍然是不入流的,是"闲书"。到了鲁迅的时代,在"三味书屋"里也只能偷偷地看这些"闲书"。到了现代,由于小说与现代娱乐结合,而产生了各种各样的消闲作品,小说的名声也不太好。即使"在美国,有一种由学究们所传播的流传已久的观点,认为阅读非小说的著作是有教益的,而阅读小说则有害无利,充其量也只能使人自我放纵"②。

从小说的产生到发展来看,这种样式是建立在志人叙事基础上的。从一开始,志人叙事就有两个走向:一个是纪实,一个是虚构。沿着这两个方向,后来当小说样式成熟起来时,就是所谓现实主义的和浪漫主义的。这两个走向并没有本质上的界线,表面看来,它们的区别是现实和幻想,但是,无论是现实主义的还是浪漫主义的,实际上都是小说家的艺术创造。小说中的世界,是一个异于现实世界的世界。如果说它们还有什么区别的话,那么"它们的区别并不在现实与幻想之间,而在于对现实各持有不同的概念,对幻觉各有不同的模式而已"③。把小说当成绝对真实的纪录与把小说当成绝

---

① 韦勒克、沃伦:《文学理论》,刘象愚等译,三联书店,1984 年 11 月第 1 版,第 236、241 页。
② 同上书,第 236 页。
③ 同上书,第 238 页。

对的幻想,这两者对于认识小说的真正本质都是有害无益的。那些明确以娱乐为目标的小说,并不能代表所有的小说,更不能代表小说作为一种样式的本质。

在本质上,无论所谓写实的还是虚幻的,都是创造。"伟大的小说家们都有一个自己的世界,人们可以从中看出这一世界和经验世界的部分重合,但是从它的自我连贯的可理解性来说它又是一个与经验世界不同的独特的世界。"①这是对小说这一文学体裁的基本定位。

与诗歌的瞬间直觉创造相比,小说的创造被人理解得不够充分,要么就是流水账一样的纪录,要么就是妄想。其实,**小说的构造更需要作家心智的美学的能力**。从整个故事的构造与人物的塑造,到选择一种合适的叙事方式把故事讲述出来,这还不涉及语言的驾驭能力,这个过程已经是一个非常高的美学创造过程了。

人们在分析小说构造的组成要素时,区分出**情节**、**人物**和**环境**三种要素,现在看来,这样的区分作为最基本的区分还是准确的,也是必要的,从小说的整体构造来看,的确是由这三种要素组成的。当然,这种区分并不妨碍对小说做出更深入的研究。

作家所构造的故事是在情节中展开并完成的,情节成了作家构造小说世界的基本依托。总的来说,情节是事件或故事的自然过

---

①　韦勒克、沃伦:《文学理论》,刘象愚等译,三联书店,1984 年 11 月第 1 版,第 238 页。

程,是故事在时间中的展开。在这一过程中,事件或故事按照时间和逻辑顺序进行,有开端、发展和结束。同时,在这一过程中,人物的性格和思想也一点一点逐步展露出来。

在人们对情节进行分析时,遇到的一个最大的问题是情节与作品的"结构"是不是一种东西,或者说,在这两者之间是否有必要做出区分。

在韦勒克、沃伦的《文学理论》中,他们二人在"情节"与"结构"之间,没有做区分,把情节与结构看做是同一种东西,认为小说的情节和结构是由更小的叙事结构所组成。①

所谓**结构**是作家对作品的整体安排和构造。杨义先生认为,"结构"首先是动词性的,其次才是名词性的,即这个"动作"的结果在作品中的"结构"。② 既然结构是作家对作品的构造和安排,当然就应该包括对情节的安排。在作家对情节的安排和情节自身之间是否可以做出区分呢? 让我们来看一下鲁迅先生的小说《祝福》:小说的开篇写的是祥林嫂的悲惨结局,接下来写了祥林嫂一生的悲惨遭遇。如果按照事件的自然发展和过程来看,结局无论如何也不能在先。事件有一个自然的过程,作家的叙述又会做出美学上的安排。先写祥林嫂的结局,应该是一个结构问题,而不是情节问题,情节是事件的原始的自然的过程。但是情节与结构之间的关系是紧

---

① 参见韦勒克、沃伦:《文学理论》第 243 页。
② 杨义:《中国叙事学》,《杨义文存》,第 1 卷,人民出版社,1997 年 12 月第 1 版,第 34 页。

密的,甚至有的时候真的难以分开。如果我们用"事件"这个概念来代替"情节"这个概念,可能更容易让人觉出它们之间的区别。把"事件"定义为一个自然的发展过程,更容易让人接受。把"情节"定义为一个自然的发展过程的确不妥。如果"情节"不是指事件的自然过程,那么它就不仅与结构有关,而且也与作品的其他方面有关。

结构是作家对包括情节在内的整个作品的安排,其中情节是作家安排的重点。结构安排的主要方面包括:第一,作家对事件发展顺序的安排。作家可以按照事件的自然顺序来进行结构,也可以打乱自然顺序来进行安排。第二,作家对构成整体故事的不同情节线索的安排。作家可以构造单线索的情节,也可以构造多线索的情节,所谓立体结构。

结构是**小说家的主要美学手段**,结构的设置不仅是塑造人物的需要,也是小说获得诸如吸引读者等美学效果的需要,同时也是使作家所构造的世界,成为连贯的具有内在统一性的可以理解的世界的需要。

在时间中发展的事件,是由人及人与人之间的关系来推动的,所以,人物就成了事件的核心。人物塑造的最主要方面是人物性格。**塑造生动的人物,不仅是作家表现自己情感观念的手段,也是使作品世界成为可以理解的世界的主要方面。**

在早期叙事作品中,人物性格塑造较为简单;在现代小说中,作家更注意描写人物性格的不同方面。有的理论家把这两种人物性格分别称为"扁平的"和"圆整的"①。扁平性格常常造成人物的类型化和观念化,遮盖了人的复杂性,使作品的美学价值降低,并会导致读者对作品失去兴趣。

人物性格的塑造手段是多种多样的,这是小说这一体裁对作家的恩赐,小说的叙事具有极大的自由,对人物的塑造也是如此。作家可以用作品中的叙述语言来直接交待人物的性格,可以通过情节的发展,让人物自己把性格显露出来,可以通过肖像描写、心理描写、动作描写来展示等等。

事件是在时间中展开的,也是在空间中展开的;人物性格是在时间中形成的,更是在空间中形成的。在时间和人物的后面是背景和环境。环境是作品世界的第三种"实质性"构件。② 人物活动的背景、事件展开的环境,可以是自然的,也可以是社会的。不过,这两者通常总是结合在一起的。对于环境的描写,人们有不同的理解。一般认为,在注重写实的现实主义作品中,要注意环境的逼真,认为这样可以增加作品的真实性;在注重虚构想象的浪漫主义作品中,环境描写就可以不考虑真实性。其实,现实主义与浪漫主义的环境描写并不存在本质区别。作品中的环境是作品世界的一个构成部分,它的意义并不在于是否与现实环境能够吻合对应,它是为作品世界而存在的。因此,作品中的环境,除了最基本的作为人物事件

---

① 参见韦勒克、沃伦:《文学理论》第 246 页。
② 参见沃尔夫冈·凯塞尔:《语言的艺术作品》,上海译文出版社,1984 年版,第 475 页。

背景的功能外,作品中的环境也常常与作家所要传达的情感观念之间有一定关联,这就是**环境的隐喻作用**。

作家在作品中构造了一个异于现实的作品世界,这个世界离不开背景环境这样的空间要素,当然就离不开时间要素。杨义先生在《中国叙事学》中,专辟一篇来探讨叙事的时间问题。[①] 叙事中的时间设置,是使作品成为一个可以理解的整体的基本条件,叙事时间赋予作品世界以秩序。作品中的叙事时间不同于现实时间。叙事时间是物理时间与社会时间的统一。在叙事作品中,作家并不是为人们展示自然时间的流逝过程,而是展现人在自然时间中所构建的社会时间历史时间甚至精神时间,在这种展现中,构造了作品的美学意义。

时间空间事件人物,构成作品世界的要素已经齐备,如何将这个世界叙述出来呢?作家要选择一个叙事的角度和方式才能完成叙述。有的学者称之为叙事视角,有的学者称之为叙事方式或叙事模式。"叙述方法的主要问题在于作者和他的作品之间的关系。"[②]作者是出现于作品之中,还是隐藏到作品的背后,这是叙事时必须面对的问题。作者可以采用第一人称叙述,也可以采用第三人称叙述。但是,作品中的叙述者并不是作者,在作者与作品之间还有一个叙述者存在,当然,叙述者是作者所有意设置的。

---

① 参见杨义:《中国叙事学·时间篇》。
② 韦勒克、沃伦:《文学理论》,刘象愚等译,三联书店,1984 年 11 月第 1 版,第 251 页。

第三人称叙事，被称为"全知叙事"，或"全知全能"式叙事。这是一种传统的叙事方法。作家设置了一个无所不知的叙述人，在作品中进行叙事。这种叙事方法，非常自由灵活，只管按着意图叙事，不管其他。

第一人称叙事，被有的学者称为"限知叙事"[①]。所谓第一人称叙事，就是在作品中出现了叙事者"我"。"我"不是作者自己，"我"可以是事件的参与者。"我"叙述自己所知之事，而不能叙述不知之事。因此，与全知全能叙事相对，被称为"限知叙事"。"限知叙事"没有全知全能叙事自由灵活，但也有它的优点，因为是以"我"所知为叙事基础，所以，增加了叙事的可信性和真实感。

无论"全知"还是"限知"，都是作家构造作品世界的手段。作家构造这一世界的目的是什么？仅仅是为了讲述一个有趣的故事吗？小说提升为一种文学样式，自然就与其他艺术在本质上相同，那种认为小说不是纯艺术的看法，不能涵盖小说本身。所有的艺术在本质上都是以有限写无限，从现象达于本质，从物质到精神，小说也不例外。刘勰在《文心雕龙》中提出了"事类"这一范畴。虽然这是针对在文章中征引典故例史实以阐明事理的问题而提出的，但是，他提出的"据事以类义"的命题却极具启发性。所谓"据事以类义"，就是以相类的"事"来明一定的"义"。中国有用故事"类义"的传统。庄子的寓言启示"道"的玄机，连类无穷。由此看来，"故事"也可以

---

① 参见杨义：《中国叙事学》，第 209 页。

是象征的,如诗之比兴,"触物圆览"①。

　　小说的象征可以有两种情况:一种是在作品中设置意象,一种是用整个故事来象征,犹如庄子的寓言。意象象征,可以通过一个或多个意象来实现。杨义先生《中国叙事学》特辟一篇来讲中国小说中的意象,指出:

> 　　叙事作品存在着与诗互借和相通之处,意象这种诗学的闪光点介入叙事作品,是可以增加叙事过程的诗化程度和审美浓度的。②

　　在《红楼梦》中,意象众多,"石"和"玉"是两个最重要的意象,"石"和"玉"是《红楼梦》中理想与现实、神界与俗界的根本象征。③在鲁迅小说中也常出现意象,如《药》中触目惊心的"人血馒头"。

　　小说除了可以用一个或多个意象来象征,还可以用整个故事来象征。如果说用一个或多个意象作为象征手段,多少有借鉴诗歌的嫌疑,尽管已经把意象与情节事件故事相融合,但是,用整个故事来象征,却是小说职责之内的事情了。海明威的《老人与海》,讲述了一个孤独的老人常年在墨西哥湾打鱼的故事,这故事是象征的。《红楼梦》在总体上,整个故事也是象征的,所以才有说不完的《红楼梦》。

---

　　①　刘勰:《文心雕龙·比兴》。

　　②　杨义:《中国叙事学》,《杨义文存》,第 1 卷,人民出版社,1997 年 12 月第 1 版,第 276 页。

　　③　参见傅道彬:《晚唐钟声》,东方出版社,1996 年 6 月第 1 版,第 10 章。

事件、人物和环境是小说构造作品世界的基本要素,这是就一般情况来说的。在现代小说的发展中,作家也在不断尝试体裁模式的更新或发展,出现了将其中某个要素有意淡化或强化的创作现象。有的理论家把因强化某一要素而创作的小说分别称为:事件小说、人物小说、空间小说:

> 事件、人物与空间是一切史诗中的三个实质部分,假如其中的一个获得形式或具有形式,结果就产生了一个种类。换句话说:长篇小说的三个种类就是"事件长篇小说"、"人物长篇小说"和"空间长篇小说"。①

就作家的创作实际来看,强化某种要素是可能的,但是,不能因此就轻易说产生了"新的种类","空间小说"的提法有些令人费解。

有的作家尝试小说的诗意化,有的作家尝试侧重心理描写,有的作家尝试"纯客观"创作的新写实等等,这些都是一种体裁发展过程中的正常现象,允许样式创新,但是一种新的倾向也并不等于一种体裁未来的一切。

五、散文

在各种文学样式中,散文是最复杂的一种样式。首先从散文这

---

① 沃尔夫冈·凯塞尔:《语言的艺术作品》,上海译文出版社,1984 年版,第 475 页。

一概念的含义来看,在不同的历史时期含义不同,相对不同的参照对象,它的含义也不同。最初的散文,无论中国还是西方,都是指与韵文相对的文体。先秦诸子散文就是与《诗经》相对的文体,在古希腊也是如此。柏拉图在《理想国》中谈到了与有韵的诗相对的散文。这是最广义的散文,它仅仅从语言音韵的角度区分的,不管内容如何。在中国,到后来骈文出现时,散文又是指与骈文相对的文体。在文学中,散文专指作为与诗歌、小说等样式并列的一种样式。朱自清先生曾经对这个麻烦的散文概念作过解释:

> 散文的意思不止一个。对骈文说,是不用对偶的单笔,所谓散行的文字。唐以来的"古文"便是这东西。这是文言里的区别,我们现在不大用得着。对韵文说,散文无韵;这里所谓散文,比前一义所包广大,虽也是文言里旧有的分别,但白话文里也可采用。这都是从形式上分别。还有与诗相对的散文,不拘文言白话,与其说是形式不一样,不如说是内容不一样……

> 按诗与散文的分法,新文学里小说、戏剧(除掉少数诗剧和少数句中的韵文外)、"散文",都是散文。——论文、宣言等不用说也是散文,但通常不算在文学内——这里得说明那引号里的散文。那是与诗、小说、戏剧并举,而为新文学的一个独立部门的东西,或称白话散文,或称抒情文,或称小品文。①

---

① 朱自清:《什么是"散文"》,收入郑振铎、傅东华编文学二周纪念特辑《文学百题》,上海书店,1981 年 6 月第 1 版,第 237—238 页。

中国当代文学理论中对散文的界定，直接来源于朱自清先生的这篇文章。

从中国文学史来看，即使是文学以内的散文，也相当复杂。实际上，散文这一概念，就像最初泛指所有无韵的文章一样，实际上包括了许多边缘性的品种和较为纯粹的品种。所谓边缘性品种，主要指那些具有强烈文学性，而又够不上一个大的体裁样式，诸如：书信、序、跋、记、祭文、盟文、檄文等，所谓较为纯粹的品种，主要指几乎可以成为一个样式而习惯上还没有作为一个样式的，诸如报告文学和传记文学。

上面是散文这一概念含义的实际情况。散文并不是一个单纯的文学体裁，在它的名字下，包括了许多无法归类的品种。好些品种实际上处于边缘状态。比如书信，并不是所有人的书信都可被看做散文。在那些无法归类的品种中，有的在历史上曾经很发达，可是现在却在萎缩。比如游记，在中国文学史上曾经创作出很多优秀的作品。而较为稳定、发展很快的品种，大有从散文名下独立出去的趋势，比如报告文学和传记文学。

这样一来，散文这个概念似乎要名存实亡。散文概念好似一个收容站，要么人满为患，要么人去楼空。因此，已有人对其不满，甚至极端者声称要废名。

可是，翻开中国文学史，乃至欧洲文学史，我们又不得不承认一个实事，被称为"散文"的文学是存在的。就中国来说，不仅是一个诗的大国，而且也是一个散文的大国。即使把非纯文学的先秦诸子散文排除在外，唐宋古文，游记小品，也给人们留下多少美文珍品。

　　这可以让人们从相反的方向去思考，实际上不单单是一种文学样式的名与实问题，不单单是一个理论问题，而是创作实践的问题。如果我们还时常能欣赏到高水准的散文作品，恐怕问题自然就解决了。

　　我们还是按照散文现在较为通行的范围，来作一简要描述。现在，人们一般把散文分为小品文、传记文学和报告文学。

　　实际上，**小品文**也是一个包括诸多更小种类的概念，并不是一个单纯的样式。小品文中所包括的品种，实际上也是些无法归类的品种。如书信、游记、杂文、祭文、序、跋等。这些小品种，如上所说，有的实际上是处于边缘状态，比如"序"，本来属于一般文章范畴，但是，有的序确实极具文学性，甚至就是文学作品。但是，"序"本身并不就是一种文学样式。

　　在小品文中，**游记**是文学性最强的，这里是指体制上，把游记当作一种文学类型是没有问题的，与书信和序不同，书信和序在体制上只能属于一般文章。因此，也有人把游记从小品文中分出来，作为散文名下的第一级概念，而与小品文并列。其实，下面要讲到的传记文学，有人也将之归入小品文中，有人将之分离，与游记情况相仿。

　　传记文学是文学与史传的结合，运用文学的艺术手段来记述人物。传记对人物的记述，在总体上要遵循真实性的原则，但是，也允许必要的艺术加工，使叙述更生动。

列于散文名下的**报告文学**,是现代社会的产物。报告文学,顾名思义,是新闻与文学相结合的产物:

"报告"是我们这匆忙而多变的时代产生的特殊的文学样式。读者大众急不可耐地要求知道生活在昨天所起的变化,作家迫切地要将社会上最新发生的现象(而这是差不多天天有的)解剖给读者大众看,刊物要有敏锐的时代感,——这都是"报告"所由产生而且风靡的原因。①

从茅盾的分析,可以看出,报告文学的**新闻特征**。第一,要有新闻的时间性。报告文学的时间性,没有一般新闻那样强。一般新闻,要求在第一时间进行报道,大家都知道的事件,再去报道就没有什么新闻价值了。但是,报告文学虽然有新闻的时间性,但是,它可以对刚刚过去的事件进行描写,并不要求第一时间。

报告文学的对象可以是人和事件,也可以是某一社会现象和问题。

对于人和事件的描写,一般时间性较强一些,这些人和事件,公众和社会可能知道,但并不深入,报告文学可以进行深入描写。

对大家已经知道的或不太知道的某一社会现象和问题,做出深度描写,以引起社会和民众对事件的关注或强化对事件的理解。报告文学既然有时间性,当然就会有一个实效范围。报告文学的时限一般以事件的问题价值和效应为参数。如果一个事件已经被社会

---

① 茅盾:《关于"报告文学"》,《中流》,1937 年 2 月第 1 卷第 12 期。

和民众普遍了解并深入认识，那么对报告文学来说就失去了实效。

新闻性的另一个要求是真实性。对报告文学真实性的理解，涉及对报告文学的本质定位。报告文学在本质上是新闻还是文学？如果是新闻，那么，报告文学就必须真实地描写人和事件，这应该是一个最起码的原则。

报告文学的**文学性**又该如何理解呢？从一般的常识来说，文学是可以虚构的，只要达到本质的真实就可以被人接受。这样，文学的虚构性首先和报告文学的真实性发生冲突。对这一问题，可以有三种态度，第一种，报告文学既然是文学，就可以虚构。观点虽激进，但其结果就是取消报告文学本身，使之与一般文学没有什么不同。第二种，报告文学可以在不影响人和事件总体真实的前提下，作局部的虚构。多大程度算不影响整体真实？理论上说说容易，这实际上也很难把握。第三种，报告文学不可以虚构，必须真实描写。报告文学的文学性主要体现在运用文学的技巧上。如语言、结构、艺术手法。这种观点最稳妥，既确保了新闻性，又有了文学性，而且，更重要的是可以使报告文学作为一种与众不同的样式而存在和发展。

五四以后，中国散文似乎也在有意识地摸索属于自己的题材模式，如周作人、林语堂、朱自清等人的散文创作，在中国传统散文的基础上，又有所开拓，而且，也形成一定的文体模式。新中国成立以后，有意识地建立散文体裁模式的倾向更明显，如魏巍、刘白羽、秦牧、杨朔等人，散文创作一度繁荣，基本上建构了以叙事、抒情为主的所谓叙事散文和抒情散文。在这种建构中,散文一方面几乎有了自己的文体模式,另一方面也有走向僵化的危险。

当代余秋雨的散文创作,先不论其社会价值,如果从体裁模式上看,其意义是不可低估的,它使人明白,散文同样是一种幻化无穷的艺术形式。散文的名分,不单纯是一个理论问题,更是一个创造问题。

从文学史业已取得的散文成就来看,尽管各种散文的体式不同,但总的来说,还是可以看出相同之处,这些相同之处,正是这些不同体式小品种作品都归在散文名下或都称为散文的依据。

这些相同性主要包括,第一,题材广泛多样,无所不包。散文可以写任何事物,不分古今,不分中外,更不分大小,小到一花一草,一滴水,一块泥土,大到草原荒漠,人间宇宙。第二,不拘泥于叙事和抒情。可以叙事,但没有小说那样的负担,没必要把故事写得那么完整。可以抒情,但又不必像诗歌那样被限定在诗行的形式中,可以挥洒自如。第三,散文的结构异常自由灵活。不必受叙事的情节限制,这是小说所羡慕的;不必受韵律格式限制,这是诗歌所羡慕的。可开可阖,穿插自如。第四,散文大都讲求语言美。与韵文比,已无韵,与诗比,形制已散漫,但散文终究是用语言写成的,如果散文没有了语言美,它也就缺少了半壁江山,它将如何与专门抒情的诗、专门叙事的小说争宠受睐呢?当然,散文成为能够与诗歌小说分庭抗礼平起平坐的体裁样式,自然不是只靠语言,而是上述这几个方面的联合,有了这几个方面,散文就会焕发出生机和活力。让人们共同期待散文的繁荣吧！

六、戏剧文学

戏剧文学与戏剧是两个不同的概念。戏剧是一门**综合艺术**,是艺术的一个门类,艺术包括文学音乐戏剧舞蹈绘画建筑等门类,在这个层次上戏剧与文学是平行的。戏剧作为一门综合艺术,是由各种要素构成的,其中包括文学要素、音乐要素、舞蹈要素、美术要素,甚至还有建筑要素。其中的文学要素,就是剧本,而剧本就是所谓的戏剧文学。

最初的剧本,仅供戏剧演出使用,并不具有文学阅读功能。随着戏剧的发展,剧本创作也获得了发展,这时,剧本除供戏剧演出使用以外,同时也具有了阅读功能。既然剧本是为戏剧演出而创作的,它就必须符合戏剧的要求。可以说,是戏剧的本质和特征决定和制约了戏剧文学的本质和特征。

因此,还要首先从戏剧讲起。戏剧是一门综合艺术,要有剧本,有导演,有演员,有舞台,有舞台道具、布景、灯光,有服装,有些剧还需要音乐,有些剧还需要舞蹈。这其中,剧本涉及文学,要有作家给写剧本;演员和导演涉及表演艺术;舞台可能涉及建筑;道具、布景和服装涉及美术绘画;灯光涉及光学电学等自然科学;还有音乐和舞蹈。因此,戏剧是一门综合艺术。但是,与电影等综合艺术又不

（金）高平王报村二郎庙戏台

　　坐落在高平市寺庄镇王报村村北山岗上，建于金大定二十三年（1183年）的戏台，距今已有近 800 多年历史，文物专家认定该戏台是我国目前发现年代最早的戏台。

同,戏剧是由演员现场表演的,是在一个固定的舞台上演出的,是在一定的现实空间和时间中演出故事。戏剧作为**舞台现场演出艺术**,舞台的时间和空间对戏剧都有制约作用。舞台的空间是有限的,演出的时间也是有限的,这就决定了剧本的一些特征,因为剧本主要还是为戏剧演出而创作,阅读不是它的主要功能,它的创作必须遵照戏剧艺术的要求。

我们知道,在一般叙事中,要有时间空间事件人物四个要素。舞台时间和空间的有限性,决定戏剧文学剧本必须把**叙事的要素高度集中**。可是,在小说中,这四个要素的使用是比较自由的。

在一部长篇小说中,作家可以塑造众多个人物,而且,每个人物都可能塑造得很成功。比如,《水浒传》塑造了上百个人物,个个活灵活现,呼之欲出。但是,戏剧中,一部戏剧的演出时间是有限的,在这有限的时间里,不可能把众多的人物都塑造成功。舞台的空间也是有限的,不可能让众多的人物都出场。剧本只能写有限的人物,这就是人物集中。

叙事空间即小说里的环境,在戏剧中,也同样存在。戏剧的环境是剧中人物活动的场所,是人物性格和事件发展的背景。在小说中,作家可以根据情节发展的需要,自由地设置环境,环境可以随时变换。可是,在戏剧中,舞台只有一个,环境的变换,是靠道具和布景的变换来虚拟完成的。事件的发展每变换一次环境,就必须变换道具和布景。道具和布景的变换,是不能在演出过程中进行的,必须要停下来进行。于是,戏剧的结构单位"幕"和"场"就产生了。一出戏至多也不过由几幕组成,能够用来变换"环境"的机会还是不多的。因此,剧本必须考虑把事件尽量放在相对集中的环境中展开,这就是环境集中。

在有限的时间和空间里,剧本所写的事件也不可能像小说那样自由铺排,剧本必须选取最有代表性的事件,并进行压缩,这样才可能在有限的演出时间中完成,这就是事件的集中。

剧本故事的叙事时间,即故事的发生发展和结局的自然时间和社会时间,也不能太长。也就是说,戏剧文学不能描写时间跨度太大的事件,这就是时间的集中。

舞台性决定了戏剧文学的环境、事件、人物、时间都要集中、压缩和浓缩。在这样集中的环境人物事件时间中,还要表现出更多的内容,这对戏剧文学来说,真是一个难题。不过,事物是互补的。上述这些集中最终浓缩出戏剧的法宝——"**戏剧冲突**"。有人把戏剧冲突看成是戏剧的生命。所谓戏剧冲突,就是戏剧人物事件情节的尖锐矛盾。戏剧冲突的设置,可以为塑造人物提供更好的机会,因为在冲突中,人物的思想性格都得到了最充分的展露。戏剧冲突的设置,也可以推动事件的发展,使情节具有波澜,并进而抓住观众。看来,戏剧冲突对于戏剧文学来说,是多么重要。因此,有人说没有冲突就没有戏剧。

当然,在戏剧的发展过程中,也有剧作家认为,戏剧冲突未必是戏剧不可或缺的要素,进而探索戏剧的新模式。

戏剧的故事是由演员的演出来完成的。戏剧具有表演性,但是,更主要的表现手段还是演员的语言,即**台词**。实际上,在戏剧演出中,对观众来说是看戏,可是,观众所能看到的与在电影院看的并不相同。可以说,观众看到的是一个大概轮廓,比如,在一个较大的剧场,观众很难看清楚演员的细微表情,因此,如果演员要想用细微的表情变化来表演,是很难收到比较理想的演出效果的。演员靠什么来表现? 主要是语言。

既然语言是戏剧文学的主要表达手段,那么就会对戏剧语言有特殊的要求。从戏剧文学的语言构成来看,主要以人物语言为主,以叙事人语言为辅,甚至可以没有叙事人语言。戏剧文学在语言构成上的这一特点,明显与小说不同。在小说中,有人物语言,也有叙事人语言,而且,叙事人语言还是重要的。事件情节的发展介绍,离不开叙事人语言,小说中人物性格的塑造也离不开叙事人语言。但是,在戏剧文学中,叙事人语言不仅不重要,有时还会破坏戏剧的艺术性。所以,在戏剧中,旁白越少越好。就叙事人语言本身来看,也不易在剧中承担刻画人物介绍情节等任务。试想,在戏剧演出中,忽然有旁白响起,像小说中的叙事语言一样,开始为观众分析剧中某个人物的心理与思想,岂不有些荒唐。所以,在戏剧文学中,叙事人语言的地位就降下来,甚至可以消失。相反,人物语言即通常所说的台词,开始担当主角。

为了让人物语言能够完成它的使命,首先,必须个性化。台词是人物说出的,不同的人物应该有不同的台词。这样,观众才能区分出不同的人物来。所谓个性化有两个层次:第一是自然层次,也就是说,每个人物讲的话,必须符合他的性别、年龄。这是个性化的最低要求。第二是社会心理层次,要求人物语言要反映他的身份、地位、心理和思想性格。其中,最重要的是反映人物的思想性格。所以,作家都不惜力气,苦心经营。

戏剧的人物语言还要求有"**潜台词**"。所谓潜台词,就是言外之意。戏剧的人物语言是有限的,观众不可能忍受一个人物没完没了地在舞台上讲话,戏剧的演出时间也不允许他没完没了地讲个不停。所以,戏剧语言的"经济性"就被提出来了,为了增大语言的含量,表现更多的内容。其实在日常生活中,语言的潜台词也是存在的。但在一般情况下,是出于特殊的交流需要,比如要传达的某种意思不便于明说,就采取一种委婉的表达方式,让对方领会言外之意。但在戏剧中,不是不便说,而是语言太有限,因此这是一个语言"经济性"问题。不过这种潜台词,也带来了相应的美学效果,比如耐人寻味。艺术就是要耐人寻味,所以这种效果正是艺术家所要追求的:

> 剧作家既要知道正该让自己的人物做什么和说什么,又要知道不该让他们说什么和做什么,以免破坏读者或观众的幻想。让登场人物说的话,不论如何娓娓动听和含义深刻,只要它们是赘余的,不合乎环境和性格的,那就会破坏戏剧作品的主要条件——幻想,而读者或观众正是由于这种幻想,才会全神贯注于剧中人的情感的。如果不破坏幻想,那就不必把许多

话说完，读者或观众自己会把它说完的，有时这反而会加强了他的幻想。[①]

既经济又有效果，一举两得，何乐而不为。

戏剧人物语言是为表现剧情服务的，剧是演给观众的，最终台词是由观众来听的。因此，让观众听得懂，这是一个起码要求。如果观众听不懂，再有文采的台词也是没有用的。李渔说：

> 一句聱牙，俾听者耳中生棘；数言清亮，使观者倦处生神。[②]

台词不仅要**让人听得懂**，而且，还要有**表现力**和**感染力**。

所以，作家必须根据观众接受的情况来斟酌人物语言。作家可以在书面语与口语之间进行综合加工，既要保证语言的文学性，又要保证语言的明了易懂。

人物语言是人物内心世界的直接反映，但在戏剧中，人物的台词绝不是人物的"朗诵"和"演讲"，如果戏剧演出中，一个人物在说台词的时候，台词内容与台上其他人物毫无关系，甚至对推动情节的发展也没有什么关系，这样的台词是失败的，这就是人们所说的没有"动作性"。动作性，既可以增强戏剧的观赏性，同时也是戏剧的内在要求。因为戏剧的情节发展主要依靠人物语言来推动，如果人物语言缺少动作性，与情节相游离，仿佛在演讲，剧情是无法发

---

① 〔俄〕列夫·托尔斯泰：《论莎士比亚及其戏剧》，陈燊译，《古典文艺理论译丛》第2册，人民文学出版社，1961年版，第172页。

② 李渔：《闲情偶寄》。

展的。

按照不同的标准和角度，戏剧可以被区分出不同种类。按照人物事件的构成矛盾可以分为悲剧、喜剧和正剧；按照长度和容量可以分为独幕剧和多幕剧；按照表现形式可以分为歌剧、舞剧和话剧。与此相对应，如果把舞剧去掉，上述分类就是戏剧文学的分类。

悲剧、喜剧和正剧，有广义和狭义两种含义。狭义的悲剧、喜剧和正剧是戏剧按内容区分出的类型。广义的悲剧、喜剧和正剧是美学中的范畴，是美的具体形态，不仅存在于戏剧中，也存在于其他艺术中，比如在小说和电影中。我们这里讲的是狭义的，即戏剧的一个种类。

正剧的概念是后产生的，最初产生的是悲剧和喜剧。在西方，悲剧和喜剧产生于古希腊上古祭祀酒神和农神的活动中，祭祀酒神和农神的歌舞，后经埃斯库罗斯和阿里斯托芬的改造，发展出悲剧和喜剧。

总的来说，**悲剧**一般都以不可调和的矛盾为核心而展开剧情，以代表正面力量的悲剧主人公的失败或死亡而告终。鲁迅先生说，"悲剧将人生的有价值的东西毁灭给人看。"[①]悲剧的剧情，是在正反两种力量的对抗中展开的，是在美与丑的对抗中展开的。悲剧剧情的发展过程，是展示美的力量不屈不挠的抗争的过程，也是美的力量被逐步毁灭的过程。悲剧以此来对观众产生心灵的震撼，就是亚

---

① 鲁迅：《再论雷峰塔的倒掉》，《鲁迅全集》第 1 卷，第 297 页。

里士多德所说的"净化"。悲剧所产生的感染力是巨大的,它甚至要超过正面歌颂而产生的力量。美和正义的毁灭,并不会使人消沉,反而会激起更强烈的对丑恶的憎恨、对美和正义的追求,这正是悲剧的艺术魅力所在。

喜剧的剧情也是展示正义与丑恶的对抗,不过,与悲剧相反,在喜剧中,美的和正义的方面已经处于主动,丑恶的方面已经无法与正义一方抗衡,展示了丑的滑稽可笑。鲁迅先生说,"喜剧将那无价值的撕破给人看"①。

传统喜剧都是在两种绝对对立的矛盾方面展开,但随着社会的发展,特别是在我们国家,新中国成立以后喜剧的发展遇到了一些理论上的问题。如果一定把喜剧界定在绝对对立的矛盾之间,那么在"人民内部"如何能有喜剧呢?事实上,作家们还是创作出了一些优秀的喜剧,比如电影《锦上添花》《今天我休息》,这就使人思考这样一个问题,喜剧也可以歌颂和赞扬,也可以善意地嘲讽。这样,就拓宽了喜剧的领域,同时也从根本上重新理解了喜剧。当代喜剧小品的发展,从实践上说明了这一理论问题。

在西方戏剧的早期发展中,悲剧与喜剧的界限是分明的。在后来的发展中,特别是到了近代以后,悲剧与喜剧融合的倾向越来越明显。正如黑格尔所说:

---

① 鲁迅:《再论雷峰塔的倒掉》,《鲁迅全集》第 1 卷,第 297 页。

悲剧和喜剧的区别力求调和,或者至少可以说,双方并不把自己作为互相完全对立的东西孤立起来,而是互相联系在一起,构成一个具体的整体。[①]

在戏剧中,更多的时候,实际上是**正剧**,正剧可以让悲喜两种情感因素相互转化,与现实生活更接近,也更符合现代人的情感接受方式。

戏剧文学从篇幅上可以分为独幕剧和多幕剧。**独幕剧**就是只有一幕的戏剧。一般剧情比较简单,人物也较少,展示的矛盾冲突也较少,主题简单明了。**多幕剧**可以刻画较多人物,剧情较复杂,展示的矛盾冲突也比较多,可以反映更复杂的思想和情感主题。

七、影视文学

为了行文方便,我们在此把电影文学和电视文学合称为影视文学。

先来介绍电影文学。电影文学与电影,正像戏剧文学与戏剧一样,是两个不同的概念。电影是近现代科学技术与各门艺术相结合的产物,正式诞生于 1895 年。与戏剧一样,电影也是一门综合艺术,除了技术手段外,电影中还涉及文学、音乐、美术等艺术门类。

---

① 黑格尔:《悲剧、喜剧和正剧的原则》,《古典文艺理论译丛》第 6 册,第 112 页。

电影文学就是电影剧本,是电影中的文学因素。电影文学是电影拍摄的主要依据,主要的功能不是阅读。因此,电影剧本的创作要按照电影的本质特征的要求来进行。

电影的基本语言是画面,电影的基本构成要素是**声音、画面和运动**。其中最重要的因素是画面。电影的结构是由**镜头**来完成的,所谓镜头,是指一个连续的拍摄单位,即从开机拍摄到停止这一段连续拍摄的画面都是一个镜头,直到移动机位,重新开始拍摄,下一个镜头开始。一部电影就是由这样众多个镜头所组成,镜头是电影的基本单位。几百个镜头组合在一起,构成一部电影,因此,如何将不同的镜头连接起来,对于电影来说,是至关重要的,电影的镜头好比是作家写作品的词语和句子。电影镜头的剪辑和组接,是电影重要的叙述手段和表现手段,有人称之为电影修辞手段。电影镜头的剪辑与组接,叫**蒙太奇**。蒙太奇是法语 montage 的音译,原义是组合和装配。

电影剧本的创作要符合电影艺术的要求,这样就决定了电影文学剧本的一些特点。

电影是直观的视觉艺术,这就要求电影文学剧本要提供具体生动的视觉形象。电影的视觉形象或电影的画面,是导演根据剧本来拍摄的。如果作家的剧本没有提供丰富生动的视觉形象,电影的拍摄是困难的,电影剧本中,分析性的抽象的叙述是无法拍摄成视觉形象的,应该使用密集的可视形象来进行叙述。

在电影视觉画面中,**人物的主要表现手段是动作**,早期的无声

　　法国的卢米埃兄弟（哥哥奥古斯塔·卢米埃尔，1862 年 10 月 19 日—1954 年 4 月 10 日；弟弟路易斯·卢米埃尔，1864 年 10 月 5 日—1948 年 6 月 6 日），是电影和电影放映机的发明人。

电影就是极端的例子。**动作性是衡量一部电影艺术水平的重要尺度**，如果电影中语言过多，是艺术上无能的表现。电影的情节和人物的思想性格等，都是通过动作来表现的。如果在一部电影中，人物总说个不停，像是演讲，电影的表现力就会大大减弱。为什么语言过多动作过少就会降低表现力呢？因为电影是靠画面，给人造成强烈的视觉刺激，从而来完成它的叙述和表现的。画面之所以能有强烈的视觉刺激，除有色彩因素外，主要就是依靠画面的运动和人物的动作。画面的运动，是在拍摄中由导演和摄影师来控制的，而人物的动作是由剧本来提供的。运动和动作不仅可以给观众造成强烈的视觉刺激，而且也是电影情节发展的推动力，人物的动作也是刻画人物性格的重要手段。

与动作相比，语言在电影中却退居次要地位了。这一点恰好与戏剧形成鲜明的对比。电影中的语言也主要由人物语言和叙述人语言构成，人物语言就是人物的**对话**和**独白**。叙述人语言就是电影中的**画外音**，与戏剧相比，电影叙述人语言的功能稍稍大一些，有一些电影有画外音。但是，画外音仍不是电影的主要语言手段，人物语言是主要的。不过，在电影中，语言不如动作的作用大，语言也不可太多。这就要求电影文学剧本的人物语言，必须简捷而又富有表现力，电影中的语言常常起画龙点睛的作用，越是优秀的电影，语言就越少，甚至没有语言也能让人看懂的电影，才充分发挥了电影自己的表现手段，才充分显示出电影的艺术魅力。

电影由于也是在有限的时间中展开的艺术，所以，电影文学剧本的创作也必须对情节事件进行提炼,使之更紧凑,更符合电影的时间性要求。

电影剧本也要叙事、讲故事,要叙事讲故事就必须有结构安排。但电影剧本的结构安排既与小说戏剧有相同之处,又有明显的不同。电影剧本必须按照电影蒙太奇的要求来安排结构。与小说相同之处在此不赘述,主要说一说明显不同的地方。电影剧本结构中有时运用"闪回"手段,**闪回**就是在情节进行中嵌入非常短暂的画面片断,闪回的画面可以是影片中已经出现的,也可以是未曾出现的。闪回不同于回忆与倒叙,它是非常短暂的画面嵌入。闪回的主要功能是强化显示人物的心理与意识,因此闪回必须与目前的情节紧密结合。电影剧本在运用蒙太奇手段结构时,可以造成情节画面之间的联想、对比、隐喻和象征关系。这样的手法,小说中也可以运用,但是没有电影剧本普遍。

电影文学主要指电影剧本,但是,实际上,电影中的文学起码还应该包括电影改编和电影解说词。**电影改编**,是电影文学的重要方面。所谓改编,就是以一定的现有作品为基础的二度创作。一般多以小说为蓝本,好多优秀的影片就是这样被创作出来的。纪录片和科教片等影片的**解说词**也是电影文学的组成部分,解说词主要是介绍画面的内容,在科教片和纪录片中,解说词是不可或缺的。

随着电影的发展,人们对于电影的理解也在发生变化,也出现了一些不同的观点。有人主张电影应该像戏剧一样,要以构造矛盾冲突和情节完整的故事为目的;也有人主张电影应该摆脱戏剧模式束缚,"与戏剧离婚",寻求属于电影自己的艺术模式,比如其中有的提出"诗电影""纯电影"等。这些分歧从一个侧面反映了电影的发展和变化。

电视是20世纪初诞生的,1936年11月2日英国广播公司开始正式播放电视节目。半个多世纪以来,电视获得了突飞猛进的发展,现在已经是大众传媒的主要手段。电视作为一种传媒手段,它的传播内容是广泛的。

随着电视的发展,电视与各门艺术相结合,而产生了电视艺术,其中,最主要的就是电视剧。这里要讲的电视文学主要就是指电视剧的剧本。电视剧产生以来,发展很快,大有与电影争夺天下之势。

电视剧本的创作,主要也不是为了阅读,而主要为拍摄电视剧服务。电视剧产生以后,已经有了自己的一些特点,因此,电视剧剧本的创作,也要遵循电视剧的规律。

电视剧与电影有很多相似之处,故有的人称它们为"姊妹艺术"。电视剧也是视觉艺术,画面和声音也是主要构成因素,在结构方法上,也运用蒙太奇,相同之处真是不少。不过,随着电视剧的发展,它与电影的差别逐渐显露出来。从电视剧与电影的接受环境来看,二者有明显的不同。电影通常是在电影院来观看的,电影院不仅是公共场所,而且,在观看电影时,电影院已经形成一种特殊的"剧场氛围";电视剧则通常是在家中观看的,接受的环境是随意的轻松的,可以一边喝茶,一边观看,可以坐着看,也可以躺着看。就电视本身来看,电视无论怎么发展,电视屏幕也不会有电影银幕大,电视屏幕的视觉效果无法与电影相比。

上述这些方面就决定了电视剧与电影是不能完全相同的，电视剧取代电影的忧虑也是不必要的。相反，如果电视剧认识不到自己与电影之间的区别，而一味地跟随电影的模式走，是不会有前途的。

电视剧的一些特点决定了电视剧本创作的特点。由于电视视觉形象的局限，使人们认识到，虽然电视剧是视觉艺术，但是，仅仅依靠画面是不行的，因此，**在电视剧中，语言又被提升起来，成为主要的表现手段**，这与电影恰好相反。电视剧中的语言也是由人物语言和叙述人语言组成，其中，人物语言是主要的表现手段。

为了使电视剧与接受环境相吻合，人们也在诸如题材内容上做文章，尽量选择贴近人们生活的题材，以引起观众的兴趣。同时，在剧情结构上，也寻求与家庭氛围相一致，体现出**松散的情节结构倾向**。

这些都是在探索中的做法，是否真能代表电视剧未来的发展方向，还是很难说的事情。

电视与文化艺术相结合，除电视剧外，还产生了一些新的电视文学品种和亚艺术品种。比如，电视诗歌，电视散文，文化专题片等。电视诗歌和电视散文都是电视文学的新样式，刚刚兴起，不过已经显示出一定的活力。专题片的解说词也是电视文学的组成部分，甚至有些专题片本身就带有浓厚的艺术色彩，可以称之为亚艺术。

八、结语

文学在不断地发展,新的文学种类在被人类不断地创造出来,所以,文学的分类是一项永远不能完成的工作。

不仅如此,对既有种类的类聚群分、画地为牢,往往也是一件费力不讨好的工作。作家们对理论家们苦心经营总结出来的体裁规则,从来就不屑一顾。创作实际常常打破体裁规则,甚至打破体裁之间的界限,使文学获得突破性的发展。

虽然如此,一相情愿的理论研究也在继续。客观地说,对文学体裁的演变做出说明和解释,还是一件有益的事情。

第八章

读者的创造与被创造

艺术对象创造出懂得艺术和能够欣赏美的大众，——任何其他产品也都是这样。因此，生产不仅为主体生产对象，而且也为对象生产主体。

——马克思《〈政治经济学批判〉导言》

卡尔·马克思(Karl Marx,1818—1883),德国哲学家、思想家、政治家和革命家。

　　朱光潜先生在《谈文学》中,专有一篇谈作者与读者,认为作者
与读者的关系问题"是文学理论中一个极重要的问题"[①]。的确,文
学是写给读者的,作家与读者之间存在极为密切的联系,这个联系
的中介便是作品。读者与文学的关系,实际上包括两个方面,一个
是读者与作者之间的关系,一个是读者与作品之间的关系。读者要
读作品或者叫做欣赏作品,这是一个什么行为,是一个怎样的过程,
作者给了读者什么? 读者从作者那里得到了什么? 正如朱光潜所
说,看似不值一问,但却是极重要的问题。

一、读者:既是主体又是对象

　　在由世界、作家、作品和读者四要素所构成的动态关系中,读者

---

　　① 　朱光潜:《谈文学》,《朱光潜美学文集》第 2 卷,上海文艺出版社,1982 年 9 月第 1
版,第 334 页。

既是合作者也是对象。

在今天的社会中,文学已不可能是一种个人行为,作家创造作品,最终目的是为读者,中国古人所说的"藏之名山"的事情,已不符合今天的文学实际,今天的文学创造是一种社会行为。

文学创作作为一种社会行为,是面向读者和社会的。作家期望自己的创作得到读者和社会的承认,已不是什么非分的外在功利,而是文学自身的要求,因为文学作品只有被读者接受才能实现自身的价值。

文学作品被创作出来,应该说作家的创造已经结束,作品也已经成为一个客观的存在。但这并不意味着作家已经完成了自己的使命。**作品只有进入到与读者发生关系的接受过程,作品才能显示出它的价值。**没有作家,就没有作品;没有读者,就没有作品价值的实现。因此,在理论上,就产生了是谁创造了作品的争论,其中接受美学提出了较为激进的理论观点。

接受美学产生于20世纪60年代的德国,虽冠以美学头衔,但却是地地道道的文学理论,其代表人物是姚斯(Hans Robert Jauss)和伊瑟尔(Wolfgang Iser)。接受美学的核心理论是重新确立作品概念和读者概念,并由此而产生了新的文学史概念和文学本质概念。

在接受美学看来,文学作品不是作家所创作的"文本","文本"不是一个自足的体系,还要有读者的接收和创造,作品存在于这两者之间的某个地方。这样一来,就把作品的客观性取消了,这是一

〔德〕H·R·姚斯、〔美〕R·C·霍拉勃《接受美学与接受理论》（辽宁人民出版社1987年版）书影

种危险的做法，它不只是导向了绝对主观主义，更糟糕的是动摇了文学艺术的根基，文学艺术的创造由作家而转移到读者。读者成了文学活动的核心，文学史只不过是读者的接受史，文学在本质上是读者的创造，这些都是危险的信号，由此而带来的不良后果，在后面还要涉及。

作品是由作家创造的，美是由作家创造的，这是谈论文学的一个底线，否则一切谈论都没有意义。

我们反对接受美学的观点，并不是看不到读者在文学四要素动态关系中的存在。对于作家来说，没有读者，它的作品就不能实现价值。从作品价值实现的角度来说，读者是作家的合作者，是读者帮助作家来最终实现作品的价值。在这一个过程中，读者的作用有两个方面：第一是使作品的存在得以确认，读者是作品存在的"见证人"①。第二是使作品价值具有了充分的现实性。

作品不仅不是读者创造的，而且，读者甚至也不会给作品增加任何东西，它只是确认了作品的存在，见证了作品的存在，充其量，读者使作品的潜在价值（同时也是客观的）在社会现实层面得以实现出来。"见证人"或"确认者"与"创造者"是两个完全不同的概念，读者在阅读中并不创造什么，这是必须澄清的，任何认为读者在阅读中创造了什么的看法，都是一种错觉，对此问题在后面还要涉及。

---

① 〔法〕米盖尔·杜夫海纳：《审美经验现象学》，文化艺术出版社，1996 年 8 月第 1 版，第 75 页。

在四要素动态关系中，从作家到作品再到读者这一过程，读者是作品的确认者和"见证人"，同时，在这一过程中，读者又是"对象"。

作家是作品的创造者，作家总是要通过作品给予读者一些什么，在这个意义上，读者是作家的对象，作家是授予者，读者是接受者。

在四要素动态关系中，从读者到作品这一过程，读者又是主体，作品又成为对象。这就是说，读者是接受活动的主体，作为主体，读者要对作品施加阅读行为。

由此可知，读者在文学动态关系中，地位是双重的，既是主体，又是对象。既是施加者，又是被施加者。如果把两个方面分割开，就无法正确认识读者，同时也无法正确认识作品。

二、作为对象的读者

对于作家来说，读者是他的对象。可是，在实际的文学接受中，作用于读者的是作品，作品是显在的"主体"，作家只是隐含的主体。在文学阅读中，作品实实在在清清楚楚地作用于读者，在这种作用中，作品给了读者什么？

在过去的理论中，或者认为是教益，或者认为是快乐，或者是二者的结合"寓教于乐"。但无论是什么，作品给了读者一些什么是肯定的。

读者在作品接受中,作为对象,是被作品创造着。马克思说:

> 艺术对象创造出懂得艺术和能够欣赏美的大众,——任何
> 其他产品也都是这样。因此,生产不仅为主体生产对象,而且
> 也为对象生产主体。[①]

马克思把艺术作为艺术家的对象,是由艺术家生产的,把能欣
赏艺术的大众看做是艺术的主体,而这个主体是由艺术作品创造
的。这就是说,读者作为作家的对象、作为作品的主体,是由作品创
造的。读者的被创造,有两层含义,第一层,有了作品,才会有读者。
没有作品就没有读者,所以,作品创造了读者。第二层,作品的性质
会影响甚至决定它所创造出来的读者的性质。这对我们来说是更
要注意的方面。接受美学甚至受接受美学影响较深的人,竭尽全
力、不顾偏颇地强调文学接受过程中读者对作品的“再创造”,而不
去说明对于文学来说更有意义的读者的被创造,这是有害无益的。

杜夫海纳认为,作品对读者的创造首先是鉴赏力和情趣:

> 首先,作品培养鉴赏力和情趣。这里必须区分鉴赏力和情
> 趣的两种概念。一般说来,鉴赏力或情趣表示主观性中的独断
> 专横的一面,即倾向和爱好。……要和爱好对比,给鉴赏力下

---

① 马克思:《〈政治经济学批判〉导言》,《马克思恩格斯选集》,第 2 卷,人民出版社,1972 年版,第 95 页。

定义,就应该从这方面着手。鉴赏力可以指导爱好,但也可以与爱好背道而驰:我不喜欢这个作品,但能够看重它,承认它。爱好是确定好的,鉴赏力则不是排他的。有鉴赏力就是能够超脱偏见和成见进行判断。①

作品培养和创造了读者的趣味和鉴赏力,鉴赏力并不是只有专家才具有,作为公众的普通读者,也同样具有。不过,人们对鉴赏力或情趣的理解并不相同。杜夫海纳列举并分析了两种不同的概念,一种是把鉴赏力理解为倾向和爱好。一种是把鉴赏力看做是能够超脱偏见和成见进行的判断。

读者有倾向和爱好,杜夫海纳认为这是客观事实,不过,倾向和爱好是一种纯粹主观性的东西:

> 它参照的主要是自己,而不是世界。因此,审美爱好表示的是我的天性对审美对象的反映,也说明我更加注意的是自己,首先是自己的愉悦,而不是对象。因为审美爱好是用我在审美经验中获得的愉悦来衡量自己的。这种愉悦感不完全来自对象,而是来自于我。②

之所以说倾向或爱好是主观的,是因为所谓审美爱好是以在审美经验中所获得的愉悦为衡量标准的。什么作品能给你带来愉悦,

---

① 〔法〕米盖尔·杜夫海纳:《审美经验现象学》,韩树站译,文化艺术出版社,1996年8月第1版,第89—90页。

② 同上书,第89页。

你就爱好什么作品。获得愉悦与为获得愉悦而有自己的审美爱好这两个方面，也许都是无可厚非的。但是，在人们欣赏作品时，愉悦是不是主要的呢？也许有人会认为这不是一个理论上能探讨的问题，这完全取决于读者的态度。

但是，从理论上说，**欣赏活动是一种美感经验活动**，对于美感经验来说，"愉悦不是审美经验的一个必要的配料，美唤起的主要是崇高的感觉"①。崇高的感觉与愉悦是不同的，崇高"是为了某种超越主观性、主观性又超越自身而向往的东西去牺牲主观性。一句话，就是当人们为了属于对象放弃一切情感，放弃一切对自身的返回时所唤醒的感觉。当主观性被升华时，它主要是世界的投射，而不是向自身折返"②。

崇高是主观性的升华，崇高导向对作品的理解，在唤起的崇高感中，读者的鉴赏力或情趣得到了培养。换言之，在唤起的崇高感中，审美爱好升华为情趣或鉴赏力。

但是，不是所有的作品都能完成这种升华，只有那些高水准的作品才能完成这样的使命。

这就涉及作品和作家，作为作家应该清楚什么样的作品具有这样的作用。作品（实质上是作家）是迎合读者的爱好，还是提升读者的爱好呢？有的作家为了某种目的而去"迎合人们的主观性——和

---

① 〔法〕米盖尔·杜夫海纳：《审美经验现象学》，韩树站译，文化艺术出版社，1996年8月第1版，第89页。

② 同上。

主观性中的那些最脆弱的东西——以便拉拢"[①],不去提升读者,甚至有意撩拨和培植读者的某种"审美"爱好,结果造成恶性循环,读者有如吸了鸦片,无力自拔。对此鲁迅先生也曾经指出:

> 文艺本应该并非只有少数的优秀者才能够鉴赏,而是只有少数的先天的低能者所不能鉴赏的东西。

> 但读者也应当有相当的程度。首先是识字,其次,是有普遍的大体的知识,而思想和感情,也须达到相当的水平线。否则,和文艺即不能发生关系。若文艺设法俯就,那就很容易流为迎合大众,媚悦大众。迎合和媚悦,是不会于大众有益的。[②]

不仅作家不能迎合大众,读者也不能一味迁就自己的爱好,不去检讨自己的水平。看来,把审美爱好提升为鉴赏力,读者也是有责任的。不过,读者之所以染上不良的爱好,作家有推不掉的干系,读者是作品创造的。

当然,有良知的作家还是存在的。因此,真正的艺术作品也是存在的。**真正的文学艺术作品的目标就是提升读者:**

> 真正的艺术使我们摆脱自身,转向艺术。……艺术作品通过自身的呈现制服情欲,建立秩序和节度,使心灵在平静下来

---

① 〔法〕米盖尔·杜夫海纳:《审美经验现象学》,韩树站译,文化艺术出版社,1996年8月第1版,第90页。

② 鲁迅:《文艺的大众化》,《鲁迅全集》第7卷,人民文学出版社1958年版,第579页。

的躯体中悠然自得。不仅如此,它还压抑主观性中那些个别的东西。更确切地说,它把个别转变成普遍,……它要求这个主体性的特殊内容用于理解,而不是通过突出自己的爱好来影响理解。[①]

真正的文学艺术作品,美的作品,使人忘却自己的存在,真正描写爱情的作品决不会激起情欲,蒙娜丽莎的微笑使人平静。在平静中,读者的精神走向理解,是一种消除自己好恶的理解,这种理解就具有了普遍性。于是读者不再是盲目的读者,也就是不再受情欲和爱好支配的读者;读者不仅把愉悦提升为崇高,把爱好提升为鉴赏力,而且由此读者也把"自己上升到人类"[②]。

三、作为主体的读者

真正的文学鉴赏是以美的作品为前提的,马克思说,"只有音乐才能激起人的音乐感"[③],美的有价值的作品永远是第一位的。另一方面,读者的鉴赏力也是不可缺少的,因此,马克思又说,"对于不辨

---

① 〔法〕米盖尔·杜夫海纳:《审美经验现象学》,韩树站译,文化艺术出版社,1996年8月第1版,第90—91页。
② 同上书,第99页。
③ 马克思:《1844年经济学—哲学手稿》,刘丕坤译,人民出版社,1979年6月第1版,第79页。

音律的耳朵说来,最美的音乐也毫无意义"①。除了这两个方面以外,读者的现实状况和心理状况也是不可忽视的因素,对此,马克思说,"忧心忡忡的穷人甚至对最美丽的景色都无动于衷"②。对于一个具体的鉴赏活动来说离不开这三个方面。

在一个具体的鉴赏活动中,鉴赏活动的过程是怎样的呢?又是一种什么性质的活动呢?

对于**文学鉴赏**的读者来说,首先面对的是作品。文学作品与直观艺术的作品相比,形象是间接的,读者首先遇到的是语言文字,这就要求读者首先要对语言文字进行解读,这是第一关。其实,对于直观艺术来说,这一过程同样是存在的,并不像有的人所想象的那样,认为文学鉴赏因为有语言文字的存在,就比其他艺术鉴赏复杂,每一种艺术都有自己的语言,比如绘画,的确是直观的,但是鉴赏者直观到的是什么呢,如果对绘画语言如色彩、线条一无所知,那与一个理解不出文字含义的人或一个不识字的人看一部文学作品又有什么不同呢?

实际上,在文学鉴赏中,并不孤立地存在一个对文字进行解读的过程,**文字的解读与鉴赏活动是同步进行的。**

读者把作家所创造的世界当作美的对象世界进行鉴赏,第一步就是最大可能地使这个作品世界再现出来,使作品世界呈现于自己

---

① 马克思:《1844年经济学—哲学手稿》,刘丕坤译,人民出版社,1979年6月第1版,第79页。

② 同上书,第79—80页。

的意识。

读者再现作品世界的手段是想象，作家通过语言的必要描写，创造了一个作品世界，这个世界在作家的意识中曾经存在过，读者面对作品，首要的任务是使这一世界得以在此呈现。这是一个再现的过程。一般心理学把想象分为再现想象和创造想象两种，作品的呈现，显然是以再现想象为手段的。作家的生动描写是调动读者想象的原动力，但是对于读者来说，在鉴赏中，再现的是作品本身。在这种作品的再现中，读者进入了作品的世界，作品并不需要读者的胡思乱想，如果读者停下来去想作品以外的世界，这恐怕已经不是鉴赏本身了。

这里就涉及一个敏感的话题，读者是否需要对作品世界进行填补、补充和完善？接受美学在这一问题上，走得太远了，不仅认为读者要补充，而且认为这种补充以后的东西才是文学作品。杜夫海纳明确反对这样的观点，认为在鉴赏中鉴赏者并不对作品补充什么，而所谓的补充也只不过是作品原已存在的，杜夫海纳对被认为是补充的几种情况作了分析。

比如，在小说中，带有意识的省略，读者是否要补充呢？杜夫海纳认为，这并不需要补充：

> 这是因为艺术追求的是本质的东西，不能拘泥于细节。本质的东西就是艺术家所要表达的东西，它决定哪些是细节并予以排除。但是牺牲细节并不迫使我们做出任何牺牲，因为被删

除的东西对我们毫无帮助。只有企图把艺术变成现实的笔录，仿佛肖像画的价值要以它是否如实地再现脸上的皱纹或汗毛来衡量，或者一场舞蹈的价值要以是否如实地再现多种多样的人体动作来衡量，才会对这些牺牲感到惋惜。艺术家牺牲的不是现实，而是妨碍他的视线、损害他的创作纯洁性的那些赘疣。所以，如果我们不接受艺术家的这种简洁手法，如果我们的目光又把作品摆脱掉的那些不纯净的成分重新引进作品，那我们就背弃了艺术家。①

在这里，杜夫海纳分析的情况是，艺术家从艺术的本质表现出发，要对表现的对象做出必要的提炼，提炼到一种本质的高度，这样，一些不必要的东西自然就被艺术家抛弃了，可是如果有谁还要婆婆妈妈地去补充，这是与艺术背道而驰的，琐碎的人，不是真正懂得艺术的人，常常做这样的事情，而后还骄傲地认为自己对作品作了补充。当然，这在那些所谓的"补充"当中也是一种最低级的"补充"。

还有一种情况是对叙事艺术中的省略手法进行所谓的补充：

这里必须区分两种不同的省略。一种省略意味着什么事情都没有发生，它是一种暂停，不许我们去想象那些可能填补空缺的东西。……另一种省略则不然，它要求我们重建连贯

---

① 〔法〕米盖尔·杜夫海纳：《审美经验现象学》，韩树站译，文化艺术出版社，1996年8月第1版，第405—406页。

性,因为发生了某些事情,而了解这些事情对紧跟故事的发展殊有必要。……但是,就是在这种情况下,我们必须了解的一切有关填补时间过程的也都是由作品向我们陈述的,不需要我们去猜测和放慢作品的发展速度。①

省略在小说中是常有的事情,杜夫海纳区分了两种省略,一种是故事本身没有发生什么事情,在一部小说中,这被省略的时间或长或短都是正常的,因为没有故事发生,所以闲言少叙。这种情况不需要填补什么。另一种省略有些复杂,在一些叙事作品中,情节有一些"跳跃",不是一个细节接一个细节,但是,读者通过作品本身提供的东西,在自己的意识中知道这之间发生了什么,很多人认为这就是对作品作了"补充",其实,这是一种误解,因为两个情节之间的内在关联,实际上是由作品向你提供的,并不是被你填充出来的。有人把这样的自以为是的"填充"看做是文学鉴赏中读者的再创造,这实在是对读者创造的幼稚化。

在杜夫海纳看来,作品作为美的对象,在审美活动中,是不需要读者填充什么的,而所谓的填充只不过是一些误解。这样,在文学鉴赏中,其实想象并不是随便的,它要在作品的引导下进行,而且它也在作品的范围内进行。一切想入非非,实际上,已经从作品中走出来,从鉴赏中走出来。

---

① 〔法〕米盖尔·杜夫海纳:《审美经验现象学》,韩树站译,文化艺术出版社,1996年8月第1版,第406—407页。

想象在文学鉴赏中实际上是处于被抑制状态。按照想象的本性,总是要无拘无束的,可是,在鉴赏中,首先抑制想象的是作品,作品以其呈现的美的世界,使读者深深被摄住,走进作品的世界,在作品世界牵引下再现作品世界,如果读者想到作品世界以外,实际上,鉴赏活动已经被中断。除了作品抑制想象,**读者的理解也是抑制想象的主要因素**,想象呈现于意识,但是,作品世界被呈现出来,读者就不会停留在想象水平上,读者的理解必然要介入,而且,理解也并不就是抽象的思维,意识对感性的世界以感性的方式同样可以进行理解,这是一种直观的领悟,在作品世界呈现的过程中,读者就在领悟其中的意义了。

在文学作品的阅读中,对情节故事发展的一些内在关系,同样是理解的范围,而且也是很重要的方面。如果读者不能正确理解情节故事人物之间的关系,作品世界是无法被呈现或再现出来的,因此这种理解是文学鉴赏中很普遍很基本的方面。而这种对情节故事人物关系的理解,也常常被误认为是对作品的填补。在这些理解中,有一种是对作品意义的丰富性和复杂性的深入理解,这种理解更是常常被看做是对作品的填充。其实,任何想象都是对作品的想象,任何想象的结果都是作品提示出的;任何理解都是对作品的理解,任何理解的结果都是作品本身就蕴含着的。因此,虽说“有一千个读者就有一千个哈姆莱特”,但是,不要忘记,一千个哈姆莱特也是哈姆莱特,不是贾宝玉。

在读者的理解活动中,自然少不了情感要素。情感活动与理解是不可分割的,情感是在理解基础上的情感。在文学鉴赏中,读者的鉴赏力和读者的理解因素是情感的指挥棒,在鉴赏中所激起的情感,并不是一般的日常情感,而是审美情感,它超越了日常功利,它与作品之间也不是功利关系。日常情感是指向自身的好恶体验的,审美情感在鉴赏力和理解力的作用下,在美的感召下,已经超凡脱俗,成为一种崇高的精神体验。

我们把鉴赏活动分割成想象、情感和理解,这只是为了说明的需要,实际上,在鉴赏过程中,这三者是很难分开的,是相互渗透相互融合的,是一个整体,是一个审美经验的整体。

在这个整体中,我们还要说明一下被称为愉悦的东西。读者在对作品的鉴赏中,也常常沉醉于美的世界,这是一种陶醉,是一种在美的洗涤下精神的悠然自得,是精神世界的被照亮和澄明,非一般愉悦可比。

作品迫使读者进入她的世界,作品使得读者不能胡思乱想,这并不是说读者不能展开丰富的审美体验,相反,越是按照作品的召唤,这种审美体验就越丰富和深入。读者在鉴赏中首先是发现作品中所蕴含的美,而不是去另起炉灶创造美。这种一相情愿的“创造”,是与真正的鉴赏,背道而驰的。

鉴赏中,读者对作品所谓的填充并不是创造,读者的创造性包含在读者的审美经验中,与其说读者创造了什么,还不如说**读者在鉴赏所培养起来的审美经验中包含着潜在的创造力**,这种潜在的创造力是通向未来的,通向意识的。在审美经验中,蕴藏着无穷的感

受力和想象力,蕴藏着对美的热烈向往,蕴藏着对世界以及人类自身的无限热情,蕴藏着人类对未来世界的期望。杜夫海纳说:

> 在人类经历的各条道路的起点上,都可能找出审美经验:它开辟通向科学和行动的途径。原因是:它处于根源部位上,处于人类在与万物混杂中感受到自己与世界的亲密关系的这一点上。①

读者在美的鉴赏中被创造自身,读者也将去创造,但读者的创造,不在对作品的想象上,**读者的创造指向作品以外的世界,指向未来**。

四、文学评价

文学评价是从一定的标准出发对文学活动的评价,其中,以对文学作品的评价为核心,是一种理性的认识活动。

文学评价与文学鉴赏有本质的区别,文学鉴赏是一种审美活动,以作者的美感体验为核心,在文学鉴赏中,读者也要对文学作品进行理解,但是,这种理解不是一种抽象的理性认识,而是一种与审美感受紧密结合在一起的理解,感受与理解是合二而一的。文学评

---

① 〔法〕米盖尔·杜夫海纳:《美学与哲学》,孙非译,中国社会科学出版社,1985年5月第1版,第8页。

价是对作品的理性分析和认识,在这种认识中,寻求对文学的普遍理解;文学鉴赏以文学作品为对象,它不可能有别的对象,但文学评价的对象是所有的文学活动,包括作家的创造、读者的鉴赏、文学作品,以及文学与社会的关系等等,简言之,一切文学现象都可以是文学评价的对象;文学鉴赏大都与读者的审美趣味相关,趣味的高低决定读者对作品的选择取舍,文学评价是从一定的标准出发,对所有的文学现象做出评价,不能以批评者个人的趣味为参照系。总之,文学鉴赏与文学评价是两种不同的活动。

但是,文学鉴赏与文学评价两者之间的联系也是紧密的。文学评价主要是对文学作品的批评,评价的恰当与否与对作品的准确理解分不开。文学评价虽然是一种理性活动,但是,它所面对的对象是一种复杂的感性存在,批评者只有对作品有充分的审美感悟,才能把握作品的全部,才能做出公允的评价。因此,文学评价必须以文学鉴赏为基础。另一方面,虽然文学鉴赏是一种审美活动,但是,批评家对作品的评价也会对读者有一定的帮助,比如加深对作品内涵的理解。

要做出一定的评价,就必须依据一定的标准。从标准的构成来看,可以从作品的内容角度制定标准,也可以从作品的形式角度制定标准。当然,对于文学作品来说,是一个感性的整体存在,因此,这就要求文学评价必须是整体的评价。任何从单一方面的评价,都会导致对作品的片面理解,甚至做出错误的判断。文学评价是一种美学的艺术的评价,这使文学评价活动与一般的科学活动区分开来,这是必须注意的。文学评价的标准不是一成不变的,文学评价的标准具有历史性。文学评价的标准是在一定的历史背景中形成的,总是与相应历史时期的政治、经济和文化相关联,特别是与相应历史时期的哲学美学思想关系密切。

文学评价与文学创作之间也存在着一种辨证的关系。文学创作是文学评价的基础,没有创作,就不会有文学评价,文学评价是随着文学的发展而产生的。文学评价产生以后,对文学创作也起到了促进作用。评论家的评价,使作家认识到创作上的局限和问题,从而在创作实践中加以改正,文学评价在一定程度上对作家创作水平的提高起到了促进作用。不仅如此,文学评价,不止是对某一个作家的评价,还可以对某一个时期的文学发展,做出总体评价,也可以对某一时期存在的某种流派做出评价,还可以对一定时期一定文艺思潮做出评价,因此,文学评价常常可以对一定时代的文学总体发展,起到积极的作用。

文学评价与文学理论是两个既有密切联系又有明显区别的领域。文学评价与文学鉴赏相比,已经是一种理性的评价活动了,但与文学理论相比,文学评价常常还是针对较为具体的文学现象做出的,比如针对某个具体作家,或者针对某个具体的作品,甚至也可以针对某个具体的文学现象。更为主要的是,文学评价主要是对这些具体的文学现象做出具体的评价,文学理论是对文学自身的理论概括,是更为高级的理论形态,在这一点上,二者的区别还是明显的。当然,文学理论的概括,是建立在文学评价基础上的,是对文学评价的进一步抽象。但同时,一种理论一旦形成,就会对文学评价产生影响,对文学评价起到一定的指导作用,进而推动文学评价的发展。

文学评价要有方法论基础。方法论不同于方法,方法是具体的个别的,方法论是总体的一般的。对于文学评价来说,方法论是最高的原则,而方法是具体的手段。现代以来,文学批评的方法发展很快,出现了很多新的方法,如文化人类学方法、结构主义方法、精神分析方法、分析心理学方法、完形心理学方法等等,这些新的批评方法都从某一角度推动了文学批评的发展。

以上是就一般常识来谈论文学评价,其实文学理论和文学评价都面临一个不可回避的问题——文学研究中的判断是一种知识判断,还是一种价值判断?这个问题,对于文学评价来说尤其突出。我们对文学的评价是以一定的标准为依托的,而这一标准是纯粹的客观标准,还是一种价值体系?几乎每一种文学评价都会认为自己的评价是正确的,但正确与否却还是按自己的标准来衡量的。

事实上,文学评价被捆绑在知识论(认识论)与价值论的十字架上。文学评价和理论研究期望通过对作品的分析,来建立一种普遍的理论和评价。这种分析,可能是归纳的,也可能是演绎的,但归纳一定是不完全归纳,演绎也一定是有一个理论前提的。不管怎么说,文学评价和研究所力图建立的理论和一般评价结论,都很难上升为知识。相反,文学评价所依据的标准,实际上更近于一种价值体系,文学评价的判断更近于一种**价值判断**。任何一种价值都是以有用性为核心(实际上是以需要为核心)在主客体之间所确立的中间概念。所以,文学评价中的判断就会走向实用主义,而不是客观知识。

　　文学评价应该在知识论与价值论之间找到一个统一点,来协调二者之间的分裂。

五、结语

　　王朝闻先生说:"人是创造审美客体的主体,也是被客体所创造着的审美主体。"①过去,我们太强调读者的再创造了,这样一来,导致对艺术作品特别是伟大的艺术作品的忽视。看不到自身在审美过程的被创造,过度渲染读者在鉴赏中的"再创造",就会走向主观主义。其实,像接受美学那样的极端主观主义是对美的漠视,对美的践踏,同时也是对真正的审美经验的不负责任的歪曲。

---

　　①　王朝闻:《审美心态》,中国青年出版社,1989 年 8 月第 1 版,第 1 页。

面临挑战的 21 世纪文学

位我上者灿烂星空,道德律令在我心中。

——康德《实践理性批判》

康德(I. Kant, 1724—1804), 德国哲学家。

　　"歌咏所兴,宜自生民之始也。"①文学的产生几乎与人类一样的古老,每个人的童年都曾沐浴过文学的阳光。即使一个人一贫如洗,他甚至因为贫穷而失学,但是他也曾经听到过母亲的摇篮曲,听到过家乡的歌谣,听到过最古老的传说,这已经是最原始的文学教育了,一个人可能没受到过科学教育,没受到过音乐教育,没受到过哲学教育,唯独文学是与人相伴一生的,与生命相伴的,文学是长在生命的深处,它像生命的泉水一样,滋润人的心灵,即使一个人到了迟暮的年龄,心中仍然回荡着童年的歌声。但是在21世纪到来的时候,并没有传来文学的福音,由于技术文化与市场经济的发展,文学面临空前的挑战,诸如文学艺术的商品化、影视传媒网络传媒对文学的冲击、大众审美趣味的平庸化等等,都是实际存在的问题。21世纪伊始,文学如何来面对这些挑战,以寻求发展,并在人类文

---

　　①　《宋书·谢灵运传》,中华书局,1974年10月第1版,第1778页。

化中起到她应该有的作用，这是理论上必须思考的问题。

一、商品化

文学艺术的商品化是一个很笼统的说法，大抵是指把文学艺术作为赚钱盈利的手段这种现象，在现代社会里，已经成了文学艺术发展的障碍。

文学艺术与经济利益之间的关系，是一个由来已久的话题，并非今天才突然冒出来。文学艺术与经济利益之间的关联是从社会分工中产生出来的，有了体力与脑力的分工，就产生了文学艺术与经济利益之间的关联。

从事文学艺术创作的艺术家也是人，也需要正常生活的必须生活资料。社会分工使他们的生活有了保障，他们可以专心去从事文学艺术创作，这就极大地促进了文化艺术的发展。因此，恩格斯说：

> 只有奴隶制才使农业和工业之间的更大规模的分工成为可能，从而为古代文化的繁荣，即为希腊文化创造了条件。没有奴隶制，就没有希腊国家，就没有希腊的艺术和科学。[①]

恩格斯充分肯定了社会分工对人类历史文化发展的作用，可以说，最初，由于文学艺术与经济利益之间所建立的关联，极大地促进

---

① 恩格斯：《反杜林论》，《马克思恩格斯选集》第3卷，第220页。

了文学艺术的发展。

由于社会分工，文学艺术与金钱之间建立了最初的联系，在这种新的关系中，出现为金钱而去创作的情况是必然的，并不是到了资本主义时代才有的。

到了资本主义时期，文学艺术与经济利益之间的关系又有了新的发展，除社会分工早已带来的关系以外，文学艺术作品开始成为一种商品，进入市场流通领域，成为资本获利的手段。现在人们所讲的文学艺术商品化主要就是指这一新情况。正如马克思所尖锐指出的那样：

> 一切所谓最高尚的劳动——脑力劳动、艺术劳动等都变成了交易的对象，并因此失去了从前的荣誉。①

文学艺术成为资本赚钱的手段，艺术商品化，带来了一系列的问题，作家要不要为金钱而写作？作家的劳动是一种什么性质的劳动？从作家作为作家的本质而言，并不是为金钱而写作。马克思指出："作家当然必须挣钱才能生活、写作，但是，他决不应该为了赚钱而生活、写作。"②所谓"当然"，这是从作家的本质来说，但是，在现实中，并不排除为金钱而写作的作家，为此，马克思严格区分了作家的两种情况：

---

① 马克思：《工资》，《马克思恩格斯全集》第 6 卷，第 659 页。
② 马克思：《第六届莱茵省议会的辩论》，《马克思恩格斯全集》第 1 卷，人民出版社，1956 年版，第 87 页。

同一种劳动可以是生产劳动，也可以是非生产劳动。

例如，密尔顿创作《失乐园》得到 5 镑，他是非生产劳动者。相反，为书商提供工厂式劳动的作家，则是生产劳动者。密尔顿出于春蚕吐丝一样的必要而创作《失乐园》。那是他的天性的能动表现。后来，他把作品卖了 5 镑。但是，在书商指示下编写书籍的莱比锡的一位无产者作家却是生产劳动者，因为他的产品从一开始就从属于资本，只是为了增加资本的价值才完成的。一个自行卖唱的歌女是非生产劳动者。但是，同一个歌女，被剧院老板雇用，老板为了赚钱而让她去唱歌，她就是生产劳动者，因为她生产资本。[①]

一个艺术家，为了生存而出卖自己的艺术作品，他生产作品的劳动是非生产劳动，同样，这也不属于艺术商品化。相反，如果这个艺术家被老板雇用而创作，他创作作品的劳动是生产劳动，同样，他的作品和劳动都是商品化的。因此，艺术商品化，包括作品和劳动两个方面。

从劳动方面来看，创作劳动的商品化，使得这样的劳动再也不是纯粹的艺术劳动，因为在艺术作品以外，已经有了资本的目的，这势必影响创造劳动的质量，他必须考虑作品（产品）的销路，而销路如何要取决于消费者（读者），于是，最有可能的方式就是迎合读者

---

① 马克思：《剩余价值理论》，《马克思恩格斯全集》，第 26 卷第 1 分册，人民出版社，1972 年版，第 432 页。

的低级趣味,甚至有意培植读者的低级趣味,这所带来的社会问题,远比文学艺术商品化本身要严重得多,大众趣味就是这样被培植起来的。

一个事物,自然有其正反两个方面。艺术的商品化,也不例外。文学艺术的商品化,使文学艺术的传播速度空前提高,读者当然也是受益者。

从作品的方面来看,作品的商品化所直接导致的另一个新事物是复制艺术的产生。在现代社会,文学艺术已经成为工厂车间里的产品,艺术作品可以批量生产。

这首先冲击到艺术的传统概念。在艺术的传统概念里,艺术是由艺术家创造的精神产品,具有独创性,是"独一无二"的,因此,才有赝品的概念。在现代机器复制时代,艺术赝品的概念不复存在。正如德国思想家本雅明所说:

> 即使是艺术品的最完美的复制物,也会缺少一种成分,它的时空存在,它在其偶然问世的地点的唯一无二的存在。艺术作品的这种唯一无二的存在,决定了它的历史。[①]

艺术作品缺少这种"唯一无二"的品质,已是司空见惯的事情了;传统的艺术概念在被动摇,艺术由于"唯一无二"而带来的那份神圣也已丧失殆尽。复制的艺术沦为一种消费品,"批发的影像在

---

① 〔德〕W. 本雅明:《机器复制时代的艺术》,王齐建译,《文艺理论译丛》第3册,中国文联出版公司,1985年版,第115页。

蔓延"。

更为不幸的是,**文化工厂在复制艺术作品的同时,也在制造和复制大众的审美趣味,复制的艺术作品成为大众的文化快餐。**复制品无论如何逼真,也只是复制品,因为没有艺术家的精神灌注其中,因此,本雅明认为"在机器复制时代萎谢的东西是艺术作品的韵味"[①]。复制作品的缺乏韵味,正是大众审美趣味沦落的原因。

二、影视与网络的冲击

从文学的内部来看,诗歌、小说、散文及戏剧文学这些文学样式在历史和现实中的发展都不平衡。诗歌是最先产生的,当然,也是最先繁荣的。就中国传统文学来说,诗歌一直是文坛的主帅,处于文坛的核心位置,诗歌所曾经有过的荣耀和辉煌,是任何其他文学样式所不能比拟的。中国的小说,在近代以后,才获得快速发展,一直到五四以后,地位才提升起来。但同时诗歌也就从此走向了下坡路,新诗也曾繁荣过,但至多是与小说等样式平分秋色。

到了今天,在文学总体都面临挑战的形势下,如果在文学家族

① 〔德〕W. 本雅明:《机器复制时代的艺术》,王齐建译,《文艺理论译丛》第 3 册,中国文联出版公司,1985 年版,第 115 页。

内部进行比较,还是可以看出发展的不平衡。相比之下,小说还是要比其他样式发达,读者群要比其他样式的大,其中恐怕诗歌的读者群萎缩得最厉害。如今诗已不再是神圣和崇高的代名词,读诗的人越来越少,就不用说茶余饭后的闲谈了——过去,诗曾是中国文人的基本功课。

平衡与不平衡,都是在文学自家门户内的比较。而就文学总体来说,它已经普遍衰退了。文学的衰退,是一种世界现象,这自然有其深刻的社会历史原因,我们在其他地方还要涉及。这里仅从文化传媒的角度作一些分析。

在没有广播、电视、电脑网络的年代里,书是最主要的传媒手段,看书是获取知识获取信息的主要手段,书处于传媒的核心,文学也自然备受青睐。但是,有了广播,一个人用在传媒上的时间就会被分散一些;有了电视,又会分散一些;有了网络,又会分散一些。一个人能有多少时间用于传媒呢? 从时间分配上来看,人们用于文学的时间自然会减少。

下面我们可以通过两份调查报告的比较,来看一看文学艺术在人们生活中的实际情况。

第一份调查报告是在1986—1987年间做出的,被调查的有13个国家,调查内容包括大众观看电视的时间和有线电视的安装情况:

国家	每周观看时间百分比	每天观看分钟
美国	99	270
英国	79	228
西班牙	87	207
日本	88	190
法国	86	178
荷兰	80	140
德国	71	137
比利时	72/84	136/126
意大利	80	129
挪威	80	124
瑞典	77	105
爱尔兰	80	102
丹麦	76	92

材料来源：Euro-fact Book，Basic hardware，and audience data，1986—87 e-dition，O. E. R. F. Mediaforschung Wien. ①

第二份调查报告是在 1992 年做出的，调查的对象是德国人：

1. 在一年一度的法兰克福书展上，虽然最新出版物的总量与年俱增，但新的文学作品的数量却逐年递减，十年前为 387 种，1992 年却只有 108 种，减少了 3/5。

2. 在被调查的一千个成年人平均每人每天六小时的"媒体消费"中，80％的时间是在看电视中消磨掉的，只有 7％的时间用来读书和杂志，而这 7％的时间中，又只有 25.5％用来读文学作品。

3. 83％的人认为当今的文学作品"像用激素催长起来的肉，虽

---

① 〔美〕马克·第亚尼编著：《非物质社会——后工业世界的设计、文化与技术》，滕守尧译，四川人民出版社，1998 年 3 月第 1 版，第 255 页。

然被评论家大肆吹捧但淡而无味，难以消化。如工业产品的使用寿命越来越短一样，文学作品的质量愈来愈低，绝大多数很快过时并被人遗忘"。

4. 76％的人只读描写色情、凶杀、侦破等题材的"一次性读物"，经常读"严肃文学"作品的人只占 3.8％。91％的人认为格拉斯、伦茨、瓦尔泽、弗里施等人的小说"无论从艺术上还是内容上早已过时"，"已经成了化石"。

5. 所有被调查的人平均用于文艺作品的支出 1992 年只占总支出的 3.76％，而十年前的比例为 12.4％。

6. 在被调查的十种职业中，"作家艺术家"同"士兵"一样，是最不受欢迎的职业，只有 0.21％的人表示愿意从事这一职业①。

从第一份调查来看，1987 年时，美国民众看电视的时间居各国之首，周平均天数 99％，平均每天 4 个半小时，德国人是：周平均天数 71％，平均每天 2 个小时 17 分钟。5 年后，到 1992 年，德国一个成年人平均每天有 6 小时用于"媒体消费"，可是，其中只有 6 分钟读文学作品，在读文学作品的人当中，大部分读的是色情、凶杀和侦破题材的作品。

从电影产生的一百多年来看，对文学的冲击不是很大，而且，客观来说，电影也确实创造了全新的视觉形象，其中，不乏优秀之作。

---

① 伊·施奈德：《文学、新闻媒体和读者》，载《南德意志报》1992 年 11 月 23 日，第六版，转引自章国锋：《文艺的衰亡》，《世界文学》1994 年第 1 期，第 291—292 页。

但是,电视对文学的冲击是巨大的,不仅占去了大众的时间,也带来诸多社会的和美学的问题。当然,电视首先是为社会带来了正面作用,这是另一个问题。

电视的普及,从积极的方面来看,它可以使更多的人接受艺术,电视剧已经走进了每家每户,人们随时可以观赏,这是空前的。可是,这也意味着泛滥,**泛滥就意味着丧失神圣,意味着贬值**。正如今道友信所说:

> 到了现代,由于历史的发展和人类留下了数万年的艺术遗产,似乎使日常生活充满了艺术,甚至可以认为,由于各处技术的发展,使艺术滚落得到处都是。和昔日相比,艺术的确摆脱了季节①的束缚,因此容易使人产生艺术过剩的感觉,也容易使人忘记艺术所具有的重要意义。②

这里所说的还只是一种数量的过剩和泛滥,电视所带来的更深层的过剩是"**形象过剩**"。电视在不停地制造视觉形象,观众对电视所制造的视觉形象,应接不暇,观众对于形象的接受几乎成了一种视觉反射,造成了视觉形象在感知上的拥塞,抑制了想象和理解等更高的意识活动。感觉成了瞬间的感觉,进而丧失了意识的深度。感觉平面化了。

---

① 昔日的艺术和农事季节的播种、收获等及有关的宗教活动相联系。——原注。
② 〔日〕今道友信:《关于爱和美的哲学思考》,王永丽、周浙平译,三联书店,1997年8月第1版,第205页。

电视所制造的视觉形象不仅拥塞感觉,而且还侵略感觉。这是一种先入为主的形象,它在接连不断地向你袭来,它不许你想象;它一览无余,无需你想象;它是肤浅的,你已习惯于它的肤浅,你已不去思考。电视改变了人们的感觉方式,也改变了感觉的性质。

人们有关电视的功过问题还没有讨论出结果,"数字化时代"已宣布到来,数字通讯网络已铺天盖地。于是,有人已宣称数字化将决定人类的生存,人类的生存是数字化的生存。回顾人类历史,每一次传播媒介的革命,都带来社会翻天覆地的变化。书写工具的发明,印刷术的发明,无线电的发明,影视技术的发明,哪一次不都带来社会的快速发展、文化艺术的深刻变革吗?通信网络给人们带来的便捷是显而易见的,而且,它将带来深刻的社会变革,从政治经济到人们的生活方式,从人的感觉方式到人们的思想观念,网络还会改变人与人之间的关系,使人们都处于"关系网中"。经济领域的信息交换和电子商务方兴未艾,网上的自我表现已经开演,时间与空间的概念已在被改写。

与被电视影像所攻击不同,大众在网上,已经开始显露活力和主动,网上的交流已经开始启动大众的感觉、想象和思考,网络将成为**大众自我表现的舞台**。

当初,人类面对刚刚发明的书写工具的时候,是否也像今天这样,在享受它所带来的极大便利的同时,对它说三道四,毫不领情。不过,也许这一次"狼真的要来了"。

首先,网上交流已经完全与道德分离。大众可以不对自己在聊天室里说的话负责，于是，大众可以随便说，网络培植了一种双重人格。其次，网络重构了一个虚拟世界，人们在这样一个世界里去感受、想象和思考，势必会影响对现实世界的感受和理解，并使人的精神在"光缆"中游荡，对人类来说，不是一件可怕和痛苦的事情吗？

光电技术造就了电影艺术，有了电视，艺术家就抓住机遇，创造了以电视剧为核心的电视艺术，这一次，艺术家当然也不会放过网络技术，事实上，已经有人涉足其中了，并构想了全新的网络艺术世界的蓝图。[①]

面对影像的过剩，有的艺术家希望以网络为基础，重构大众艺术世界。具体说来，就是以通讯交流为依托，在艺术家与大众构成的网上交流关系中，构造出超形象的"交流与表现的艺术系统"[②]。

这个**"交流与表现的艺术系统"**有这样几个要点：第一，艺术作品的概念被从基础上改造了。无论是传统艺术还是现代艺术，艺术品都是一个以"物"为依托的实体，即使是一部小说、一部电影，也都有实实在在的物质载体，就更不用说雕塑和建筑了。但是，这种新的"网络交流与表现的艺术系统"的作品，却不是一个具体的实物作品，而只存在于网上交流的"关系"中。第二，正因为不是一种物质实体作品，因此，是超"形象"的。是在"形象"和"形式"之外的领域，"形象"不是这种艺术的手段，它的手段是"交流和接触"，是艺术家

---

① 参见〔美〕马克·第亚尼编著：《非物质社会——后工业世界的设计、文化与技术》，滕守尧译，四川人民出版社，1998 年 3 月第 1 版，第 10 章。
② 同上。

与大众之间的交流与接触。第三,认为艺术不是传达,而是在交流中表现自己。第四,这种交流与表现的艺术系统,不希望成为一种游戏,更不希望成为逃避现实的场所,而是希望"它总是保持与现实的紧密联系,并努力利用自己的影响去改变对现实的知觉"①。因此,交流艺术家又称这种艺术为"行动艺术",并希望制定"行动计划"来实现这种参与社会和现实的目标。第五,希望通过"交流"与"表现"这种新手段来改变、造就大众的感觉方式,使其从影像的蹂躏中解放出来,恢复其本根性。

这种网络交流与表现的艺术系统,从实践的操作到美学理论的阐释都刚开始不久,那种希望把人类的感觉从影像的包围与奴役中解脱出来的愿望是良好的,也是切中要害的。但是,这种存在于关系中没有作品实体的艺术,能走多远呢?虚拟的网上表现难道能与先民的"山野对歌"有同样的效果吗?将精神寄托于"光缆"的交流是一种交流还是一种无根的精神游荡呢?也许现在喊"狼来了"还为时尚早,还是拭目以待吧。

网络给人们带来的好处是实实在在的,网络又使无数的人着迷,也是实实在在的。如此一来,人们每天不还要给网络一些时间吗?事实上,人们上网的时间在剧增,甚至电视也沦落为"老情人儿",开始受到冷落。文学的命运岂不更惨,阅读文学作品的人不知

---

① 〔美〕马克·第亚尼编著:《非物质社会——后工业世界的设计、文化与技术》,滕守尧译,四川人民出版社,1998年3月第1版,第153页。

又要减少几成。

不管我们是否愿意承认,可是,传播媒介之间的竞争是一个客观事实,文学遭遇的挑战也是客观事实,文学身处困境也是客观事实。文学也不甘落后,文学在与大众传媒的竞争中,发展了色情小说、言情小说、侦探小说、恐怖小说。如果说,这些都是通俗文学,算不得文学所取得的成就的话,那么,我们再来看一看"严肃文学",作家们在追求"原生态""平庸化",崇高已从文学的祭坛上被赶了下来。诗歌的处境已属可怜。文学内部的雅俗之争还未得平息,却整体上已在竞争中处于劣势。

三、文学如何可能?

康德的批判哲学,首先从追问形而上学如何可能开始,这是从根基处的追问。他认为,一门科学的建立必须弄清自己的界线:

> 如果想要把一种知识建立成为科学,那就必须首先能够准确地规定出没有任何一种别的科学与之有共同之处的、它所特有的不同之点;否则各种科学之间的界线就分不清楚,各种科学的任何一种就不能彻底地按其性质来对待了。
>
> 这些特点可以是对象的不同,或者是知识源泉的不同,或者是知识种类的不同,或者是不止一种,甚至是全部的不同兼而有之。一种可能的科学和它的领域的概念,首先就根据这些

特点。①

在康德看来，一门科学成为可能的依据是，它有不同于别的科学的对象、来源和种类。如果一种知识没有属于自己的对象范围，那么它不可能成为一门科学。

到了 20 世纪，法国美学家米盖尔·杜夫海纳，提出了一个性质相同的问题，不过，这一次，问的不是科学，而是艺术。杜夫海纳认为，面对现代艺术的困境，首先必须思考"艺术如何成为可能"②？

在杜夫海纳之前，康德的同胞海德格尔，曾借诗人荷尔德林的诗深沉地问道："诗人何为？"③诗要做什么？诗能做什么？

看来，已经到了必须从根基处对文学艺术的困境进行思考的时候了。文学艺术走到今天这一步，除了其他传媒的竞争，就没有自身的原因吗？

文学的衰退却是以作品数量的猛增为表征，在中国，商周两代留给我们的《诗经》不过三百多首，连逸诗在内，据司马迁说夏商周三代之诗也只有三千余首④，——这还赶不上现在中国一年的产量！杜夫海纳分析了现代文学艺术表征繁荣下的衰退，认为如此众多、

---

① 〔德〕康德：《任何一种能够作为科学出现的未来形而上学导论》，庞景仁译，商务印书馆，1978 年 8 月第 1 版，第 17 页。

② 〔法〕米盖尔·杜夫海纳：《美学与哲学》，孙非译，中国社会科学出版社，1985 年 5 月第 1 版，第 187 页。

③ 〔德〕海德格尔：《诗人何为？》，《林中路》，孙周兴译，上海译文出版社，1997 年 12 月第 1 版，第 273 页。

④ 司马迁：《史记·孔子世家》。

不计其数的文学艺术作品出现的原因：

> 那就是求新，不断地求新。发明的不断增加，不断地加速风格的衰退与更替。在不断增加的发明之中，存在着某种狂热的东西。在历史迷宫中迷路的艺术家，当他决定创作时，更多地致力于行为，而不是他的产品。由于这个缘故，他的创作带有仓促性，有时还有粗野性，仿佛作品永远不过是一种尝试，在这种无休无止的求新活动当中，一个艺术阶段很快就成为过时。只要这种冒险既奇特而又激动人心，那么它所留下的痕迹是什么都无关紧要。①

把求新当作文学艺术本身，作家根本不去注意作品的实际价值，为了不断地变换新花样，不惜在仓促之中创作粗野，“新”成了艺术的唯一目标。文学艺术当然要创新，甚至在一定意义上说，“新”是文学艺术的生命也不过分。但是，新与新是不同的，只要未曾出现的都是新的，但是诸如这样的新还有什么艺术价值可言：“一次闪电的空间，我们第一次看见一只狗、一辆出租马车、一幢房屋”②，如果诗都这样求新，诗不如死亡。读如此无聊的诗还真不如去看同样无聊的电视剧。现代的文学艺术家们陷入了求新的迷途，各种新的艺术运动诸如未来主义、达达主义轮番上演，结果现代文学艺术热

---

① 〔法〕米盖尔·杜夫海纳：《美学与哲学》，孙非译，中国社会科学出版社，1985年5月第1版，第187—188页。
② 同上书，第194页。

热闹闹地衰退了。

现代文学艺术受世人冷落的另一个更深层原因是，只着意于自己的感受，不管这种感受是否是一种无聊的感受，都要企图强加于公众。而且这样的作家就会：

> 对人的环境与自然环境再也提不起兴趣来了。生活在他周围的人们不过是匆匆来去的过客。如果不是偶尔还有一种权威性的声音使他麻木或令他感奋的话，可以说，已经没有一种使命感是他欣然承担的了。①

只顾自己的感受，不顾读者和公众，是现代文学艺术深藏骨子里的东西。对公众、社会乃至人类的崇高使命感已经荡然无存，文学艺术成了作家艺术家个人感觉的玩偶。世界，我们的世界，在他们的作品中被遮蔽了，他们的"作品只对我们打开一个不能被看做与我们的世界相同一的世界"②，我们不是玩偶，更不是傻瓜，岂能容忍一个疏异于我们的世界!? 其实，作家艺术家的感觉越是普遍的，就会越持久。③《诗经》中有一首写归乡的诗，写得极为朴素：

> 我徂东山，
>
> 慆慆不归。

---

　① 〔法〕米盖尔·杜夫海纳：《美学与哲学》，孙非译，中国社会科学出版社，1985年5月第1版，第188页。

　② 同上书，第190—191页。

　③ 理论物理学家李政道博士在中国中央电视台的一次学术报告中阐释了这样的观点。

荷尔德林(1770—1843),德国古典浪漫派诗歌的先驱,作品有诗歌《自由颂歌》《人类颂歌》《致德国人》《为祖国而死》等。

> 我来自东，
>
> 零雨其濛。
>
> 我东曰归，
>
> 我心西悲。①
>
> ……

可是，归乡的感觉是人类普遍的感觉，"乡"，就是自己所来的地方，从渺茫的远古到今天，从今天再到未来，人类不会没有归乡的感觉，这首诗感动了古人，感动了今人，也会感动未来的人。归乡的感觉是那样的普遍，德国诗人荷尔德林的《返乡——致亲人》，又是那样的意味深长：

> 你梦寐以求的近在咫尺，已经与你照面。
>
> 而并非徒劳地，一位漫游者就像儿子一般，
>
> 伫立在波涛汹涌的门旁，望着你，用歌唱
>
> 为你寻求可爱的名字，福乐的林道！
>
> 这是家乡一道好客的门户，
>
> 它诱人深入到那充满希望的远方，
>
> ……
>
> 回故乡，回到我熟悉的鲜花盛开的道路上，
>
> 到那里寻访故土和内卡河畔美丽的山谷，

---

① 《诗经东山》。

> 还有森林,那圣洁树林的翠绿,在那里
>
> 橡树往往与宁静的白桦和山榉结伴,
>
> 群山之间,有一个地方友好地把我吸引。[①]

毋庸再多言,这已足够了。不管是朴素还是有几分意味深长,只要是属于人类普遍的感觉,自然不会被抛弃。

可是,现代诗歌除写那些诸如"一次闪电的空间,我们第一次看见一只狗、一辆出租马车、一幢房屋"那样的"伟大"的意象以外,就只有走向极端。"而极端,这就是死亡,在'缪斯的炮弹片下'死亡。"[②]死亡也许是诗人的出路,但不是人类的出路,所以终归也不是诗人的出路。

新写实小说,已经走向了远离艺术的道路,追求还原,追求原生态:

> 整个存在都被还原成作品。……作品似乎被还原成无意义,没有连续的时间,没有固定的距离,没有确定的对象,也没有明确的故事情节。[③]

新小说似乎在追求一种不确定性,可是,艺术意蕴的丰富性与不确定性是性质完全不同的两种东西。艺术是耐人寻味的,艺术更

---

① 〔德〕弗里德里希·荷尔德林:《返乡——致亲人》,引自海德格尔:《荷尔德林诗的阐释》,孙周兴译,商务印书馆,2000 年 12 月第 1 版,第 5 页。

② 〔法〕米盖尔·杜夫海纳:《美学与哲学》,孙非译,中国社会科学出版社,1985 年 5 月第 1 版,第 194 页。

③ 同上书,第 197 页。

是明朗的。杜夫海纳尖锐地批评了这种受科学形式主义影响的新
小说：

> 客观描写的诸成分是被结合成结构的整体，并且以一个不
> 确定的误差值围绕着一个平衡位置振动，好像一个对象或一个
> 事实，永远不可能被确定或固定似的。可是，为什么要把微观
> 物理学引进感觉领域中来呢？模糊性或矛盾性在历史学中的
> 意义和在物理学中的意义不同。把这两种概念等同起来，就是
> 取消真实的世界所具有的意义，这有什么好处呢？为什么要写
> 一部反小说的小说而不去搞量子力学呢？[①]

这样的批评是有些尖锐，可是，批判往往都是极端的，因为只有
极端，才能动摇根基，只有动摇现代文学艺术衰退的根基，才能谈到
文学艺术如何可能。杜夫海纳在深刻剖析现代文学艺术衰退根源
以后，又为之指出了可能的道路：

> 艺术的命运也可以是幸福的。……精雕细琢并非必然枯
> 燥乏味，而冒险与狂热也是可以加以控制的。……艺术还将在
> 世界上继续下去，或者，说得更确切些，艺术返回到世界的本
> 源，牢牢地立足在这块大地上，并让我们也站定了脚跟。[②]

只有返回到世界的本源，文学艺术才是可能的，杜夫海纳认为，

---

① 〔法〕米盖尔·杜夫海纳：《美学与哲学》，孙非译，中国社会科学出版社，1985 年
5 月第 1 版，第 197 页。

② 同上。

艺术要永远表现这个世界,而且通过这种表现说明,我们的世界与自然之间的本质上的关联,人创造了人工世界,可是,人与自然之间的本质关联并没有消失,"艺术永远是人对自然的第一声回答……艺术可能仍然是幸运的,而且有着美好的未来"①。

我们从海德格尔开始,让我们还是在海德格尔这里结束。1930年,海德格尔放下自己的《存在与时间》,开始思考真理问题,这是一个关键的转折。海德格尔对于西方思想传统来说,一个飞跃性的认识是,重新区分了知识与真理。西方形而上学自柏拉图以后就走上了一条弯路,一条遗忘存在真理的弯路,一条与科学争夺同一个"真理"的弯路。形而上学的对象不是"与事物符合的知识真理",而是存在之真理,它直接与人的精神世界相关。存在之真理是不能用科学实验与理论推理的方式来获得,海德格尔发现了诗和哲学的"思",可以建立存在之真理,于是,1935年以后,海德格尔在当时人看来,不可思议地在大学讲堂阐释起荷尔德林的诗来,并发表了一系列有关诗的文章,如《艺术作品的本源》《荷尔德林和诗的本质》《诗人何为?》《艺术与空间》《"……人诗意地栖居……"》《关于人道主义的书信》《荷尔德林的大地与天空》《诗歌》等。这些文章都有一个相同的主题,就是存在真理的建立。

海德格尔在自己的论文集《荷尔德林诗的阐释》第四版前言中

---

① 〔法〕米盖尔·杜夫海纳:《美学与哲学》,孙非译,中国社会科学出版社,1985年5月第1版,第202页。

说："本书的一系列阐释无意于成为文学史研究论文和美学论文。
这些阐释乃出自一种思的必然性。"①的确，海德格尔对诗的阐释是
哲学的阐释，为的是存在之真理。但是，正是海德格尔的阐释，发现
了文学艺术的真正对象和领域，那就是通向存在真理之建立的领
域，虽然海德格尔无意于文学艺术的研究，可是他却为我们发现了
文学艺术如何可能的根基，这样，海德格尔无疑已为文学艺术指出
了属于自己的道路。沿着海德格尔的道路，我们可以乐观地设想文
学的未来，只要文学属于存在之真理，属于人类之精神，那么，网络、
影视以及商品化所带来的挑战就会转变为机遇。**多种手段的出现
恰恰为文学在新的条件下扩大自己的阵营提供了条件**，只要文学**坚
守住自己的领地**，文学一定会在 21 世纪里有美好的未来。

---

① 〔德〕海德格尔：《荷尔德林诗的阐释》，孙周兴译，商务印书馆，2000 年 12 月第 1
版，增订第四版前言。

阅 读 书 目

1. 童庆炳主编:《文学理论教程》,高等教育出版社,1998 年第 2 版。

2. 〔美〕韦勒克、沃伦:《文学理论》,刘象愚等译,三联书店,1984 年第 1 版。

3. 〔美〕M. H. 艾布拉姆斯:《镜与灯——浪漫主义文论及批评传统》,郦稚牛等译,北京大学出版社,1989 年第 1 版。

4. 陆侃如、牟世金:《文心雕龙译注》,齐鲁书社,1998 年第 1 版。

5. 钱钟书:《谈艺录》,中华书局,1984 年第 1 版。

6. 海德格尔:《诗·语言·思》,彭富春译,文化艺术出版社,1991 年第 1 版。

7. 钱基博:《中国文学史》(上中下),中华书局,1993 年版。

8. 朱维之等:《外国文学史》,南开大学出版社,1998 年第 2 版。

(以上书目由傅道彬、于莤推荐)

"人文社会科学是什么"丛书书目

第一辑

哲学是什么

历史学是什么

伦理学是什么

美学是什么

逻辑学是什么

心理学是什么

第二辑

文学是什么

宗教学是什么

经济学是什么

政治学是什么

人类学是什么

军事学是什么

第三辑

语言学是什么

社会学是什么

管理学是什么

传播学是什么

民族学是什么

图书馆学是什么

第四辑

艺术学是什么

教育学是什么

法学是什么

民俗学是什么

考古学是什么